El premio

Colección Autores Españoles
e Hispanoamericanos

Manuel Vázquez Montalbán

El premio

PLANETA

Córcega, 273-279, 08008 Barcelona (España)

Diseño sobrecubierta: Departamento de Diseño de Editorial Planeta

Ilustración sobrecubierta: «Mister Pickwick dirigiéndose a sus amigos del Club», pintura de Charles Green, Dickens House Museum, Londres (foto Bridgeman/Index)

Primera edición: febrero de 1996
Segunda edición: febrero de 1996
Tercera edición: marzo de 1996
Cuarta edición: marzo de 1996
Quinta edición: abril de 1996
Sexta edición: mayo de 1996

Depósito Legal: B. 20.509-1996

ISBN 84-08-01713-6

Composición: Víctor Igual, S. L.

Impresión y encuadernación: Printer Industria Gráfica, S. A.

Printed in Spain - Impreso en España

A Carmen Balcells,
que no estuvo aquella noche

Ouroboros, según Evola, es la disolución de los cuerpos: la serpiente universal que, según los gnósticos, camina a través de todas las cosas. Veneno, víbora, disolvente universal, son símbolos de lo indiferenciado, del «principio invariante» o común que pasa entre todas las cosas y las liga.

(*Diccionario de símbolos*,
JUAN EDUARDO CIRLOT)

Letraheridos. Catalanismo derivado de *lletraferits*: dícese de las personas obsesionadas por la literatura hasta el punto de sufrirla morbosamente como una herida de la que no desean sanar.

Era inevitable, e inevitado por buena parte de los asistentes, pasar el filtro de periodistas más o menos especializados en premios literarios, merodeantes en torno a críticos y subcríticos establecidos que habían acudido al reclamo para gozar la sensación de que no eran como los demás y podían asistir a la concesión del Premio Venice-Fundación Lázaro Conesal, cien millones de pesetas, el más rico de la literatura europea, a pesar del desdén que siempre les había merecido la relación entre el mucho dinero y la literatura, obviando a un sesenta por ciento de los mejores escritores de la Historia, pertenecientes a familias potentadas, cuando no oligárquicas. Las cámaras de todas las televisiones habían seguido la entrada de los personajes más conocidos, bien porque las caras les fueran familiares, bien bajo las órdenes del jefe de expedición experto en el quién era quién. Pero luego se habían aplicado a describir el marco, ávidas de reflejar la exhibición de «... un diseño lúdico que expresa la imposible relación metafísica entre el objeto y su función», según explicaban los folletos propagandísticos del hotel. El comedor de gala del hotel Venice reunía todo el muestrario del diseño de vanguardia que había conseguido dar a las mesas un aspecto de huevo frito con poco aceite y a los asientos el de sillas eléctricas accionadas por energía solar como una concesión a la irreversible sensibilidad ecologista. La luminosidad emergía de la yema del supuesto huevo frito, acompañado de la guarnición de alcachofas, zanahorias, puerros, cebollas, vegetales silueteados que colgaban de techos y paredes según el diseño de un niño poco amante de las hortalizas. Lázaro Conesal, propietario del hotel y de buena parte de los allí congregados, había encargado el diseño del Venice al ala dura de los discípulos de Mariscal, capaces de superponer a la poética de los sueños peterpanescos de Mariscal el desafío sistemático a la grosería funcional del objeto. Bastante libertad de iniciativa se había dado a la naturaleza antes de que naciera el diseño, y así eran como eran las manzanas y los escarabajos, subdiseños creados por una nefasta evolución de las especies en la que no había podido intervenir ningún diseñador. A Lázaro Conesal le habían hecho mucha gracia estas teorías, desde la creencia firme de que la teoría no suele hacer daño a casi nadie, otra cosa son los teóricos, pero los teóricos de los objetos no suelen ser peligrosos.

—Me apunto a la subversión de los imaginarios —le había declarado a Marga Segurola cuando le hizo una entrevista para *El Europeo.*

—¿Y a las otras subversiones?

—Ah. Pero ¿hay otras?

Marga Segurola multiplicaba ahora sus piernas cortas de ciempiés de sólo dos patas para acercar su sonrisa cínica y su lengua bífida a los escritores que llegaban bajo sospecha de haberse presentado al premio con seudónimo.

—¿Cuánta pasta gansa te han largado sólo para figurar entre los sospechosos de haberse presentado? ¿Cuánta pasta por ganar el premio? ¿Necesitas los cien millones de pesetas a cambio de vender tu alma a ese *parvenu*?

Había escritor que trataba de justificarse, otros se le escapaban de las garras llevando la conversación hacia la sorprendente escenografía.

—Tú que eres tan enciclopédica, Marga. ¿De qué estilo es esto?

—Posmariscalismo. Me lo contó el propio Lázaro Conesal. Posmariscalismo heavy.

—¿Catalán?

—Catalano-valenciano-micénico-balear.

—Lo catalán nos invade.

—Pues el dueño del hotel es de Brihuega.

—Lázaro Conesal. Creo que los vinos que se sirven también son suyos y seguramente cenaremos algo relacionado con el salmón. Tiene piscifactorías en las islas Feroe. Espero que sirva cocaína propia después de los postres.

—¿Un traficante mecenas?

—Al menos, consumidor. Hay que diversificar los riesgos morales.

Editores y agentes literarios profesionales acompañaban a sus escritores preferidos, siempre recelosos de que se les fueran con la competencia, angustiados los editores por el mucho dinero que Conesal podía poner sobre el tapete verde del mercado literario y alertados los agentes literarios ante la posibilidad de que la fortuna de Conesal entrara en el juego de la subasta de las novedades de sus pupilos.

—No están todos los que son.

—¿Por ejemplo, Marga?

—Pues no se ve al superagente literario 009 con licencia para matar, Carmen Balcells. Eso quiere decir que no tiene bien colocado ningún caballo para el premio.

—O que ya lo tiene en el bolsillo.

Comenzaban a aparecer managers de editorial de la serie *Terminator*, especialistas en rejuvenecer editoriales por el procedimiento de despedir a todos los mayores de treinta y cinco años, fueran recaderos o escritores en su tercera fase, con la astucia de excluir del despido a los propietarios, aunque se lo merecieran. Tampoco se conocía caso alguno de ejecutivo bioagresivo de esta naturaleza que se hubiera cesado a sí mismo una vez cumplidos los treinta y cinco años. Se decía de alguno o alguna de estos nuevos profesionales que llevaba pistola sobaquera, spray paralizante o navaja en la liga, ante los odios concitados, estrictamente literarios, pero habida cuenta de que los Terminators de editorial no leían casi nunca, confundían la violencia de las miradas letraheridas con la violencia terrorista desestabilizadora de las reglas de la perpetua y fallada dialéctica entre lo viejo y lo nuevo. Mesas de libreros y libreras con sus cónyuges, vestidos de fiesta del dinero y de las letras, vendedores privilegiados de obras enciclopédicas con ganancias de veinte a treinta millones al año, escritores habitualmente asistentes a premios, fuerzas vivas o supervivientes de la cultura, políticos deseosos de connotaciones culturales, escritores secretos dedicados a la abogacía, la medicina o al tráfico de influencias, aquella noche cohabitaban con representantes de la nueva clase social del Régimen democrático, los nuevos ricos que habían prestado al nuevo poder socialista el colchón de una oligarquía joven que les debía el despegue de su riqueza y algunos tiburones de la oligarquía de siempre que debían algún favor o esperaban debérselo al anfitrión, Lázaro Conesal, conocido como «El Gran Gatsby» en los cenáculos literarios cincuentones donde conservaban todavía la memoria del personaje de Scott Fitzgerald. Todos atendían con una especial tensión el perfume de una nueva transición, irreversible, les parecía la derrota progresiva y final de los socialistas y el retorno al poder de una derecha nacida para gobernar en España desde la época de la horda prehistórica. Incluso se apreciaba una incorporación de efectivos culturales de la nueva derecha, del Partido Popular, ávidos de ir ocupando posiciones en territorios culturales casi copados por las izquierdas durante la Primera Transición. Una de las actividades más excitantes de la noche sería la de descubrir cuántos invasores del PP se habían infiltrado en las mesas más culturalizadas. No faltaban mesas corporativas como la formada por los principales tertulianos radiofónicos, periodistas o escritores dedicados al arte de revisar toda la realidad nacional y humana, todas las mañanas, por orden temático casi alfabético que iniciaban la sesión privada y nocturna intercambiándose información sobre las dificultades de Lázaro Conesal con el Banco de España y el mismísimo Gobierno.

—¿Y a un crítico de tu prestigio qué se le ha perdido en esta subasta de plumas vendidas?

Altamirano se pasó una mano por su inmensa frente para abortar las perlas de sudor que solían adornarla y dulcificó la segunda mirada que dedicó a Marga Segurola. Ella no se había impresionado por la primera, pero pactó con la segunda y dedicó una sonrisa a la oración compuesta que salió algo sceseante de los labios del crítico literario más temido y criticado del Estado.

—¿Y qué le trae por aquí a la Elsa Maxwell de la literatura al sur de Río Grande?

—Cómo se nota que eres un carroza, hijo.

¿Cómo se te ocurre utilizar el referente de Elsa Maxwell? ¿Quién sabe hoy día quién era Elsa Maxwell?

—No eludas la cuestión, Marga. Con la cantidad de dinero que tiene tu familia, ¿por qué te dedicas a hacer ver que te interesa la pureza de la literatura?

—Familias como la mía son las que han propiciado la mejor literatura que se haya escrito. La peor siempre ha sido a costa de los obreros y los pobres. ¿Quién lee a Gorki? ¿A O'Casey?

—Que tu familia sea literaria no quiere decir que tú lo seas.

—Tengo una novela inédita en la que describo con todo lujo de detalles lo que siente una mujer cuando se da cuenta de que ha tenido la primera regla.

—¿Cuatrocientas páginas?

—No. Voy de *light*. Escribir cuatrocientas páginas es una horterada. Ciento cincuenta a triple espacio de ordenador, pero con una gran complejidad técnica y lingüística y cito de vez en cuando a Steiner.

—¿Al estilo de tu admirado Narciso Arroyos, como si el lenguaje fuese a hacerse una prueba al sastre? Es bonita la definición de Arroyos, ¿no? Se la debo a Álvaro Pombo que a veces maneja el bisturí de precisión.

—Fuiste tú quien puso por las nubes a Narciso Arroyos.

—¿Yo?

—Cínico. Fue uno de esos escritores a los que tú señalaste con el índice y clamaste: es el escritor mejor situado ante el año dos mil. Aunque eso se lo prometes a todos.

—Es que siempre me paso. Con el tiempo que

faltaba todavía... A veces hago balance de todos los escritores a los que les he prometido estar en primera posición en el año dos mil. Me salen cincuenta y tres. Tú misma. Quizá tú estés muy bien situada en el año dos mil. Pero apresúrate, porque ya estamos en 1995 y sólo te quedan cinco años para colocarte entre los cinco mil mejores novelistas españoles. Así que tu novela es compleja, compleja. Debe leerse morosamente. Como la buena literatura. O no leerla. A veces no leer una obra magistral es el mejor servicio que el lector puede hacerle a un autor magistral. Saber que es buena y ya basta. Ciento cincuenta folios a tres espacios. Un viaje en taxi.

—A la velocidad que tú lees, seguro.

Si algún ingenuo mirón de la sociedad literaria asistía al diálogo entre la Segurola y Altamirano veía que llevaban las manos y las muecas enlazadas, mientras las sonrisas rígidas procuraban estar a la altura de las palabras homicidas. Estaban frente a frente el poder mediático y el poder crítico, pero los ojos inocentes no habrían tardado en saltar a otras parejas, otros tríos, grupos de letraheridos que se iban formando entre amabilidades de reencuentro, para solaz de los profesionales, financieros y ricos sin ubicación expresa que habían acudido al premio Venice para ver y dejarse ver. El ambiente se iba cargando de ironía e inocencia, a partes iguales.

—Yo me gano la vida con los sanitarios.

—¿Ironía o inocencia?

Oriol Sagalés, una de las eternas promesas de la literatura, capaz de haber llegado a los cincuenta años con un número limitadísimo de lectores selectos de los que conocía sus números telefónicos, incluso de las segundas residencias, había contestado suficientemente al presidente de la razón social Puig Sanitarios, S. A., luchador por una ley del mecenazgo que le permitiera tirar adelante una fundación llena de pinturas falsas carísimas y de auténticas baratísimas.

—En mi casa no había libros. Mitifiqué los libros desde niño.

—A mí me ocurrió lo mismo con los sanitarios.

—¿No había sanitarios en su casa?

—Vivía en una mansión modernista, sin la cual los Sagalés, del textil, se hubieran sentido desnudos frente a la otredad, con espléndidos, viejísimos e inmensos retretes pompeyanos «noucentistes», me parece que en Madrid a eso se le llama novecentismo, creo que diseñados por Rubiò. El «noucentisme» había llegado demasiado tarde a mi casa, a tiempo sólo de ocupar los retretes, de la mano de una tertulia que mi abuelo sostenía con Eugenio d'Ors y otros cantamañanas por el estilo. D'Ors sólo consiguió que cambiáramos los sanitarios por la nueva estética, porque a él, decía, le gustaba mear sabiendo dónde meaba y un mingitorio modernista se merecía una casa de putas. Don Eugenio decía putas en catalán y así aliviaba la palabra de morbosidad y sexo. ¿A ustedes les parece que «meuca» puede querer decir puta? No llegué a conocer los mingitorios modernistas, pero me hubieran gustado más, seguro. Los «novecentistas» eran unos sanitarios falsamente prerracionalistas, en los que casi te señalaban el lugar donde debías apuntar el pipí pero faltaba el casi. Los novecentistas eran algo calvinistas, como el presidente catalán Pujol, y predicaban la obra «ben feta», bien hecha, incluso como oscuro objetivo del pipí. A los «noucentistas» les perdía el detalle doricojónico catalán. Yo prefiero la desfachatez barroca del modernismo o bien la real modernidad racionalista. Por eso añoraba los nuevos sanitarios que ustedes fabricaban. Recuerdo que cuando iba a la editorial Anagrama siempre tenía ganas de mear y sólo era para poder hacerlo en sanitarios de su marca.

—Son diseños alemanes.

—De alemanes del norte. No pueden ser bávaros. Con lo que mea esa gente sólo necesita letrinas de boca ancha.

—Del norte, desde luego.

—Tenían algo de diseño nórdico... Danés.

—En efecto. Los diseños vienen de una fábrica de Hollstein... al lado de la península de Jutlandia.

—Tengo una especial sensibilidad para lo nórdico. El norte es la razón y el sur la escupidera. Me encantaría un norte poblado de sureños racionalizados o simplemente civilizados.

—¿Y si repoblamos el norte de sureños, qué hacemos con los norteños?

—Los subiremos hasta la punta del Polo Norte y después los precipitaremos en el abismo que hay en la otra cara del planeta.

La señora Puig inclinó su cabezón peinadísimo y su escote erosionado por la edad y las consecuencias de la apertura del agujero en la capa de ozono, para hacerle una confidencia a aquella eterna promesa que desde hacía diez años recibía siempre la misma crítica, del mismo crítico, en el mismo periódico: «Uno de los fenómenos más tipificables de la Nueva Narrativa Hispánica es el de Sagalés, escritor ensimismado que sólo permite proximidades a los espíritus más dispuestos a sorprenderse todavía con una literatura opuesta a las leyes del mercado, capaces de entender la lucha casi en solitario de un escritor dotado del don de la ironía secreta como instrumento de conocimiento de un universo que él sólo sabe ver...». Sagalés vio de cerca los labios pintados y cuarteados de la dama, sus dientes limpios pero bicolores por un exceso infantil de penicilina de estraperlo años cuarenta, ojos arácnidos por un rímel contracultural años sesenta con el blanco ensuciado por venillas relavadas por colirios insuficientes años noventa.

—Usted sí que es un gran escritor.

—Muchas gracias, señora.

—No me explico qué hacemos tantos catalanes en una misma mesa.

—A los madrileños les encanta tenernos bajo control para que no les robemos el casticismo. En Madrid saben montar los carnavales y siempre necesitan algún catalán soso y aburrido que se los elogie. A cambio nos dicen que somos europeos.

—Usted no necesita prestarse a estas carnavaladas.

Sagalés trató de escapar a la confidencia sin perder la sonrisa y se encontró con la mirada sarcástica que su mujer le enviaba desde el otro lado de la mesa redonda. Dos Martini secos y ya estaba borracha. Los ojos del escritor quisieron sellar los labios de su mujer, pero ya era tarde.

—Mi marido es el escritor joven más viejo del Mercado Común.

—¿Es su esposa?

—Se llama Laura. En efecto, es mi esposa. ¿Qué mujer podría hablar a un hombre de esta manera si no estuviera casada con él?

Todos los compañeros de mesa estaban interesados por la descubierta relación entre el joven viejo escritor y aquella mujer algo fondona pero llena de redondeces cálidas que invitaban a ser miradas.

—Si a mí me habían dicho que usted...

Un codazo del primer vendedor de diccionarios

enciclopédicos del hemisferio occidental español impidió que su mujer dijera lo que pensaba. Pero ya tenía encima a la señora Sagalés.

—¿Que era maricón? ¿Homosexual quizá?

—No. Soltero.

—Sí. Eso sí. Mi marido siempre ha sido soltero.

—Mi esposa es de lo más literario que tengo.

Todos, menos su mujer, rieron el sarcasmo del escritor, pero la situación pedía un descanso y el vendedor creyó llegado el momento de poner sobre la mesa las toneladas de libros que vendía al año.

—Detesto que se vendan libros.

Le cortó Sagalés, para añadir:

—Y sobre todo detesto que se vendan los míos. Salvo excepciones, entre las que incluyo a todos los miembros de esta mesa, me irrita que todo lo que yo he ensoñado y escrito vaya a parar a imbéciles. Bastante hago con escribirlos. ¿Qué he hecho yo para que una pandilla de guarros iletrados se lancen sobre esa sangre de mi sangre, carne de mi carne para abusar de ella, practicar tocamientos deshonestos y finalmente comérsela al servicio de un metabolismo incalificable que convierte mi talento en una sucia turba de vitaminas y proteínas que alimentan a un lector generalmente imbécil, tan imbécil que se ha gastado dos, tres mil pesetas en comprar lo que él no ha sabido escribir?

Al vendedor se le había paralizado la sonrisa, la palabra, la gesticulación y por fin acertó a balbucir:

—Pero hombre... Muchos de mis clientes son personas de cultura. Médicos. Dentistas. Abogados.

Laura le guiñó un ojo.

—No trate de convencerle. Mi marido escribe para sí mismo.

—Pues es el primer escritor que conozco que no quiere vender libros.

—Tal vez toleraría que se vendieran siempre y cuando no se leyeran, mediante un compromiso formalizado ante notario ágrafo.

—¡Qué cosas! Nos está tomando el pelo, ¿verdad usted? Con algo hay que ganarse la vida.

—Yo me la gano honesta y esforzadamente. Me la gano a veces escribiendo necrológicas sobre escritores que están a punto de morirse o que se han muerto hace unas horas. Tengo un gran talento para las necrológicas. Muchos parientes de escritores y gentes por el estilo, recién fallecidos, se dirigen inmediatamente al periódico pidiendo que la necrológica sea mía. Tener una necrológica Sagalés es como tener un Picasso. Incluso podría improvisar ahora mismo una sobre cada uno de ustedes. Por ejemplo de usted mismo. ¿Su gracia?

—¿De qué gracia habla?

—Su nombre, si es tan amable.

—Julián Sánchez Blesa.

—¿Cuál es su territorio de apostolado literario?

—¿Se refiere usted a por dónde vendo libros? Bueno. Supongamos a España dividida en dos hemisferios.

—Es mucho suponer porque España no da para tanto, pero supongamos.

—Pues a mí me toca el hemisferio occidental.

—Ha fallecido Julián Sánchez Blesa y ha quedado seriamente mutilada la memoria literaria del hemisferio occidental español. Gracias a su empecinado forcejeo por elevar el nivel cultural de los ágrafos reproductores se llenaron los hogares españoles de Diccionarios Enciclopédicos y de las obras completas de casi todos los escritores que se llaman Torcuato. Su viuda pide una plegaria por su alma, tan sobria como su vida. Los vendedores de libros en invierno recitan a Shakespeare y en verano viajan a Benidorm.

Come, come, you froward an unable wormes.
My mind bath bin as bigge as one of yours
My heart as great, my reason haplie more
To bandie word for word, and frowne for frowne.
But now I see our launces are but strawes.

—¿Puede traducírmelo por si debo cabrearme?

—¡Vamos, vamos gusanos, impotentes e indóciles / Yo también he tenido un carácter tan difícil como el de vosotros / con corazón tan altanero y quizá mayores motivos / para oponer una palabra a otra palabra y malhumor por malhumor. / Pero ahora advierto que vuestras lanzas no son sino débiles cañas...

—Usted que le conoce bien, ¿debo cabrearme?

—Yo le partiría la cara —opinó Laura y el vendedor se echó a reír.

Se encogió de hombros el más antiguo de los escritores prometedores de España, dio así por terminada la implícita audiencia y las miradas se repartieron por el salón principal del hotel. Los encargados de distribuir a los invitados tenían la consigna de respetar el estatus cultural combinándolo con el estatus económico. Así las primeras fortunas del país compartían mesas con los destinados a recibir algún día el premio Cervantes, aun a pesar de que ya hubieran ganado el Nobel, el Planeta y como un refuerzo exótico, les acompañaba algún ganador del premio de poesía Príncipe de España o Loewe o El Corte Inglés o General Motors o Parmalat o Sopas La Teresita siempre que tuviera ese aspecto senatorial que los ya no tan jóvenes poetas españoles, independientemente de la edad, consiguen por el procedimiento de escribir poemas a base de dos citas de Parménides, una cierta desazón metafísica y alguna puesta de sol en islas improbables. Los escritores todavía no consagrados estaban más alejados de la mesa presidencial, donde las fuerzas vivas aguardaban de pie la llegada del presidente en funciones de la Comunidad Autónoma de Madrid, don Joaquín Leguina, a punto de ser sustituido en el cargo por Ruiz Gallardón —triunfante candidato de la derecha que había declinado la invitación por respeto a la representación que aún ejercía su amigo, aunque antagonista político— y de la señora ministra de Cultura doña Carmen Alborch, ambos en fase política terminal a juzgar por los comentarios dominantes que resaltaban lo torpe que había sido Leguina dejándose hundir con la torpedeada nave socialista y en cambio la habilidad que había distinguido a la ministra capaz de durar poco tiempo, pero el suficiente para ser recordada como el único ministro en tecnicolor de toda la historia de España, caracterizada por ministros color caqui militar o gris marengo. El empresario Regueiro Souza se miró la cara en el espejo oculto en su pitillera abierta, y repasó con sus ojos la corrección del maquillaje que daba a su rostro una continuidad de piel de melocotón sazonado y sólo excesivamente abultada en las poderosas bolsas bajo sus ojos rasgados y con demasiadas pestañas que trataban de captar antes que nadie la llegada de la ministra, pero sus expectativas se cambiaban por el ducal avanzar entre salutaciones desigualmente correspondidas de Jesús Aguirre, duque de Alba, compañero de mesa a juzgar por lo que proclamaba la tarjeta situada ante su cubierto. Antes de la llegada ducal, una silla fue ocupada por Hormazábal, tan exquisitamente calvo y asténico como siempre y tan frugal en las palabras como para dar acuse de recibo de la presencia de Regueiro Souza mediante un ligero chasqueo de dedos. No fueron necesarias más presentaciones en aquella mesa, sorprendida como todas las demás porque los reflectores de las televisiones y los flashes de los fotógrafos urdieron un pasillo de luminosidades por el que avanzaron las autoridades esperadas a las que abría paso, caminando de lado para no darles la espalda, don Lázaro Conesal. A pesar de la nobleza canosa y pechugada de Leguina o de la policromía festiva de bailarina de sambas de la señora ministra de Cultura, todas las miradas se iban a por Conesal, impecable en su traje oscuro de gala Armani, con los cabellos rubios casi blancos de héroe wagneriano metalizado planchados por una gomina carísima, que respetaba el *flou* de las patillas canosas, de una blancura de hombre de las nieves bien cuidado, en la tez los soles y los vientos de los mejores veleros, las mejores estelas en los mejores Mediterráneos, filtrados cotidianamente por cosméticos Natura Bissé y dos veces por semana un masaje facial completo reparador desde las manos de una masajista especialmente llegada desde Marrakech, en la avioneta particular del millonario que nadie debía confundir con su avión transoceánico destinado a más arduas empresas.

—Aplomo y dinero —comentó Altamirano ante la aparición.

—Plomo y oro —corrigió Marga Segurola.

Lázaro Conesal parecía cubierto por la pintura encerada de las carrocerías de coches de lujo, capaz de expulsar el sentido de las miradas y exigir la aceptación de su mismidad. La tendencia a parecerse a un bello modelo de colonias viriles, la corregía Conesal con la gestualidad de ser además el propietario de la colonia y del modelo. De hecho, Lázaro Conesal tenía el aspecto de ser el propietario de cualquier metáfora de su apariencia. Una vez presentadas las autoridades a la esposa del financiero, una ex funcionaria del Ministerio de Hacienda que conservaba un cierto aspecto de muchacha anoréxica y envejecida por las oposiciones, Conesal disculpó la silla eléctrica que iba a dejar vacía junto a la señora ministra, debido a sus obligaciones como presidente del jurado.

—Aunque te dejo bien acompañada, ministra. Mi hijo Álvaro. Acaba de salir del MIT y necesita una guía espiritual cultural mediterránea como tú. Recuerda, Álvaro, que la silla es prestada y en cuanto se emita el fallo, tú a tu sitio y yo al mío.

Álvaro Conesal, chaqueta de esmoquin Armani y pantalones tejanos comprados de segunda mano, se acercó a los labios la mano de la ministra quien a continuación le besó las dos mejillas y se colgó de su brazo para decirle al oído:

—He ganado con el cambio. Los hijos de los hombres guapos son aún más guapos que sus padres.

—Los hijos de los hombres ricos en cambio tenemos menos dinero que nuestros padres ricos.

No le gustó demasiado el comentario a Lázaro Conesal, pero como la ministra lo acogió con un entusiasmo contagioso, rió la gracia de su hijo e inició la retirada hacia los cuarteles del jurado. Adecuó sus pasos a los del detective privado que su hijo había puesto a su estela, mezclado con los guardaespaldas de siempre. Aquel hombre que ni siquiera le había saludado marchaba paralelamente al grupo compuesto por el financiero y sus escoltas habituales, con la expresión de un veterano de acontecimientos aburridos. A Conesal le gustaba conocer a quienes le protegían y de aquel recién llegado sólo recordaba vagamente la eufonía gallega de su apellido y un cruce de monólogo, por parte de Conesal y silencio sostenido aquella misma mañana, durante el almuerzo. El monólogo lo había puesto él y el desganado silencio el detective. A Lázaro Conesal no le faltaron por el camino interpelaciones de segundones dispuestos a evidenciarle cuán tensa y delicadamente vivían el festejo, pero se limitó a dar la impresión de que todo estaba bajo control y que era lógico pero innecesario dudar de que todo estuviera bajo control.

—Y de lo nuestro, ¿qué?

El hombre cuadrado y retador le estaba estrechando la mano, pero en sus ojos había ultimátum y casi agresividad.

—Hormazábal. ¿Tú crees que es el momento?

Rebasó Conesal a su interlocutor, pero se había contagiado el gesto y eran varios los que le tendían la mano y trataban de pegar la hebra.

—¿Queréis conversación o saber el nombre del ganador? El jurado está reunido y me espera.

Al llegar a la puerta que le abría el camino hacia el escondite del jurado hizo un gesto imperativo para que sus guardaespaldas se detuvieran. Sólo el nuevo detective avanzó hasta situarse en el dintel y quedar de cara a las tertulias del comedor mientras Conesal pasaba a su lado sin conseguir otra vez recordar su apellido y sin ninguna gana de preguntárselo.

—¿Quién va a ganar?

—Sánchez Bolín.

—¿Seguro?

Ariel Remesal, ganador de siete premios periféricos de mediana importancia, señaló un título en la lista de seleccionados para que lo captara su compañero de mesa, Fernández Tutor, un editor para bibliófilos, también llamado *El bibliófilo de la Transición* por las muchas subvenciones conseguidas para sus ediciones dedicadas a rescatar del olvido los libros más perfectamente olvidables, convertido en Juez Supremo del Juicio Universal de la Historia de la Literatura Olvidada, capaz de decidir una posteridad literaria ennoblecida por el papel de barba y las encuadernaciones en las pieles fetales más caras de los mejores mataderos.

—*Las tribulaciones de un ruso en China*. ¿De Sánchez Bolín?

—Es una paráfrasis típicamente sanchezboliniana. Esa afición, ya algo carroza, que tiene por los mestizajes culturales, así en los materiales como en las finalidades. Julio Verne y caída del Muro de Berlín. ¿Qué tribulaciones puede tener un ruso poscomunista en la China que teóricamente sigue siendo comunista?

—En efecto. Es muy sanchezboliniano. También el seudónimo: Mateo Morral, un anarquista de comienzos de siglo. Más antiguo que el ir a pie. Son las bromas nostálgicas de una izquierda de guardarropía, con despensa y llave en el ropero —terció Andrés Manzaneque, el mejor poeta y novelista gay de su generación en las dos Castillas, apreciación no aceptada por los mejores poetas y novelistas gays de León, que rechazaban mayoritariamente la unidad político-administrativa autonómica formada por Castilla la Vieja y León. Estaba de acuerdo con Alma Pondal, nacida Mercedes hasta un descubrimiento adolescente de Mahler, la mejor novelista ama de casa de su generación que había acudido con su marido, el mejor ingeniero de puentes y caminos de su generación. Fue más lejos del simple acuerdo.

—Habría que practicar una desanchezbolinización de la novela española. ¡Basta ya! De hecho, Sánchez Bolín sólo ha aportado una cosa positiva.

—¡Qué constructivo estás esta noche!

—Ha puesto en evidencia el costumbrismo agotado de Delibes y los delibesianos y de los del posrealismo socialista refugiados en la llamada novela negra.

—Novela cachumbo. Ya huele a mierda. Con perdón.

—Peor que a mierda. Huele a nada.

Al mejor novelista gay de las dos Castillas de su generación no había quien le parara ya.

—Y aprovechando que estamos en España, junto a la desanchezbolinización habría que descatalanizar la literatura española. ¡Qué horror! ¡Ese castellano periférico de los Marsé, los Mendoza, los Azúa y los Goytisolo! Apesta a pan con tomate y al María Moliner.

—Peor aún. Al *Diccionario Ideológico* de Casares. Por cierto, ¿está Sánchez Bolín? Nunca asiste a estos saraos. Si está es que...

—Está.

El dedo de la mejor novelista ama de casa, especialmente restaurado por la manicura para el evento literario, señalaba hacia una mesa relativamente bien situada en relación con la presidencia, no ya por la presencia en ella de un Sánchez Bolín insospechadamente adelgazado, sino también por la del único premio Nobel español realmente existente, con toda la literatura almacenada en la triple papada que le comunicaba los labios desdeñosos con el triple abdomen. Otro académico amueblado como tal por la edad, la biología en general y la erudición, así como Justo Jorge Sagazarraz, el avejentado por una calva oval y una descuidada barba canosa heredero de una empresa naviera de capital mixto y Mona d'Ormesson, traficante de influencias intelectuales, traductora en sus horas libres del *Sir Orfeo*, la versión medieval anglosajona del mito de Orfeo y Eurídice. Sagazarraz permanecía más de pie que sentado, se iba más que estaba, balbuciendo excusas para merodear por la sala, saludar y ser saludado y a cada vuelta parecía haber acabado con una petaca entera de whisky que le ponía las mejillas progresivamente recorridas por capilaridades lilas. La dama recitaba al borde de la huidiza y rolliza oreja de Sánchez Bolín que se aposentaba las caedizas gafas con un dedo corto y gordezuelo, para luego llevárselo a la inacabable frente para pescar y aplastar perlas de sudor.

Pues ahora he perdido a mi reina
la más hermosa dama que nació jamás.
Nunca volveré a ver mujer.
Al bosque salvaje me retiraré,
y viviré allá para siempre,
con fieras agrestes en la selva gris.

—Precioso, ¿no?
—Precioso.
—Dispone de una dignidad poética que no tiene nada que envidiar a lo mejor de la literatura órfica.
—Desde luego.
—Estoy muy contenta con mi trabajo. Además, cuento con el beneplácito de García Gual. ¡Es un genio este hombre! Su libro *Mitos, viajes, héroes*, publicado por Taurus ha sido mi libro de cabecera durante años.

—Admirable. Admirable —concedió Sánchez Bolín.

—Admirable, admirable —ratificó el naviero Sagazarraz.

—¿Le interesa a usted la mitología?

Sagazarraz tardó en comprender que la dama órfica se dirigía a él.

—Me interesan los viajes. Soy naviero.

—¡Naviero! Una profesión mítica. ¿Sus barcos dan la vuelta al mundo? ¿Recorren cargados de petróleo las venas del mundo industrial?

—En mi casa siempre hemos fabricado pesqueros, especialmente dedicados a la pesca del calamar.

La traductora empezó a perder el brillo de sus ojos.

—Calamar fresco, eso sí.

Desgravó la situación el naviero, pero no ganaba posiciones ante la dama selectiva.

—En mi casa jamás se han pescado calamares fritos a la romana.

La traductora había perdido todo interés por Sagazarraz, pero recuperó su mejor mirada brillante ora a Sánchez Bolín, ora al premio Nobel. Gastado Sánchez Bolín como receptor de sus prodigios se lanzó sobre el premio Nobel, que no estaba para gaitas órficas porque exclamó en latín:

—*Nemo secure loquitur, nisi qui libenter tacet.*

Y la frase hubiera quedado encerrada en su propia escasez, de no haberla culminado el escritor con un regüeldo. Pero la dama órfica estaba dispuesta a cualquier cosa para continuar siéndolo y puso más chispas de entusiasmo en los ojos para decir:

—*Verecundari neminem apud mensam decet.*

Molesto el premio Nobel por no haber escandalizado a nadie, puso voz de bajo cantante ruso y llevó la conversación hacia el sur del cuerpo.

—Cuando cambia el tiempo lo noto porque me pican los cojones.

La traductora pensó que al premio Nobel le agradaría mantener un pulso y no hizo caso de la risotada que se escapó de los labios ya perennemente húmedos del achispado Sagazarraz. Renovó brillo malicioso en sus ojos, los dirigió con toda la luminosidad posible a los del Nobel al tiempo que contestaba:

—Debe tenerlos del tamaño correspondiente a lo mucho que habla de ellos.

—Se equivoca. Los tengo pequeñitos y pegados al ojo del culo. Como los tigres.

—Eso se opera.

—Los he tenido ahí toda la vida. Forman parte de mi personalidad. Con ellos he conseguido follarme hasta a mis traductoras al samoyedo.

Todos los ojos sentados a la mesa se dirigieron hacia la voluminosa bragueta del escritor, excesiva para la alta delgadez del resto de su anatomía, incluso Sánchez Bolín contemplaba la orografía abdominal del premio Nobel como si fuera a entrar en erupción. Pero los ojos de Sánchez Bolín se sorprendieron al distinguir entre los merodeadores de las mesas a un personaje familiar e impropio de la situación.

«¡Coño!», pensó y casi dijo, al tiempo de que sus ojos se encontraran con los del extraño invitado e intercambiaron guiños de complicidad. No los suficientes como para que Sánchez Bolín no se levantara y fuera hacia su silencioso intercomunicador.

—¿Qué hace usted aquí?

—Veleidades literarias.

No daba para más la conversación y los camareros aparecieron en formación de ejército de ocupación de opereta vienesa y tras desfilar con las bandejas voladoras sobre sus cabezas, divididos en piquetes de gala se cernieron sobre las mesas, para dejar unos los platos de entremeses sutiles «nouvelle cuisine» marcada por el art déco, y llenar los otros las copas con el cava catalán que acompañaba según el menú, el entrante.

—¿Catalán? —preguntó Mudarra Daoiz, un académico especializado en el uso del diminutivo en la prosa femenina española del siglo XVII, al tiempo que sus ojos enrojecidos y duros detenían el movimiento escanciador del camarero, tanto como sus venosas manos cruzadas sobre la boca de la copa flauta, mientras sus labios se endurecían como piedras para preguntar acusadoramente al camarero:

—¿Catalán?

—No, señor, soy de Alcázar de San Juan.

—Me refiero al champán.

—Es cava, bueno, champán catalán, sí, señor.

—Me niego a tomar nada catalán mientras persista en Cataluña el genocidio contra la lengua española.

La mirada recolectora de solidaridades del académico recibió apatía y deseos de tomar champán, viniera de donde viniese, con excepción de la traductora de *Sir Orfeo*, que se puso un antebrazo sobre los ojos al tiempo que echaba el cuerpo bruscamente hacia atrás poniendo en peligro la estabilidad de la sólida silla eléctrica.

—¡No!

Había evidente curiosidad común por el destino del no. ¿No al cava catalán? ¿No al genocidio contra el español en Cataluña? ¿No a la actitud numantina y patriótica del académico?

—¡No! ¡No puedo creerlo!

¿Qué no podía creer o en qué no podía creer? La traductora había retirado su antebrazo de los ojos y miraba al viejo académico como si fuera una golosina a la vez sexual y mental, hasta el punto de que la anciana esposa del académico trató de salir al paso de la impertinente mirada y su marido enrojeció al tiempo que se le esturrufaban las marchitas plumas del pavo real que fue en aquellos tiempos en que le tocara una teta en Exeter a una profesora islandesa especialista en el paisaje literario en la obra del Arcipreste de Hita. La profesora tenía fama de poseer unos pechos que ganaban todas las batallas a la ley de la gravedad, no precisaban sostenes y emergían como flotadores de una rubia ceniza ahogada en el océano de las miradas más eruditas y lascivas de las literaturas románicas. Cuando el profesor consiguió tocarle una teta, en las idas y venidas de una larga conversación sobre el Góngora costumbrista, recordó unos versos de Garcilaso: *Dó la coluna que el dorado pecho / con presunción graciosa sostenía*. Pero poco le preocupó la metáfora garcilasista del cuello cuello. La teta. La teta. No la toquéis más, así es la teta. Por fin los labios de la traductora abandonaron la forma corazón subrayada por el color sanguina más grasiento de Margaret Astor y se abrieron para adjetivar al académico.

—¡Qué mono!

La esposa del académico fue sin duda el poblador más desconcertado de la mesa y el académico el más apabullado, porque aunque elogioso el epíteto, lo analizó semánticamente con toda la rapidez que le permitieron sus neuronas y llegó a la conclusión de que en su circunstancia era un epíteto poco de agradecer, que le reducía a la condición de osito de peluche en manos de aquella descarada y por eso estiró el pescuezo maltratado por el cuello almidonado de la camisa estrenada el día del discurso de investidura académica del duque de Alba.

—Por cierto, ¿habéis visto a Alba?

—Está en aquella mesa, Mudarra.

—¿Están aquí los Albó, los conserveros de bonito? —se interesó Sagazarraz, pero Mudarra pareció no entenderle y seguir dedicando la atención a su esposa.

—¿A qué mesa te refieres, Dulcinea?

La esposa del académico señaló con un dedo sarmiento ensortijado con una baratija búlgara, fruto del Simposium sobre lecturas ochocentistas del Lazarillo de Tormes, celebrado en Sofía en 1958, la mesa en la que el duque de Alba centraba la atención de los comensales con un discurso que los dividía en apocalípticos e integrados, los primeros irritados por la exhibición de pedantería controlada del señor duque y los segundos seducidos por el collage mental del ex jesuita, capaz de mezclar a las genealogías más necias de la aristocracia española superviviente, con las genealogías de la escuela de Frankfurt o del mismísimo György Lukács. Entre los apocalípticos dos socios de Conesal, el financiero Iñaki Hormazábal, «el calvo de oro» para las damas del todo Madrid o «el asesino de la Telefónica», denominación merecida por su manía de comprar, matar, desguazar, vender empresas por teléfono y Regueiro Souza, chatarrero y propietario de avionetas de alquiler, íntimo del jefe del Gobierno, fuera el que fuese, al que se dirigía incluso dándole la espalda. Entre los integrados, Beba Leclercq, de los Leclercq de Tejados y Demoliciones, una rubia elástica y dorada casada con un

Sito Pomares, de Pomares & Ferguson, bodegueros de Jerez, un rubicundo cuadrado y pecoso, más Ferguson que Pomares. Beba Leclercq se había confesado con el duque de Alba cuando aún era eclesiástico y le encantaba cómo hablaba el alemán, incluso le había pedido alguna vez la absolución y la penitencia en alemán. En cuanto a su marido, le gustaba todo lo que le gustara a su mujer, pero no que su mujer les gustara tanto a los hombres.

—Duque —dijo Beba, con una entonación que más parecía haber querido decir «padre».

—Dime, hija mía. ¿Cuántas veces?

—No si yo... Yo quería recordarte que la última vez que nos vimos fue en casa de Tato Hermosilla, el marqués de San Simón y ya nos hablaste de ese ruso, Lucas. Me pareció ¡tan interesante!

—Lo peor de los marqueses de San Simón es que ni siquiera saben dónde está San Simón o en el mejor de los casos lo asocian con un queso, y un queso gallego, para más INRI, y lo peor de Lukács, quien, por cierto querida, no fue ruso sino húngaro, fueron los discípulos que le salieron al pobre, incluida esa Agnes Heller que es una fugitiva del terror rojo y todo para irse a Australia a hacer el canguro posmarxista. ¡Mudarra!

El duque había percibido cómo se acercaba el viejo académico fugitivo del cava catalán y de la traductora de *Sir Orfeo*, malcaminando sobre sus pies hinchados, con la olvidada servilleta colgándole del cinto y la sotabarba sublevada sobre el cuello de la camisa historiada demasiado estrecha. La mano que tendía el duque predisponía al besamanos por su blandura, pero el académico contuvo el deseo de acercarle los labios y la estrechó con un entusiasmo que provocó el arqueo displicente de la ceja izquierda del señor duque.

—¡Alba! ¡Querido Alba! ¿No ha venido Cayetana?

—Ha tenido un disgusto de muerte con uno de nuestros perros y le he dicho: Cayetana, tú disgustada eres una bomba de relojería dinástica. Un enfado tuyo puede cargarse al Gobierno y, por supuesto, el premio. No vengas. ¡Se lo he prohibido!

Reía el duque solazado por su capacidad de prohibirle algo a la duquesa y reía el académico por la mucha gracia que le hacía todo lo que dijera Jesús Aguirre y Ortiz de Zárate, duque de Alba consorte.

—¿No cenas, Mudarrito?

—Calla... calla..., estoy muerto de hambre pero me ha tocado una mesa de infarto y sólo faltaba que me sirvieran champán fenicio catalán. ¡Qué compañeros! El premio Nobel realmente existente, el posmarxista de Sánchez Bolín, un pescador de calamares completamente borracho y una tía siniestra, traductora de *Sir Orfeo*.

—¡Mona!

—¿Tú también frivolizando a base de epítetos?

—Mona d'Ormesson de los Fresnos de Ruiseñada. ¿No caes? Es la prima de la condesa de los Cantos, la amante de Paco Umbral y de Unión de Explosivos de Riotinto.

—¿Esa excéntrica es una D'Ormesson?

—Hija del mismísimo Pocholo d'Ormesson.

—¿Y por qué le ha dado por la materia órfica?

—Porque se separó del marido y ahora va por los infiernos detrás de ese escritor del que se dice que es el mejor escritor inglés en lengua española.

—¿Javierito Marías?

—Frío, frío, querido. Además, se dice el pecado pero no el pecador. En cuanto al ex joven Sagazarraz, el pescador de calamares como tú le llamas, no lo descuides. Su padre tiene una de las fundaciones culturales más interesantes de España.

—¿El padre de ese piripi?

—La Fundación Saudade.

—¿La Saudade de ese borracho?

—La saudade, querido, invita a beber.

Rió el duque su propia gracia, pero sus ojos móviles no perdían los saludos que le llegaban desde otras mesas a los que correspondía con un alzamiento de copa, ceja o nariz de mayor a menor aceptación del homenaje recibido. Le había dedicado una ceja a un ex joven que reconocía pero no lo suficiente como para asociar su cara con su apellido.

—Oye, Mudarrito, ¿aquél no es Sagalés?

—¿Catalán?

El mohín de asco del sillón W bis de la Real Academia de la Lengua constituía su declaración de principios étnicos.

—Pero qué te pregunto a ti, si te has quedado en el Arcipreste.

—En el Arcipreste y en Valle Inclán. De ellos abajo, ninguno.

El duque borró de un manotazo lo dicho por el académico y fue suficiente el ademán para cerrar la audiencia.

—Nos vemos en la Academia, Mudarrito.

Se volvió Alba hacia sus compañeros de mesa.

—¿De qué hablaba?

—De los marqueses de San Simón.

—No. De un tal Lucas —insistió Beba Leclerq.

—Continuaré por Lucas, como tú dices, y luego seguiré con el majadero de Hermosilla, el marqués de San Simón. Venía a cuento Lukács a propósito del problema del conocimiento y la distinción entre el conocimiento filosófico y el literario. ¿Cierto? Yo estoy con Lukács, no siempre, pero esta noche sí, en que el espíritu confisca aquello que no se le asemeja, asemejándolo para poseerlo.

Sagalés se había sentido insuficientemente reconocido por Alba. Siempre se sentía insuficientemente reconocido, mucho peor que serlo poco o nada. Los camareros preparaban el desfile ocupacional previo al segundo plato.

—Ni una votación todavía —se quejó la esposa del fabricante de sanitarios Puig.

—Supongo que respetarán un cierto ritual antes de dar el fallo.

—Seguro. Pero me han dicho que en ésta, como en todas las demás actividades, Lázaro Conesal es una apisonadora. Ganará el premio quien él elija.

—¿Tiene buen gusto literario?

Sagalés tenía sed de vino tinto, y lo reclamó a un camarero pasando por encima de la mirada irónica de su mujer. Apuró la copa en cuanto se la llenaron y le arrancó una vibración con un golpe de dedo para que el camarero volviera a llenarla.

—En España los premios siempre se fallan contra alguien. Siempre hay que preguntarse no a quién se lo han dado, sino a quién han conseguido quitárselo. En cuanto al gusto de Conesal, sí, tiene buen gusto literario, sí. Redacta los mejores balances de gestión de todas las sociedades anónimas de España.

—¿Su padre tiene buen gusto literario?

Alvarito Conesal se inclinó hacia la señora ministra y compuso una sonrisa enigmática.

—Tiene las colecciones completas de La Pleiade, Bompiani, Aguilar.

La ministra se reía.

—Pues ya tiene mérito, porque yo he querido tener las de Aguilar y no las he conseguido.

—Mi padre se las enviará al ministerio.

Alvarito se apuntó el pedido en el puño de la camisa con un rotulador Ferrari.

—No sé si aceptarlo. Los del diario *Mundo* lo considerarían prevaricación o una muestra más de mi escaso continente y contenido ministerial. Por cierto. He observado que este hotel se llama Venice y dudo que sea un error del rotulador. ¿De dónde viene el nombre?

—De Jim Morrison. Es un homenaje a Jim Morrison.

—El hotel es de su padre. ¿A su padre le gusta Jim Morrison?

—Mi padre tiene unas reservas culturales imprevistas. Conseguí aficionarle a Jim Morrison y en los últimos viajes a París siempre va a ver su tumba en el cementerio del Père Lachaise. El avión particular de mi padre se llama *Père Lachaise*. Otro homenaje a Morrison. Tenemos toda la discografía de Morrison.

—Me encanta Morrison. E incluso recuerdo ahora la canción en la que se menciona Venice.

La señora ministra canturreó acercando sus labios absolutos a la oreja de Álvaro Conesal.

Blood in the streets runs a river of sadness.
Blood in the streets, it's up to my thigh.
The river runs down the legs of the city.
The women are crying red rivers of weeping.

She came in town anthen she drove away.
Sunlight in the hair.

Indians scattered on dawn's highway bleeding.
Ghosts crowd the young child's fragile eggshell mind.
Blood in the streets of the city of New Heaven.

Blood sains the roofs and the palm trees of Venice.
Blood in my love in the terrible sommer.
Blood red sun of Phantastic Los Angeles (1).

Con una oreja colapsada por la ministra de Cultura, la otra atendía la conversación que sostenía Joaquín Leguina con su madre. Reservón pero tierno, con aquella dama de un moreno violeta, alta y alargada incluso en las ojeras ojivales, el presidente en funciones del Gobierno de la Comunidad Autónoma de Madrid pasaba por alto la voluntad de la dama de cantársela a los luceros del alba desde el supuesto de que no tenía pelos en la lengua.

—Yo no tengo pelos en la lengua.

—Pues hace usted muy bien.

—Y aunque mi marido me esconda para que no diga lo que pienso, yo digo lo que pienso.

—Siempre hay que decir lo que se piensa.

—Yo a ustedes no les voto. Yo, si votara a las izquierdas, votaría a las de verdad. A los comunistas. Y eso que me parecen también unos reformistas y Anguita un santurrón. Yo pienso...

—Señora, tengo una gran amistad con los comunistas y en mis años mozos les rebasaba por la izquierda. Cuando ellos eran unos revisionistas esclavizados por la coexistencia pacífica y la guerra fría, yo quería irme a las montañas a hacer la revolución.

(1) Sangre en las calles, corre un río de tristeza. / Sangre en las calles, me llega hasta el muslo. / El río desciende por las piernas de la ciudad. / Las mujeres lloran ríos rojos de lágrimas. / Ella llegó a la ciudad y después se fue. / La luz del sol en su pelo. / Indios esparcidos por la autopista del amanecer sangrando. / Espíritus atestan la frágil mente de cáscaras de huevo de un niño. / Sangre en las calles de la ciudad de New Heaven. / Sangre tiñe los tejados y las palmeras de Venice. / Sangre en mi amor en el terrible verano. / Rojo sol sangriento de la Fantástica Los Ángeles.

—Pues no haberse privado. Todo para acabar de socialdemócrata descafeinado y además para perder. Un socialista del peso gallo nutrido por las sobras intelectuales del reaccionarismo neoliberal inglés, con el imbécil de Popper a la cabeza. Yo a usted no le he votado para las elecciones autonómicas, pero tampoco a ese chico de la derecha, Ruiz Gallardón, ese que tiene pinta de jugador de polo miope. Yo voy así de clara por la vida. No tengo pelos en la lengua.

—Mamá.

Alvarito parecía asaltado por una necesidad urgente de comunicarse con su madre y dejó una sonrisa como un soplo para disculparse por la intromisión.

—Mamá.

—No me gastes la filiación, Alvarito, que ya te he oído.

—He pensado que podrías explicarle al señor Leguina ese proyecto que tienes de un concurso de mantones de Manila a beneficio de los niños de Ruanda.

—Ahora sí que le atraco, Leguina. Mi hijo tiene razón. ¿Qué sabe usted de los mantones de Manila? Ante todo voy a identificarme porque no me gusta que se me conozca como la señora Conesal. Mi nombre es Milagros Jiménez Fresno.

Hormazábal, «el calvo de oro», consiguió dejar la cara en la mesa como si escuchara los alegatos de Alba en favor de una recuperación urgente, necesaria, *sine qua non* de Walter Benjamin y enviar el espíritu de excursión por el salón. Junto a su oreja sonaban los suspiros de ansiedad o de tedio de Regueiro Souza, a la espera de que le dieran entrada en el monólogo de Alba, de vez en cuando estimulado por Beba Leclerq, mientras el marido,

Pomares & Ferguson bostezaba como un Pomares y ponía cara de bienestar biológico social como un Ferguson. Regueiro Souza no sabía si poner cara de chatarrero rico o de rico propietario de avionetas de alquiler y optó por ponerla de rico por encima de las veleidades intelectuales de un duque consorte y de una mal casada. Hormazábal se sacó un teléfono del bolsillo y hasta el duque de Alba enmudeció, cerniéndose un cerco de silencio en torno del financiero. No quería llamar a nadie, simplemente tocar algo que le comunicara con la realidad y de todas las miradas expectantes o irónicas que le rodeaban escogió la de Alba como interlocutor.

—No pienso arruinar a nadie esta noche.

—Es que tu teléfono tiene una fama...

—Quería simplemente hacer algo con las manos. Tú has escogido la palabra escrita o gaseosa para hacerte el dueño del mundo. Yo necesito una herramienta.

—Eres el trabajador manual del capitalismo especulativo.

—Compro y vendo por teléfono. Transformo el mundo gracias al teléfono. ¿Puedes decir tú lo mismo de la literatura?

—Pero ¿quién piensa en la literatura, Hormazábal? ¿Qué tiene que ver esta reunión con la literatura?

Hormazábal se encogió de hombros y volvió a desenfundar su teléfono de bolsillo, pulsó el número deseado y los restantes miembros de la mesa disimularon su interés por la conversación que siguió en la que el financiero hablaba en perfectos monosílabos naturales y cuando acabó volvió a su circunstancia a tiempo de comprobar que el duque no le había quitado la mirada de encima, pero que ahora se veía obligado a retirarla porque el camarero depositaba un plato ante su pecho. Lo olisqueó el de Alba y aplicó una pragmática sanción especialmente dirigida a Hormazábal.

—Esta noche no tiene nada que ver ni con la literatura ni con la gastronomía. Salmón. ¡Qué horror! ¡Qué horterada!

El mejor novelista gay de las dos Castillas acogió con escepticismo el segundo plato. Acercó peligrosamente la punta de su afilada nariz al guiso, dibujó el asco en el rostro y contempló desafiante a los comensales que le interesaban, el pluriganador de premios periféricos, Ariel Remesal, y el editor para bibliófilos, Fernández Tutor. O no repararon en el imperativo de su mirada o ni siquiera repararon en él, porque por más que insistió en imantar silenciosamente su atención no lo consiguió y se vio obligado a exclamar:

—Intolerable.

—Es lo que yo decía.

—En cambio yo no acabo de estar de acuerdo.

—Lo que es intolerable es intolerable y más en este marco y con este anfitrión.

—No veo qué tiene que ver la política editorial de Alfaguara con este marco y con este anfitrión.

—Me parece que no hablamos de lo mismo.

Fernández Tutor puso cara de bibliófilo encuadernado en piel de feto de cabra vieja, mientras Ariel Remesal lanzaba una mirada mandoble al mejor poeta gay de Cuenca, quien trataba de utilizar sus ojos y su nariz para concitar atención hacia el plato de salmón y como no lo consiguiera quiso ayudar a sus desganados interlocutores con alguna pista.

—Odio los animales de granja que conservan el aura de lo que ya no son.

Remesal y Fernández Tutor empezaban a estar gravemente desconcertados.

—¿Tal vez alguna metáfora postorwelliana?

—¿Acaso el Gran Hermano dirige el paladar universal del universal supermercado?

Mas como considerara corto el interés de sus desconcertados oyentes o corta su capacidad descodificadora, se levantó y arrojó ostensiblemente la servilleta sobre el plato de salmón sin respetar su almidonada condición inmaculada.

—Me voy a saludar a Sagalés.

—¿Le conoce usted?

Ni siquiera miró al pactista Fernández Tutor, dispuesto a superar la grave desconexión que habían padecido.

—Me interesa, es uno de los pocos escritores que me interesan.

Y sorteó las mesas como un piloto de rallies peatonales para detenerse ante Sagalés y sin presentarse ni darle tiempo de asumir su nueva situación señalarle el contenido del plato.

—Salmón. El pollo de la posmodernidad. Y pronto la langosta será el pollo del siglo XXI, para vergüenza del inventor de la Langosta al Thermidor. O ¿acaso no estamos asistiendo a un Thermidor alimentario? Desde que han llegado los socialistas al poder sólo sirven salmón en estas verbenas. Con el pastón que tiene el Conesal y nos ofrece un menú de congreso de editores llorones o de reunión de editores supuestamente exquisitos que no van más allá del pollo de granja y de la Coca-Cola descafeinada.

—¡Salmón! —exclamó Sagalés soñadoramente y añadió—: ¡Salmón Rushdie, el gran escritor perseguido!

Carraspeó la señora Puig.

—¿Se refiere usted a Salman. Salman Rushdie?

—Salman es Salmón en español. Lo sé bien porque es un escritor que admiro.

—¿Le gusta a usted como escritor?

—Nada. Me da vómitos y sobre todo detesto su novela *Versos satánicos* que parece un premio Planeta.

—Cierto, muy cierto.

—¿No me pregunta usted por qué le admiro si lo detesto como escritor?

—¿Como luchador?

—Como luchador es un idiota. A quién se le ocurre meterse con el Corán, un librito pseudosagrado de una religión herética.

—Pues no sé.

—Le admiro porque es un atracador de lectores con el cuento de que le persiguen los integristas islámicos y le ha sacado dinero hasta a Margaret Thatcher, a la que jamás se le había conocido una obra de beneficencia, ni personal ni de estado. La señora Thatcher odia la literatura y a los escritores, con la excepción de Kipling en su dimensión imperial. Si la hubieran dejado habría sido capaz de torturar con sus propias manos a la mayoría de pésimos escritores ingleses contemporáneos, mas no por pésimos, sino por escritores. Pero se ha visto obligada a soltar pasta gansa para proteger a un súbdito del imperio que es casi negro, ¡qué horror!

—Realmente cualquier salmón es asqueroso pero éste parece el más asqueroso de los salmones.

El vendedor de libros más importante del hemisferio occidental español se sintió aludido porque Manzaneque señalaba precisamente el salmón contenido en su plato ya pellizcado por la punta del tenedor.

—Hombre, no es caviar pero se puede comer. Excesivamente hervido, ése sería el defecto que yo le encontraría y a mí me ha tocado la parte de la ventresca, que si bien es más gustosa, peca de algo grasa y es mucho mejor comerla asada porque así se diluyen las vetas blancas de grasa. ¿Las ve usted?

La punta del tenedor señalaba bien dibujadas vetas blancas contrastantes con el empalidecido color salmón dominante.

—Usted es un posibilista. Sagalés, ¿opina lo mismo?

Ante su insistencia, Sagalés reparó no sólo en que aún seguía allí el joven interpelador, sino que insistía en la interpelación y le concedió una mirada de curiosidad.

—¿Puede justificar su odio a los salmones?

—Todos los salmones de granja son asquerosos.

Se envalentonó el joven novelista hasta la exageración y se atrevió a apuntar con un dedo a Sagalés.

—Yo soy un gran admirador suyo.

—Tutéame, chico, ni siquiera podría ser tu padre.

—Es que soy de provincias.

—¿Tu gracia?

—¿Qué gracia?

—Tu nombre.

—Andrés Manzaneque, de Cuenca y a mucha honra.

—El poeta y novelista, *I suppose?*

El conquense desmesuró todo lo que tenía en la cara y desde la desencajada desmesura explotó:

—¿Ha leído mi novela? ¿Cómo sabe que soy poeta y novelista?

—A tu edad y, según sospecho, siendo hijo de la vastedad profunda de las provincias más serias de España, se es poeta y novelista, por este orden.

Porque donde se ponga la poesía que se quite la novela. Te he leído. Yo leo a los enemigos, no soy como ese Nobel concupiscente que desprecia todo lo nuevo. Tu novela es muy buena en las tres cuartas partes primeras, pero luego te acobardas...

La voz de la señora Sagalés se impuso sobre la de su marido para terminar la frase.

—... y no rematas la gran promesa cosmogónica que debe aportar toda novela.

—Me lo has quitado de la boca.

—Siempre se lo quito de la boca para que no se canse, porque les dice lo mismo a todos los escritores noveles, al menos a los de Cuenca.

—Sigue escribiendo, sigue en Cuenca, pero sobre todo sigue soltero —recomendó Sagalés al progresivamente irritado Manzaneque y le dejó plantado a su lado, mientras devolvía la atención a las mesas llenas de poder económico, cultural, político. Un calvo excelentemente diseñado estaba llamando por teléfono en la mesa del duque de Alba. Luego contempló compasivamente al humillado poeta novelista.

—Cuando seamos mayores nos sentarán en mesas donde no habrá derecho a la mala leche, donde nadie estará dispuesto a matar a su padre por una frase brillante y donde nos servirán los mejores pedazos de salmón, de Salmón Rushdie.

—¿De qué vas por la literatura, tío? Cualquiera diría que tú eres García Márquez.

El mejor novelista gay de las dos Castillas parecía a punto de llorar y Sagalés de reír.

—¡Qué horror! ¡García Márquez! ¡Ese fabricante de bestsellers! Lo lee todo el mundo.

Manzaneque sobrevoló su mano pálida, delgada, alada sobre la copa de vino, la pinzó con los dedos, la despegó de su aeropuerto blanco, la empuñó como si su apasionada mano fuera a romperla y lanzó el contenido tan blandamente a Sagalés que el líquido se quedó a medio camino sobre el escote cuarteado de la señora Puig.

—*Collons* (2)! —dijo el señor Puig lanzando la servilleta sobre la mesa, disponiéndose a levantarse, pero a la espera de que su mujer le contuviera el gesto.

—*Pepitu, no t'emboliquis. Son escriptors. Ja se sap.*

—*Escriptors... escriptors... uns poca soltes, és el que son* (3).

Un haz de reflector de televisión les enmudeció y recompuso sus gestos preferidos, conscientes de que posaban para la galaxia. El haz se detuvo en Sagalés y la señora Puig le comentó en voz baja:

—¡Me parece que le han reconocido!

Pero el haz de luz se fue hacia otra mesa y el grupo se quedó desnudo y cansado, conscientes de la necesidad de recomponer la cohabitación. La esposa de Puig, S. A. observó honestamente alborozada que un camarero negro estaba hablando con la esposa de Conesal.

—¡Qué original, tú! Un camarero negro. Recuérdame, Quimet, que contrate camareros negros para la caldereta de este año en Llavaneras.

La señora Sagalés sondeaba a un camarero blanco sobre la posibilidad de conseguir una botella de whisky.

—Yo sin whisky es que no puedo con el salmón.

Sagalés y la señora Puig partieron hacia los lavabos para curarse las manchas, dividieron sus ca-

(2) *¡Cojones!*

(3) *—Pepito, no te líes. Son escritores. Ya se sabe.*
—¡Escritores! ¡Escritores! Unos gilipollas es lo que son.

minos previa sonrisa de complicidad heterosexual y el escritor hizo caso a la propuesta semiológica de un ángel prerrafaelista sexuado con una verga de caballo reinterpretación posmariscalista y no se equivocó. En el lavabo masculino se encontró a un recién nombrado manager de grupo editorial, de la raza Terminator, orinando con el pene en posición horizontal para que salpicara el pipí convertido en una imaginaria fuente luminosa. Junto a él miccionaba con dificultades un coloreado bebedor de una petaca de plata. No contuvo el gesto el achispado, pero quiso justificarse.

—Justo Jorge Sagazarraz. Naviero especializado en la fabricación de pesqueros dedicados a la pesca del calamar. Es mucho mejor este whisky que el que te ofrecen aquí. Mucho postín y mucha *beautiful people*, pero no pasan del JB y eso ya es estándar. Eso ya lo bebía hasta Ceaucescu y lo beben los parados. Todos los obreros que yo despido beben JB, porque cuando les despido les regalo una caja. Pagando de mi bolsillo. Soy empresario, una vieja joven promesa de empresario y me jode despedir trabajadores.

Terminator Belmazán no se limpió las manos en el lavabo, pero sí sacó una tarjeta del bolsillo de su chaqueta y se la tendió a Sagazarraz.

—Observo que tiene problemas de orina y de racionalización de empresas. Me llamo Ginés Belmazán y soy especialista en colocar las empresas y sus hombres y mujeres de acorde con el próximo milenio.

La puerta de la toilette se había abierta y Terminator al salir se cruzó con un hombre de aspecto entre la severidad congénita y el desencanto histórico. El hombre desencantado se limpió las manos mientras escuchaba de reoído la continuada disquisición de Sagazarraz sobre el whisky y los empresarios.

—A mí no me reconvierte ni Dios. ¿Qué se habrá creído el tío ese? Acabo de descubrir un Single Malt de las islas Orcadas, Scapa, se llama y de él me lleno las petacas. ¿Quiere probarlo? Llevo encima tres petacas llenas.

Sagalés aceptó la botellita de plata y paladeó el trago y cuando iba a emitir su comentario el recién llegado le solicitó la botella.

—¿Permite?

Sagalés arqueó la ceja para solicitar permiso al propietario de la bebida, quien cedió de mil amores la posibilidad de que otro secundara su vicio. Tragueó el hombre, comprobando a cada sorbo la bondad del líquido.

—Tiene aroma y un sabor duradero. Pero no se haga ilusiones sobre la distinción de este Single Malt, amigo.

El comentario lo dedicaba a un borracho pero perplejo Sagazarraz que además había descubierto que llevaba la bragueta desabrochada y no se atrevía a corregir el desliz para no hacerlo más ostensible.

—El Scapa es el whisky predilecto de la Royal Navy, porque tiene una base acantonada en la isla de Scapa.

—¿Y cómo sabe usted esto?

—Porque soy James Bond.

—Yo a usted le he visto en alguna parte.

—En la barra de un bar, sí señor.

Abandonó el extraño el cuarto de baño y tras él Sagalés porque le interesaba continuar la conversación con aquel evidente personaje de novela negra. La puerta batiente le dejó rodeado de fiesta y de murmullos, pero no había ni rastro del experto en whisky, por más que Sagalés otease los cuatro puntos cardinales del salón. Y como por simpatía de la mesa presidencial se levantó Alvarito Conesal también para otear los cuatro puntos cardinales de la sala. Miró el reloj. Se internó entre las mesas y su paso fue retenido por la mano de Marga Segurola que cazó al paso uno de sus brazos.

—Alvarito, ¿no hay premio?

—Eso iba a investigar. Me sorprende que no hayan emitido ninguna votación.

Marga Segurola sacó el máximo partido a su cuello casi inexistente para señalarle a Altamirano con la cabeza la marcha de Alvarito.

—Les faltan tablas. Un premio no se improvisa y sobre todo sin una industria editorial detrás.

—Conesal tiene metido dinero en todas las industrias editoriales.

—No es lo mismo. ¿Dónde ves tú a los clásicos managers de editorial moviéndose entre bastidores? ¿Qué tiburones reales del mundo editorial han venido hoy aquí? Ni siquiera está Carmen Balcells, la superagente literaria con licencia para matar. Ésos consideran a Conesal un advenedizo y además se rumorea que empieza a caer en desgracia política. Parece como si el premio lo concediera Conesal sin nadie y sin manos, como los niños cuando van en bicicleta y quieren presumir de virtuosos.

—Un premio más, ¿qué importa?

—Es el mejor dotado. Cien millones, el doble que el Planeta.

—Dinero de bolsillo, si tenemos en cuenta la fortuna de Conesal. Insisto: ¿un premio más qué importa?

—Yo puedo ser tan purista como tú y paso de un noventa y nueve por ciento de lo que se escribe y lo que se publica, pero a ti te va el numerito de purista y a mí el de cínica.

—Es que yo soy un purista. Sólo creo en la literatura.

—Que te aproveche.

Altamirano alzó las cejas más de lo acostumbrado, en parte para contener la caída del sudor, pero también para realzar la altura de sus afirmaciones.

—No caigas en la ironía fácil, Marga. La crítica debe ironizar, pero sobre la tendencia al exceso de ironía en la miserable literatura que nos envuelve, mi maestro Northrop Frye...

—Y el mío. No te jode.

—... mi maestro Northrop Frye ha dejado esta cuestión vista para sentencia. Una prueba de que nos encontramos en una fase irónica de la literatura explica la extensión de la novela policíaca, por ejemplo. Dice Frye textualmente que las trivialidades más monótonas y descuidadas de la vida cotidiana se convierten en elementos de un significado misterioso y fatal. Todo conduce a un ritual de sospechosos interrogados en torno a un cadáver. Eso es el no va más de la literatura como revelación a partir de un misterio. Es la degradación de la lógica literaria.

—Y nos la venden como el súmmum de la poética de la modernidad neocapitalista.

—Ésa es la coartada ideologista de los Sánchez Bolín y compañía.

—Padeciendo una aguda contradicción porque, si bien recuerdas y parece que recuerdas casi textualmente, Frye acusa a la novela policíaca de ser la propaganda de vanguardia del estado policial, en la medida en que ayuda a aceptar la violencia.

—Este diagnóstico de Frye habría que complementarlo con el de otro purista inevitable.

—¿Steiner?

—Marga, tenemos telepatía. Me lo has quitado de la boca.

—Por todo lo que dicen deduzco que la novela policíaca es intrínsecamente perversa.

Terció un recién llegado a la mesa. Un rubicundo con yate propio, indujo Marta Segurola por su atezado rostro.

—Usted, ¿es de esta guerra?

—¿A qué se refiere?

—Usted es nuevo en esta mesa.

—He venido a saludar a mis amigos.

Y señaló a las dos parejas relativamente jóvenes que habían asistido abatidas a la ininterrumpida conversación entre Altamirano y la Segurola. Ferguson, Pomares & Ferguson, se presentó el intruso. Jerez..., apuntó Altamirano a la oreja de Marga.

—Me niego a aceptar que algo sea intrínsecamente perverso, eso me suena a Opus Dei.

Altamirano le pegó una patada bajo la mesa y así Marga pudo entender que estaba hablando con un ajerezado miembro del Opus Dei.

—Aunque no tengo nada contra el Opus Dei. No. No, la novela policíaca no es intrínsecamente perversa, pero tampoco necesariamente excelsa, como sostiene Mandel, que es trotsquista y considera que la única novela éticamente válida es la policíaca. Niego la mayor y eso que a mí el trostquismo me chifla.

Las otras parejas no tenían nada en común entre sí, pero Segurola las sopesaba en oro, como fundaciones futuras en cuanto se aprobara la Ley. La Segurola esperaba asesorías divertidas, que le permitieran elecciones despóticas pero ilustradas:

esto sí, aquello no, éste no, aquél tampoco. A su vez los otros sabían o intuían que estaban no sólo bajo la tutoría de lectores privilegiados, sino también en la mesa del poder literario, de la mujer que llevaba a la televisión y a los suplementos a los escritores que ella escogiera y la del crítico que separaba el Bien del Mal en literatura y que cada año, al llegar la Fiesta del Libro, promulgaba las selecciones nacionales de escritores seniors y también de los sub 21. Pero si aquel bodeguero o cosechero o lo que fuera, jerezano, tenía fortuna y una especializada cultura menor de meapilas, podía ser un mecenas prodigioso. Marga se creyó en la obligación de tender un puente.

—No es intrínsecamente perversa si la novela policíaca se llama *Crimen y castigo*.

—O *Santuario* —ratificó Altamirano.

Regueiro Souza había seguido las disquisiciones del duque con cara de experto en aristocracia y en la Escuela de Frankfurt, pero de vez en cuando guiñaba los ojos en dirección a los comensales laicos en busca de complicidad, aunque sólo Pomares Ferguson, hasta que se fue, le devolvía guiños que Regueiro no consideró de apoyo, sino producto de la poquedad de un comensal silencioso, silenciado e iletrado. En cambio Hormazábal no le secundaba.

—Es la primera vez que te veo en un premio literario.

—Lógico. Es la primera vez que acudo a uno.

—No te va la literatura.

—Es un placer secreto, como el voto.

—Pero ¿es que tú votas?

—Insisto. Es un placer secreto.

Regueiro aprovechó una décima de segundo de silencio del duque mientras se mojaba los labios con el cava, para colarse en el espacio verbal de

Beba Leclerq. Regueiro puso más malicia en su mirada que en su pregunta.

—Beba. ¿Dónde está tu marido?

—¿Acaso yo soy responsable de mi amo?

—Qué evangélica estás, chica. Cómo se nota que leéis *Camino* todas las noches. Pero si espera poder hablar con Lázaro se equivoca. Yo lo he intentado y se ha esquinado.

—¿Por qué tendría que hablar con Lázaro?

—¿De verdad me lo preguntas?

—De verdad te lo pregunto.

Beba exageró la sensación de incomodidad y se puso de pie al tiempo que recogía su bolsito en una clara indicación de que debía atender a su retocado. Al duque no se le escapó el desafío de las miradas sonrientes.

—Tal vez, simplemente, el marido y la mujer hayan ido al baño, queridos.

Y los tres miraron hacia la salida que llevaba a los poderosos mingitorios del hotel Venice, pero por el camino los ojos dióptricos del duque se detuvieron perspicaces en el aparte que sostenían Beba Leclerq y Alvarito Conesal, luego juguetearon con la figura de Sagalés empeñado en buscar algo o a alguien. El escritor trataba todavía de localizar al amante del whisky y finalmente lo vio en la puerta de comunicación del salón con la totalidad del hotel. Estaba apoyado en el quicio de la puerta y les contemplaba con un fastidio controlado. Iba a por él, cuando se topó con la señora Puig emergente del lavabo de señoras.

—¡Qué casualidad! Usted debe de tener poder magnético.

—Todos los días me tomo mi vasito de agua imantada.

—Algo de imán tiene usted.

Y se acercó la dama al escritor.

—No acepto proposiciones deshonestas en público.

Se acercó más la dama.

—¿Y en privado?

Los dedos ensortijados se movieron para enseñar un papelito doblado que dejó en la mano de Sagalés. Se lo metió en el bolsillo de la chaqueta y siguió la estela de la mujer en dirección a la mesa que compartían. Tenía un culo bastante bien conservado. Pero del culo de la señora Puig pasó al rostro patético de Manzaneque, todavía de pie junto a su mesa, como un hereje peregrino a la espera de la amnistía papal, pendiente de la resolución de su desafortunado encuentro, con los ojos lagrimeantes, la respiración fatigada, toda la tristeza de una vida corta pero llena de fracasos, vida pendiente de una palabra luminosa del dios castigador.

—Sigues traumatizado por el salmón.

—No lo puedo aguantar —confesó el conquense a Sagalés, con el que trató de reconciliarse señalando hacia una mesa concreta.

—Pero tampoco yo puedo aguantar a ése, ni a su compañera.

Altamirano y Segurola, localizó Sagalés.

—No son nada del otro mundo, pero en España, tal como está la crítica y el celestinaje cultural, ¿quién como ellos?

—Hablas así porque Altamirano te puso bien *Lucernario en Lucerna*, pero a mí el hijo de puta ni siquiera me seleccionó entre los novelistas jóvenes más prometedores.

—¿Y eso es importante? —alternó la señora Puig.

—Te la juegas. Es como esas evaluaciones del colegio que te persiguen toda la vida. Te marcan. Y en cambio cuando me ve me dice: Te sigo, Manzaneque, te sigo. Estarás muy bien situado de cara al año dos mil.

—Eso me lo prometió a mí en 1984.

—Porque te tocaba entonces. Pero en esta sociedad literaria de mierda o ganas un premio gordo y te puedes meter en el mercado o te dedicas a anacoreta literario a la espera de que Altamirano y compañía te regalen tres líneas.

La señora Sagalés había empapado su alma y su cuerpo con tres vasos de whisky y dirigió una mirada maternal al mejor novelista gay de Cuenca.

—Siéntate, hijo. No sigas de pie que Sagalés no te lo agradecerá. Dentro de unos años cuando mi marido sea un escritor sexagenario, cansado de perseguir la gloria, el dinero y la literatura y tú una promesa de cincuenta años, las reglas del juego habrán cambiado. Pídele que tome asiento, Oriol. Invierte en futuro. Piensa que este chico vivirá más que tú, te puede poner verde en sus memorias, negarse incluso a que te den el premio Cervantes o una plaza en el asilo de escritores. Los escritores jóvenes de provincias suelen llegar a donde se lo proponen, siempre encuentran una quiebra en la mala conciencia de los escritores de Barcelona o Madrid y se cuelan por ella. Todo en la vida es cuestión de tiempo y escalafón. Todo cuesta esperar. Que te pongan el teléfono, por ejemplo. ¿Recuerdas lo que nos costó que nos pusieran el teléfono?

Sagalés asintió, pero toda su mirada la reclamaba la mesa de Alba. Percibía un cierto fastidio en el calvo bronceado y muy bien amueblado, mientras Alba seguía hablando blanda, irónicamente, como un personaje de novela de Huxley, *Contrapunto* por ejemplo. Por un momento creyó que Alba le distinguía entre todos los demás y levantó un brazo para dar acuse de recibo del interés del duque, pero había sido una falsa impresión porque él no le devolvió el gesto. Sagalés se puso una sonrisa irónica y reojeó a sus compañeros de mesa por si habían captado su acto fallido. Ella. Ella sí lo había percibido y le estaba insultando con su mirada mensaje: eres un piernas, detrás de toda tu prepotencia eres un piernas que perderías el culo por un comentario favorable de cualquier mandarín. Altamirano expresaba en aquel momento todo su acuerdo con George Steiner, sin conseguir otra cosa que una mueca dubitativa de Marga Segurola.

—Creo que la muerte de la palabra es inevitable. Recuerda el ejemplo que pone Steiner en *Langage et Silence*: El sonido musical y la reproducción de arte ocupa en la sociedad culta el lugar que antes ocupaba la palabra.

—Steiner. Steiner. Siempre tan taxativo. Yo invertiría ese pesimismo. La inmensa minoría culturalizada ha hecho mucho daño a la cultura en serio y cuanto antes se vayan las ratas tras el flautista de Hamelín de la música y las reproducciones, antes quedará la cultura sólo para nosotros.

—Tienes instintos aristocráticos y criminales.

—Nadie ha matado como la aristocracia. Pero sólo faltaría que me convirtiera en protagonista de una novela policíaca. En lo referente a lo policíaco sí estoy casi de acuerdo con que se trata de una transposición de la mitología del laberinto, modernizada en relación con el laberinto urbano. ¿Recuerdas el laberintismo romántico de Walpole en *El castillo de Otranto*?

—Por Dios, no me corrompas mi imaginería de lo laberíntico. Ni siquiera en la contemporaneidad pacto con los laberintos de cartón piedra de la novela policíaca. Yo me quedo con lo laberíntico en Kafka, Beckett, Perec si me apuras.

—¿Por qué si te apuro? No te gusta Perec.

—Lo adoro y es cierto que el laberinto parisién de *Un homme qui dort* es una delicia.

—Una delicia llena de ratas, por cierto.

—Patricia Highsmith nos enseñó que las ratas son mejores que las personas.

—Se limitó a demostrar que eran mejores que los niños. Pero ¿los niños son personas? Mira, mira qué tierno, mira qué tierno encuentro.

Altamirano siguió la indicación visual de Marga y reparó en el diálogo apasionado que sostenían Beba Leclerq y Alvarito Conesal, cazado en el momento justo de salir del salón. Ella le increpaba emocionadamente y él trataba de zafarse de la contención y cuando lo consiguió y llegó hasta la salida, le salió al paso un negro que le retuvo a su pesar. Pero de pronto su actitud cambió y se pasó una mano por la cara, mientras todo el cuerpo se había convertido en una tensa interrogante dirigida al informador. Algo habían dicho en voz alta porque se creó un pequeño revuelo de personal en la puerta.

—Quizá empezarán a dar las votaciones —dedujo Altamirano, aunque algo le extrañaba de la desmesura de las actitudes, impropias de un premio literario por muy bien remunerado que estuviera. Alvarito Conesal, que permanecía rígido, paralizado, perplejo, junto a un negro cariacontecido, bajo el dintel, atraía cada vez más atención, acentuada cuando los equipos de todas las televisiones comenzaron a avanzar paquidérmicamente, con el reflector en la frente de cada sujeto televisivo colectivo, en dirección a las personas arremolinadas, mientras fueron brotando como setas las interrogaciones:

—¿Qué ha pasado?

—¿Ha pasado algo?

Las preguntas en el aire fueron de mesa en mesa hasta rebotar contra la de la presidencia donde la esposa de Lázaro Conesal se fue incorporando poco a poco mientras escrutaba a su hijo en la lejanía ya atrapado por el lucerío televisivo.

—¿Qué ha pasado? ¿Se va a dar el premio?

Álvaro se alzó sobre las puntillas para distinguir a su madre por encima del cerco de personas y luces y finalmente habló a la oreja del evidente policía secreto que permanecía a su lado. Le estaba diciendo que fuera a informar a su madre, pero la mujer ya se había incorporado y avanzaba casi corriendo hacia la puerta donde estaba su hijo rodeado de los guardaespaldas enardecidos y personajes cuya catadura no conseguía delimitar. No le gustó la mirada de inquietud y desaliento que le envió aquel hombre que les había acompañado en el coche, cuyo nombre no le venía de inmediato a la cabeza. Pero le vino cuando al llegar a su altura escuchó la pregunta que le dirigía el escritor Sánchez Bolín.

—Coño, Carvalho. ¿Me puede usted explicar qué ha pasado y qué hace usted aquí?

CARVALHO RELEYÓ: «Era natural que el tango naciera en el prostíbulo y es cierto lo que Lugones apuntaba con desprecio: que lo engendra la prostitución.» «Hacia fines de siglo», escribe Sábato, «Buenos Aires era una gigantesca multitud de hombres solos, un campamento de talleres improvisados y conventillos», y ese conglomerado «hace vida social en los boliches y prostíbulos». Cerró el libro, reojeó el título y el nombre del autor: «Las ciudades —Buenos Aires— Horacio Vázquez Rial» y ya se disponía a arrojarlo al fuego de la chimenea en uno de sus actos más maquinales cuando le asaltó la duda de si no le sería necesario documentarse algo más sobre Buenos Aires antes de irse allí de viaje profesional. ¿Qué sabes tú de Buenos Aires? Tango, Desaparecidos, Maradona... Perón, Eva Duarte de Perón, Nacha Guevara, *No llores por mí Argentina*, la carne congelada de la posguerra, Zully Moreno, Mirta Legrand, Luis Sandrini, El Zorro... zorro... zorrito... para mayores y pequeñitos... También le cercaban nombres de escritores que posiblemente había leído, incluso recordó una frase de uno de ellos que tenía nombre de aceite de oliva de prestigio. Borges, o algo por el estilo. La luna del Bósforo es la misma que la de... No recordaba la frase completa, ni siquiera tal vez empezara así, pero iba a parar a la metáfora de la luna indiferente a la concreción de lo terrestre. Borges. Sin duda se llamaba Borges el creador de la frase que no recordaba y por lo tanto era mejor incluso olvidarse de un autor del que había quemado *Historia Universal de la Infamia*. Un trabajo en Argentina, buscar a un primo hermano que había desaparecido voluntariamente diez años después de la caída de la Junta Militar que había tratado de hacerle desaparecer sin conseguirlo. Tal vez el síndrome de Estocolmo en versión argentina, la pulsión de ser un desaparecido cuando ya no hay desaparecidos. Recordaba el mandato de su tío, sentado el anciano en un sillón Emmanuelle, en una azotea de la Villa Olímpica, disminuido por los años, más de ochenta, como si cada año se hubiera llevado una parte de su volumen, definitivamente achicado, casi vaciado por el cincel del tiempo, viejo, agrio, con miradas acuchilladoras hacia las ventanas desde donde les miraban a hurtadillas sobrinas viejas e interesadas. «Estoy en manos de sobrinas... no quiero que esos cuervos se lleven lo que pertenece a mi hijo... Quién sabe dónde andará. Yo creía que había superado la muerte de su mujer, Berta, la desaparición de su hija... Fue en los años duros de la guerrilla. Quedó trastornado. También estuvo detenido. Escribí al rey, yo, un republicano de toda la vida... me lo traje a España... el tiempo... el tiempo lo cura todo, dicen... El tiempo no cura nada. Tú, tú puedes encontrarlo. Sabes cómo hacerlo, ¿no eres policía?» «Detective privado», contestó Carvalho e incluso se oyó a sí mismo tratando de explicarle al viejo la diferencia entre un policía y un detective privado, entre lo público y lo privado. ¿Acaso no estamos en tiempos de retorno a lo privado? «Piense usted, tío, que hasta los policías que guardan el Ministerio del Interior, el de los policías, pueden ser privados. El Estado no se fía de sí mismo.» Pero el último hermano de su padre que quedaba en vida, el tío de América como siempre se le había llamado con respeto hasta que Carvalho creció y estuvo en condiciones de dudar de la existencia de los tíos de América, no estaba ya para asumir nuevos conocimientos. Apenas si disponía de espacio en su cerebro para los viejos.

Amnistió el libro sobre Buenos Aires y trató de imaginar el viaje, la llegada, la recuperación de una ciudad en la que apenas estuvo unas horas velando por la seguridad de Foster Dulles ¿o era de Dean Rusk?, en uno de sus encuentros con el presidente Frondizi, siempre con la frustración de no haber podido ir a Corrientes... «Corrientes, tres, cuatro, ocho, segundo piso ascensor, no hay portero ni vecinos...» Un tango. Un tango sobre nidos de sexo en los que habitan perros de porcelana para que «... no ladren al amor». Cada vez que la palabra amor aparecía en el techo de aquel su destartalado y descuidado living, se le venía encima como una lámpara de goznes oxidados y cansada ya de no dar luz. La ausencia de Charo le permitía contemplar la progresiva destrucción de su entorno sin remordimientos. «Pepe, las casas hay que cuidarlas, de lo contrario se nos caen encima.» Tanteó a su izquierda en busca de la botella de vino tinto, Rioja Alta, 904, se llenó un vaso asaltado por las claridades de la fogata y bebió con sed, como si hiciera semanas que no bebía vino tinto Rioja Alta, 904. La noche complica la soledad. Musitó y se quedó a la espera de una asociación de ideas o recuerdos, pero sólo sonó el teléfono y sólo era Biscuter. Sólo Biscuter.

—Jefe, le han llamado de Madrid. Le espera un avión privado en el aeropuerto de El Prat y fije usted las condiciones.

—Pero ¿qué me estás diciendo, Biscuter?

—Al pie de la letra, jefe. Le ponen un avión en El Prat y de momento le pagan doscientas mil por la molestia de ir y venir a Madrid. Aquí tengo el nombre del cliente: Álvaro Conesal y el del avión.

Silabeó con cuidado porque era un nombre extranjero:

—Pe-re-la-chés.

—Pero ¿no aprendiste el francés cuando robabas coches en Andorra y cuando fuiste a París a aquel curso sobre sopas?

—Cierto, jefe, pero si lo deletreo es por usted.

—Alvarito Conesal. ¿Qué le pasa a ése?

—Es el hijo de su padre.

—Suele suceder.

—¿No lee los diarios?

—Ni siquiera los quemo.

—Hosti, jefe, pues sí que está en la luna. Este Conesal es el hijo de aquel otro Conesal, «el millonario de acero inoxidable».

—Hay metales más peligrosos.

—Es ese tío que tiene más pasta gansa que todos los demás millonarios juntos y la ha ganado en diez años. Doscientas mil pesetas por ir y venir a Madrid. Allí asistirá a una cena donde se concede un premio literario. Si una vez allí acepta el trabajo habrá pasta gansa.

—¿Pagada la cena?

—Hosti, jefe. Claro.

—Menú.

Pero no, no valía la pena pedir el menú de una cena donde se concede un premio literario. En esas circunstancias la gastronomía es lo de menos y sería una grosería que la cena fuera más buena que la obra premiada.

—Que sean trescientas mil y no bajes de doscientas cincuenta mil. Ni siquiera si te prometen que la cena es en Horcher o en Zalacaín o en Jockey.

—Es en un hotel, jefe.

—Me lo temía. Además quiero la garantía de que no es obligatorio leer la obra ganadora.

Dos horas después estaba en el aeropuerto de El Prat y era conducido en una furgoneta hasta las pistas de los aviones privados donde le esperaba un aparato que en efecto se llamaba *Père Lachaise*. Nada parecido a las avionetas particulares que alguna vez había utilizado en América Latina para breves recorridos. Recordaba un viaje entre Santo Domingo y Sosúa en los tiempos en que estaba tratando de derrocar a Bosch en beneficio de Balaguer, a pesar de que había tratado fugazmente a Bosch en un congreso de rojos en el que le había infiltrado la CIA. Bosch presumía de ser casi catalán: «Tengo una "tieta" que se llama María, por allá, por Vilanova i la Geltrú.» El hombre tenía razón en esto y en planteamientos políticos, pero lo derrocaron los americanos con la ayuda de Carvalho, aunque él se negara a presenciar el momento estricto del derrocamiento: ojos que no ven corazón que no siente y al fin y al cabo la inteligencia de todo progresista latinoamericano se demuestra asumiendo que está condenado a perder. Las derechas siempre son más inteligentes. Pero el avión que le esperaba era un transoceánico pequeño y se llamaba *Père Lachaise*, sorprendente nombre de cementerio, aunque fuera un cementerio literario, para un aparato colgado del cielo.

Tampoco el piloto del avión se parecía a aquel oficial dominicano golpista disfrazado de civil, ni la avioneta era aquel miserable artefacto que había atravesado la isla de sur a norte como si la moviera un aeromodelista asmático. Carvalho penetró en un Douglas transoceánico amueblado, al que sólo le faltaba una piscina cubierta y el piloto parecía graduado en Ciencias Aéreas Exactas aunque hablaba como un piloto de Iberia venido a más.

—Ahí, donde usted se sienta, lo han hecho antes jefes de Estado.

—¿El jefe los pasea?

—El jefe los lleva por donde él quiere.

—¿No ha arrojado nunca a ninguno sin paracaídas?

—No se dejan.

—¿Y con paracaídas?

—Tampoco.

Luego el avión despegó como si se despidiera de una pista de satén y voló con amortiguadores celestes o tal vez se lo pareciera a Carvalho porque le sirvieron un excelente malta que le era desconocido, Scala, tan bueno y ligero que parecía un whisky del Más Allá. Leyó en la etiqueta de la botella que era el whisky preferido de la Royal Navy, establecida en la isla Scala, de las Hébridas, en una base naval. Los canapés eran de caviar iraní o de jamón de Jabugo y en la botella del Moutton Cadet constaba que era un regalo del alcalde de Burdeos, Chaban Delmas. El vino se le sirvió en copas de cristal con el escudo grabado de la ciudad del Garona y el nombre de Lázaro Conesal a manera de lema urbano sobre el sky line bordelés. ¿Burdeos? ¿Una ciudad? ¿Un vino? ¿Sólo eso? También la novela de una escritora que vagamente recordaba se llamaba Soledad, ¿Soledad qué? Recordaba su rostro, excelente para ser entrevisto tras la ventana de un país con claridades norteñas. Soledad Puértolas se llamaba la interfecta. Había tardado en recuperar el nombre completo, como si la escritora se resistiera a correr la misma suerte del libro que había ardido en la chimenea de Carvalho, mientras su rostro de dama renacentista lo posdibujaban las puntas azuladas de las llamas. Repitió una ración de Scala y lo paladeó con satisfacción. Todo estaba en su sitio. Por fin había encontrado a un rico que no escondía su riqueza y la repartía con los detectives privados. Las dos azafatas eran oceánicas, más que asiáticas, aunque Carvalho contuvo la grosera tentación de preguntarles si eran filipinas o de cualquier otra Polinesia. Dos preciosidades portátiles que le hablaban mediante ronroneos de gatas constipadas.

Receptor de tantas delicias, el viaje se le hizo corto y sin caer en la ordinariez de exteriorizar su entusiasmo preguntó al piloto que se le cuadraba muellemente, como uno de los mejores mayordomos ingleses interpretado de John Gilgud para arriba:

—¿Para cuándo la vuelta? Me encanta viajar en este zepelín.

Al piloto le habían dado instrucciones de que fuera tolerante con los detectives privados pobres y le respondió con una sonrisa de militar afeminado, la única manera de que le saliera una mueca amable. El avión tenía su espacio sobre la pista de Barajas y al pie de la escalera le esperaba un Jaguar brillante y su chófer vestido de almirante de la marina suiza, que aseguró llamarse simplemente José. Luego, ya sentado en los amplios asientos traseros tapizados de piel beige, le asaltó el mueble bar forrado de cristal y en su centro una botella de Springbank 12 años, el mejor Single Malt de este mundo. Los cubitos de hielo parecían tallados por un diseñador de firma y además recién llegados del Polo más caro, sin duda el Polo Sur. Carvalho bebió la pócima largamente, con los ojos cerrados y un éxtasis interior que casi le hacía llorar. Estar en el cielo debía de ser algo parecido. Un recorrido sin paisajes que sancionar, en un Jaguar, bebiendo un Single Malt como aquél, en un vaso de cristal del que salían destellos de lujo, casi haces de luz.

Reprimió la tentación de quedarse con la botella cuando, detenido el coche, el chófer le abrió la portezuela instándole a salir a una zona de la Castellana que no tenía en la memoria, modificada manhatanianamente por un bosque de rascacielos acristalados que semejaban macroformaciones cristalográficas del Kripton de un supermán manchego. No contó los bedeles, azafatas, mayordomos, secretarias que le fueron abriendo puertas en el interior de aquella amadrugada torre de Babel, hasta que se encontró en un despacho donde inmediatamente echó en falta el hoyo de golf, habida cuenta de que el joven que le esperaba más parecía vestido para juguetear en su despacho sobre la moqueta verde que para recibir detectives privados. Tal vez le han robado el hoyo, los palos, la pelota y quiere que se los encuentre. Era un joven alto, voluntariosamente deportivo, aunque algo en su esqueleto denunciaba que no había hecho demasiado deporte o tal vez esa lejanía la insinuaban sus facciones poéticas y un chaleco de cashmire casi ingrávido compensando el exceso del aire acondicionado con programa de junio, sobre unos pantalones tejanos cuidadosamente ensuciados. Sin duda escribía versos hasta entrada la noche y en invierno ayudaba a su padre a arruinar a la competencia. No cometió la banalidad de preguntarle: ¿Se preguntará usted para qué le he hecho venir?, sino que le mostró un sillón para que se sentara y él depositó su pequeño culo en el canto de la mesa de madera carísima. Carvalho ojeó los títulos de algunos libros encastados entre los lógicos diccionarios enciclopédicos de despacho: *Butamalón* de Eduardo Labarcz, *Entre los vándalos* de Buford, *Del amor y otros demonios* de Gabriel García Márquez, *Cambio de Bandera* de Félix de Azúa, una colección completa de *Ajoblanco*, otra de *El Europeo*, libros de autores más enigmáticos para Carvalho que todos los demás y sin duda alguna igualmente quemables: Mañas, Loriga, Gopegui. Belén Gopegui. He de quemar un libro de esta chica, pensó Carvalho, excitado pirómano ante la simple eufonía del nombre y el apellido. Parecían libros leídos, pero el mozo golfista y lector le estaba hablando.

—Necesito un detective privado mañana por la noche. Se falla el Premio Literario Venice-Fundación Lázaro Conesal, instituido por mi padre y hemos recibido amenazas anónimas. Sin duda no tienen importancia. Pero necesitamos a alguien que esté en el local, observe, prevenga, pero sin intervenir directamente porque ya disponemos de un servicio de seguridad para evitar que alguien se acerque a mi padre con malas intenciones. Mi padre es uno de los hombres más odiados de España. Doscientas cincuenta mil pesetas por haberse prestado a escuchar esta oferta y un millón de pesetas si la acepta.

Carvalho cruzó las piernas y miró significativamente una botella de cristal de roca despampanante sobre una bandeja de plata.

—Sírvase usted mismo.

Lo hizo. Generosamente. Tendió el vaso lleno en el aire como ofreciéndole a su anfitrión una invitación.

—Casi no bebo alcohol.

Volvió a sentarse Carvalho. Probó el whisky. No era el del avión, pero tampoco era whisky a granel.

—¿Un JB doce años?

—Lo ignoro todo sobre el arte de beber y comer. José es el que llena todas las botellas de esta casa. Es el responsable de intendencias menores.

Lástima de joven. Tras paladear un sorbo largo, Carvalho estudió la distancia psicológica que se había establecido entre un bebedor y un no bebedor. El abstemio parecía tolerante. Le sonreía generosamente, como si le complaciera su disfrute. Era un buen muchacho.

—Supongo que su padre vive rodeado de guardaespaldas públicos y privados. ¿Qué pinto yo en todo esto? ¿No se fía de la policía?

—La policía tiene un chip que no me interesa en este caso.

—¿Mi chip le interesa?

—Usted quema libros y se dice que es adolescentemente anticapitalista. Además tiene oficio. Es el vigilante más adecuado para controlar una reunión llena de tiburones del capitalismo y de la literatura y así proteger a mi padre, del que debe de tener muy mal concepto.

—No tenía ningún concepto de su padre. Mis buenos o malos conceptos son civiles. Pero después de haber viajado en su avión y de haber probado su vino, tengo el mejor concepto de su padre. Sabe vivir. Me gustan los ricos que lo son hasta sus últimas consecuencias. Incluso hasta la silla eléctrica. Usted ¿escribe o se enriquece?

—Ya soy rico y escribo.

—¿Se presenta al premio?

—El premio es una idea de mi padre. Yo le propuse premiar una obra ya publicada y él me contestó que prefería descubrir algo nuevo. Además, en este país la gente sólo lee lo premiado.

—¿El jurado?

—Secreto. Pero consta en el acta de formación transmitida al Ministerio de Cultura.

—Acepto con una condición.

—Es el momento de fijarlas.

—Que el viaje de vuelta sea exactamente el mismo que el de venida. El mismo coche. El mismo avión. El mismo whisky.

—Eso está hecho.

Y redondeó la buena impresión que había creado poniendo un sobre en la mano de Carvalho que le dejaba libre el vaso de whisky.

—Para sus gastos por Madrid. Dinero de bolsillo. Es dinero extra que no reduce las ganancias globales que le he propuesto. Esta noche tiene habitación reservada en el Palace, a no ser que tenga por costumbre ir a cualquier otro.

—¿Es un hotel muy caro?

—Creo que es de los más caros. ¿Quiere disponer del mismo coche para ir por Madrid?

—No. Ése es un coche para desplazamientos iniciales o finales. No para ir a tomarme unos chatos y unas mollejas.

—Vaya a descansar. Preséntese aquí a las once. Debería conocer a mi padre, algunos pormenores de lo que va a pasar esta noche, del quién es quién y luego convendría que diera un vistazo al lugar donde se concede el premio y cambiase opiniones con los policías de verdad.

Seguíamos en plena confusión ideológica. Para aquel joven representante de la nueva oligarquía los policías de verdad seguían siendo los públicos, pero recurría a un investigador privado. La eterna ambigüedad española, pensó y suspiró, Carvalho.

—El premio se falla en el hotel Venice. Es de nuestra propiedad.

—¿Y eso dónde está?

—Irán a buscarle a su hotel, el Palace.

—No. Voy a callejear hasta ese encuentro con su padre.

—Cualquier taxista le llevará al Venice o llámenos usted a cualquier hora, desde donde esté e iremos a recogerle.

Observatorio privilegiado del Palacio de las Cortes, el Palace a aquellas horas estaba deshabitado de sí mismo, deshabitado de encuentros trascendentes e intrascendentes. Bajo el lucernario de vitrales policrómicos, el patio central entre el neoclásico y el pompier estaba detenido en el tiempo a la espera de que el piano se reanimara y acompañara las comidas del buffet o las conspiraciones comerciales y políticas. Parecía un hotel abandonado a dos venezolanos con resaca, mientras el tablón de anuncios conservaba la memoria de lo que había sucedido en sus salones: una convención de la Nissan, el reencuentro de vendedores de Margaret Astor, un simposio sobre la juventud liberal de la Comunidad Autónoma de Madrid y una degustación con coloquio sobre el caviar de caracol, en el salón Hemingway, precisamente en el salón Hemingway. Se dio cuenta de que eran las tres de la madrugada cuando se dejó caer en la cama casi cuádruple de una sedante suite a la medida de los príncipes herederos al menos de San Marino, en aquel hotel situado frente al Parlamento español, emplazamiento ideal para saber antes que nadie si se ha dado un golpe de estado. Empezó a fraguar qué podía esperar de Madrid durante las horas que le faltaban para la concesión del premio, aparte de los contactos programados por Álvaro Conesal. Por ejemplo, ¿con quién almorzaría? El último vínculo con Madrid lo había establecido quince años atrás mediante Carmela, la guía que el PCE puso a su disposición cuando investigaba el asesinato en el Comité Central. Carmela quince años después. Carmela con cuarenta años. Más quizá. Aquella muchacha delgadita, de ojos almendrados y piernas bonitas que hablaba como una hija de Madrid con la lengua cheli de los años setenta. Dictadura del proletariado en pasota: Los rojeras gustan pasar por el aro a los tragones hasta arrascar el raje con el fregao de los colores. La curranda ha de antoligar el cotarro. O bien una de las tesis de abril de Lenin: Hay que esparrabar el bandeo gambeante endiñando el cotarro a los rojeras, también llamados rogelios. El pasota-leninismo capaz de traducir *¿Qué hacer?* de Lenin, por *¿Cómo montárselo?* Carmela. Cuando repitió el nombre varias veces se durmió, pero nada más despertarse con sensación de extranjería de cama, habitación, ciudad, país, de sí mismo, el primer referente de certeza lo aportó el nombre de Carmela y su silueta rescatada de la sección de imaginarios de la memoria. Aquella profesional del partido comunista que ganaba treinta y seis mil pesetas por todo el día «... y algunas noches», y que en las manifestaciones hasta ponía el niño, gratis: «El niño pasa de todo. Como si le llevo a una manifestación en favor del divorcio y del aborto o a una manifestación contra los bocadillos de calamares. Como a él los que le gustan son los de frankfurt...» Carmela llevaba unas medias blanquecinas de moda en aquel año, tal vez para dar mayor entidad a unas piernas en el justo límite de la delgadez o para ocultar las enramadas de venas azules que debían asomar a aquella piel transparente que se pegaba a los pómulos, como forzando las cosas para dejar espacio a unos ojos negros bien pintados, excesivos, comiéndose el sitio de una nariz forzosamente pequeña y de unas mejillas que al sonreír tenían que pedir permiso a la boca y dejar allí una suave arruga tensa como un arco, junto a las esquinas de labios constantemente humedecidos por una lengua pequeña. ¿Por qué le acudía con tanta fuerza aquel rostro de gacela morena? Tal vez porque se había ocultado a sí mismo que había estado deseándola durante su travesía por el Madrid de 1980 en busca del asesino del secretario general del PCE. Como la recordaba en la despedida del aeropuerto: «Vuelve algún día, cuando hayas resuelto la contradicción entre el culo abstracto y el culo concreto de las camaradas.» Y Carvalho le había contestado, tragándose el bolo de deseo que tenía en la garganta: «Has de engordar cinco quilos. Mi conciencia me impide acostarme con mujeres que pesen menos de cincuenta quilos.» «¡Pero si peso cincuenta y tres!» «Qué lástima. ¿Por qué no me lo dijiste?»

Pero ella había tenido la razón en su diagnóstico. Hasta que no hubiera resuelto la contradicción entre el culo abstracto y el culo concreto de las camaradas. Le había recordado aquella historia de la clandestinidad, en París, en la que el secretario general había reñido a una pareja de jóvenes comunistas sorprendidos en plena fornicación: «Después de los sacrificios que ha costado sacaros de España y ahora estarás más pendiente del culo de la camarada que de lo que estamos hablando.» ¿Cómo había derivado la broma? ¿De dónde venía la división de Carmela entre los culos abstractos y concretos?

Había soñado culos más o menos reconocibles. El de Muriel, su mujer en aquella larga adolescencia sensible que terminó cuando se hizo cargo de la inseguridad de Kennedy. El culo de la chilena que jugó con sus deseos. Y a partir de estos dos culos reconocibles, concretos, un carrusel de culos cuyos apellidos había olvidado y así hasta despertar con los ojos convertidos en dos culos prietos y ensimismados. ¿Culos abstractos? ¿Concretos? En el pasado había sido un excelente culólogo, atraído por la cantidad de patria, abrazo, beso y caricia que tiene un culo femenino. Nunca recordaba en cambio el culo de Charo. Ella hacía el amor con Carvalho como una amateur, pasiva y de frente, queriendo hacer olvidar que era puta con otros. ¿Por qué había olvidado el culo de Charo?

Coleccionaba peores enigmas sin respuesta y se dispuso a patear la calle antes del encuentro con los Conesal, pero pasando por el buffet del Palace para desayunar en compañía de hombres de negocios y japoneses inconcretos, todos ellos inmigrantes fugaces haciendo provisión de proteínas y calorías antes de adentrarse en la jungla de Madrid dispuestos a vender o a comprar algo. Bajo la cúpula vidriada del hall donde se cocía y recocía una parte importante de los comistrajos de la vida política escenificada en el cercano Palacio del Congreso, el espacio vacío, casi recién amanecido enmascaraba su vocación de celestinaje. Madrid es una ciudad donde siempre se compra o se vende algo demasiado obviamente, y el Palace es uno de sus mejores zocos. Madrid había sido una ciudad de un millón de cadáveres después de la guerra civil, según opinión de un poeta. A Carvalho le pareció la ciudad de un millón de chalecos en aquella Transición dirigida por jóvenes ejecutivos de transiciones que se ponían chalecos para sentirse más vertebrados. Luego los socialistas se quitaron los chalecos y los que llegaron al poder descubrieron las camisas de marca. Ahora observó el regreso de algunos chalecos. Volverían pronto las derechas al poder. Madrid se había convertido en la ciudad del millón de dossiers, donde todo el mundo trafica con lo que sabe sobre las cloacas ajenas.

Hacía tiempo que no gozaba de las sutilezas del buffet o del brunch y el del Palace estaba a medio camino entre el esplendor goloso de los hoteles de lujo de los países subdesarrollados y la autocontención calórica de los mejores hoteles suizos. Equilibrado. Se sirvió dos copas de cava catalán con zumo de naranja, en homenaje a los despertares mestizos de Winston Churchill adepto al encuentro mañanero con la vitamina C y el anhídrido carbónico vinificado y aunque extremó el acopio de quesos ligeros y pata de jamón cocido, comprendió que se había excedido cuando descubrió en sí mismo unas energías conquistadoras de la ciudad que no había presumido. A las once tenía la cita con los Conesal en la central de su imperio y sus pasos le fueron acercando a la geografía recuperada del barrio de Huertas y aunque no recordaba exactamente el nombre de la calle donde vivía Carmela estaba convencido de que sabría encontrarla. Subió por la calle del Prado donde permanecían cerradas las tiendas de antigüedades y las salas de exposiciones, para desembocar en la melancólica indeterminación de la plaza de Santa Ana, llena de cervecerías, con la nota exótica de un bar polinésico, a la sombra del Art Déco cabezón del hotel Victoria. Retrocedió para meterse por Echegaray por ver si aún estaba abierto el restaurante Bodeguita del Caco, comida cubana y canaria y sospechó que la calle de Carmela se llamaba Espoz y Mina al evocar el itinerario recorrido en aquella noche en que cocinó en su casa. Ni recordaba el apellido de la mujer, por lo que tuvo que urdir una necesidad y un retrato aproximado del personaje buscado que fue exhibiendo por las tiendas que supuso frecuentadas por Carmela.

—No puede ser otra que doña Carmen. La madre de Dios nos pille confesados.

La propietaria de una papelería de escaparate salpicado con novedades de Editorial Planeta, ensayos de urgencia de la nueva derecha y libros útiles para adolescentes con acné no parecía mujer de bromas, ni de dimes o diretes, por lo que *Dios nos pille confesados* algo quería decir.

—¿Qué le pasa al niño de doña Carmen?

—¿Qué niño? Ese tiarrón se va a por dieciocho años y es cantante de rock, en un conjunto que se llama *Dios nos pille confesados*.

Que Carmela tuviera un hijo de dieciocho años era previsible, pero que le hubiera salido cantante de rock era un exceso. Aun así se encaramó hasta el piso de la mujer por una escalera típica de aquellos barrios madrileños, escalones de anchas maderas gastadas y pulsó el timbre varias veces. Nadie le respondía pero creyó oír ruido de música que venía desde el interior del piso e insistió con los timbrazos hasta calentar la campanilla.

—¡Ya va! ¡Ya va, joder! ¡Que me arranca los sonetones!

Dios nos pille confesados, pensó y en efecto, la puerta se abrió para enseñarle una joven cara de acné malhumorado bajo una cabeza rapada, de aquella cara emergía un narizón del que colgaba una argolla y argolla la había también en la ceja izquierda. Los ojos del muchacho eran claros y no estaban tan indignados como su voz y su mueca. Tenía cara de cantar rock duro.

—He insistido porque he creído oír música.

—No puedo vivir sin música, ni dormir tampoco.

—Busco a una tal señora Carmen.

—Mi madre. Está en el curro desde las ocho. Se abre la tía por el laburo que es un gusto.

—Lo siento. Sólo estaré en Madrid hoy y mañana, pero regreso a Barcelona a primera hora.

—Un polaco.

—No soy polaco.

—Los catalanes son polacos. ¿No ha oído usted lo que hablan?

—Dígale que ha pasado por aquí Pepe Carvalho, aquel gallego de Barcelona que conoció cuando lo del asesinato en el Comité Central.

—En fin, otro rojeras.

—¿Su madre todavía es comunista?

—Ella dice que no, pero sigue a Anguita como si fuera Michael Jackson y Anguita tiene algo de Jackson, es un rojeras blanqueado o un blanco enrojecido. Mi madre está apuntada a todas las sociedades secretas del rojerío: SOS Racismo, Derechos Humanos, Fuera las manos de Chiapas...

Había dejado que la puerta se abriera y allí estaba el larguirucho doloridamente ensortijado, en pantalón de pijama y el torso desnudo lleno de tatuajes entre los que destacaba la enorme leyenda: *No me cuentes que tu infancia fue un patio de Sevilla*. Un flash de recuerdo le asaltó a Carvalho cuando avanzó dos pasos por el recibidor. El niño de Carmela era rubio, rubio camomila, como todos los niños rubios de Madrid a comienzos de los años ochenta y le preguntaba a su madre por qué las gallinas vuelan poco.

—¿Quién te ha dicho eso, corazón?

—La señorita. Por eso no hace falta tenerlas en jaulas como los periquitos. Mamá, ¿quién es este señor?

Ahora el posrockero de escaso pelo rubio teñido de mechas lilas avanzaba por su propio recibidor con los pies descalzos y manoteaba buscando un papel y un lápiz donde apuntarse las señas de Carvalho. Los encontró en un cajón de la consola y cuando se volvió hacia el intruso para que le recordara sus datos vio que estaba como fascinado contemplando un cartel enganchado en la pared al comienzo del pasillo:

Gran concierto de los triunfadores de Alcobendas:
«Dios nos pille confesados»
«Las gallinas vuelan poco»
«Presentación nuevo disco en el
polideportivo de Getafe:
Actos homenaje a García Madrid.»

—Las gallinas vuelan poco —musitó Carvalho.

—Por eso no las tienen en jaulas. ¿Me dice usted cómo se llama y dónde se hospeda, por si mi madre está al loro?

Repitió Carvalho su nombre y se ubicó en el Palace hasta la noche, más tarde en el Venice. Cuando pronunció la palabra Venice, al muchacho se le volvieron infantiles los ojos para asomarse a una mitología propicia.

—¿El Venice? ¿Usted ha estado en el Venice?

—No. Es un hotel. ¿Qué tiene el Venice?

—Es lo más guai que hay en Madrid, el descojone de diseño, oiga, el año tres mil, pero en plan, no sé, o sa, en plan cariñoso, no en plan borde de Robocop y todo eso, de sueño, oiga, o sa, de tortilla de huevo de chinche.

Era demasiado para la capacidad metafórica de Carvalho y salió del piso perseguido por la curiosidad cálida del muchacho.

—Igual voy con mi madre a verle al Venice.

—Tenga cuidado no le arranquen las orejas, hay detector de metales.

—Tengo los sonetones asegurados. Pero me encantaría entrar en ese santuario y me cae de puta madre el dueño, el tío ese, el Conesal. Ése sabe hasta economía, el joputa. ¿Ha visto usted esos anuncios en los que un niño dice: Cuando sea mayor quiero ser Lázaro Conesal? Es un triunfador. A mí me molan los triunfadores y los perdedores me hacen salir legañas en el ojo del culo.

—¿Qué opina su madre de Lázaro Conesal y de que a usted le salgan legañas en el ojo del culo?

—De Conesal dice bla, bla, bla, que si la cultura del pelotazo, el capitalismo salvaje etecé, etecé y lo de las legañas en el culo a ella no se lo digo porque un día se me escapó gritar ¡me voy a sacar el sarro de la polla con la navaja! y se me puso a llorar.

La imagen de una polla llena de sarro enmendado por una navaja le persiguió mientras huía de la comprobación de que los niños crecen en contra de las fotografías del recuerdo, incluso en contra de las fotografías comprobables en los álbumes. Se entretuvo ante las tiendas de ultramarinos convertidas en escaparates de la pitanza de la España interior, chorizos, morcillas, salazones de cerdo y una declaración de principios leguminosos: lentejas francesas y de Salamanca, judías moradas del Barco, moradas tolosanas, carillas, arrocinas, michirones, garrofones, fabes asturianas, alubias de la Virgen, judiones de La Granja y un más allá de garbanzos de Arévalo, también garbanzos pedrosillanos, frijoles negros, pintas de León, pochas, harina de almortas, arquitecturas de latas de caballa, callos, berberechos y dulces lodos deshidratados también llamados polvorones y turrones y mazapanes y latas de comida para perros y gatos del barrio, exclusivamente del barrio y tan desagradecidos que se meaban en todas las junturas de aquel colmado de un tal señor Cabello. El espectáculo era un desafío al conservacionismo alimentario de los viandantes amedrentados por los enemigos interiores engordados por las comidas peligrosas. No se podía comer nada de todo lo que veía, salvo las legumbres y en cantidades prudenciales, como si se pudieran comer legumbres prudentemente. No se puede comer prudentemente. No se debe comer prudentemente. Si no se puede comer no se come y ya está. Llevó Carvalho su secreta indignación calle del Pardo abajo y su reojo quedó anclado en un mueble asomado al escaparate de un anticuario que se apellidaba Moore, como los medios volantes del Manchester United y un escultor de agujeros. El mueble que reclamaba la atención de Carvalho era una vetusta mesa redonda con dos niveles, en el centro ocupada por finas jarras de cristal de La Granja decantadoras de vino y en el nivel inferior todo el redondel recorrido por círculos de los que colgaban las copas. Supo inmediatamente que era el mueble de su vida y conservó esta creencia hasta que una dama diseñada para vender antigüedades en plena juventud le dijo que aquella *table-wine* inglesa del siglo XVIII valía un millón seiscientas mil pesetas.

—¿Con las copas incluidas? —preguntó Carvalho sin poder contenerse a tiempo y mereciendo una sonrisa irónica de la dama, convencida de repente de que aquella mesa aún no tenía comprador. Carvalho se sintió ridículo en cuanto ya en la calle perdió la sonrisa de suficiencia astuta con que había acogido el precio de la mesa de su vida. Se te ha subido el vuelo en jet privado a la cabeza, se dijo, al tiempo que se volvía hacia la *table-wine* del escaparate y le advertía: Algún día volveré a por ti y escanciaré en tus jarras dos botellas de Rioja que conservo, que coinciden con mi añada. Me las tomaré a mi salud el mismo día en que me vaya a morir. Recuperó la calle descendente hacia la plaza de las Cortes y el hotel, pero aún le quedaban tres cuartos de hora para ir al encuentro de Conesal y atravesó una varada manifestación de estudiantes de Medicina protestando por el desempleo futuro en presencia de unos guardias amenazantes y de grupos residuales de señores diputados que aún no habían entrado en el Palacio de las Cortes, bien porque querían considerar cuán desagradecida era la juventud con sus medidas legislativas, bien porque añoraran aquellos tiempos en que se manifestaban contra la dictadura, pero también ahora desde la comunión de los santos parlamentarios demócratas que no se merecían tanta incomprensión por parte de una juventud que no había sudado la camiseta democrática. La industria del comer y del beber al servicio de los señores parlamentarios se extendía por las callejas que rodeaban el Congreso y estaba abastecida a aquellas horas de tortillas demasiado correosas y de montados de lomo que demostraban lo insípido que se había vuelto el cerdo desde la llegada de la democracia. Tal vez el paladar de los señores diputados no era demasiado exigente y los industriales del comer lo sabían, conscientes de que la política es un placer tan autosuficiente que raramente necesita de otros.

—¿Carvalho?

La boca le sabía a mala tortilla de patatas cosificada, sin el alma jugosa del huevo enternecido y a Rioja viajero en oleoducto y en estas condiciones asociaba mal las voces y las caras con la obligación de recordar. Le costó tres minutos y algunas pistas adivinar que detrás de este cuerpo desarmado cubierto por una calva canosa estaba Leveder, el penene del PCE que no perdía su sentido del humor en medio de la tragedia del asesinato de su secretario general... Leveder, aquel «... intelectual orgánico de una dirección entreguista...» tal como le calificaban los comunistas extramuros del PCE, los comunistas más radicales.

—¿Se acuerda usted de lo de intelectual orgánico de una dirección entreguista? Ya es recordar. Pero quizá no sepa que quien así me acusaba se enchufó en el aparato del partido socialista y ahora no se vende lo que tiene por mil kilos.

—¿Usted sigue en el PCE?

—No. También me fui al PSOE, a la llamada Casa Común, pero no he tenido tanta suerte como los anticomunistas de extrema izquierda. A nosotros se nos ha atado más corto. En el fondo del fondo toda la izquierda española era anticomunista menos el PCE. Aunque también el PCE estaba lleno de anticomunistas, como yo mismo. ¿Se ha preguntado usted alguna vez por qué militaban tantos anticomunistas en el PCE? ¿No le parece un misterio metafísico que incluso en los antiguos países socialistas al parecer ya no quedaban comunistas cuando tiraron el muro de Berlín? Pandilla de aventureros. Y luego, en el llamado mundo libre, Carvalho, todo lo llenaban aquellos choricillos también aventureros de extrema izquierda. Incluso los que aparentemente eran más comunistas que el PCE también eran anticomunistas. Oiga. ¿No le parece incluso obsoleto hablar de comunismo y anticomunismo? ¿Usted cree que alguien daría veinte duros por esta conversación?

—¿Puedo hacerle una pregunta política?

—¿Tu quoque, Carvalho?
—¿Qué opina usted sobre Lázaro Conesal?
—Yo, lo que opine el partido.
—¿Qué opina el partido?
—Huele a muerto.
—¿El partido o Lázaro Conesal?
—Los dos. Y probablemente uno mate al otro o viceversa. No pueden convivir en un mismo sistema de poder, sobre todo desde que el partido ha empezado a purificarse de los pecados de corrupción. Me sorprende usted. ¿Qué tiene que ver con Conesal? ¿Investiga su asesinato o trata de impedirlo? Mata usted lo que toca. A mí lo que me da asco es lo del GAL, eso de ser cómplice de un Gobierno que ha tolerado checas socialdemócratas. Pero he de votar disciplinadamente. ¿El fin justifica los medios, Carvalho? Mi fin es seguir teniendo algo que ver con la política. ¿Hay manera de verle? Llego tarde a la reunión de la Comisión de Justicia. Soy diputado.
—Difícil que nos volvamos a ver. Regreso mañana a Barcelona.
Leveder se convirtió en una cruz humana en aspa para expresar la más anonadada impotencia y ya se iba cuando le retuvo la pregunta de Carvalho.
—¿Por cuánto se vendería usted lo que tiene?
—No me haga llorar. ¿Y usted?
—Le haría llorar.
Él perseguía los fantasmas de 1980 y los fantasmas de 1980 le perseguían a él. Recordaba a Leveder irritado hasta casi la violencia después de que el purísimo Cerdán hubiera aprovechado la presentación de un libro para minimizar al secretario general del PCE recientemente asesinado: «He de decirte que tu homilía de esta tarde me ha parecido una mierda, una guarrada. Ha sido una homilía

buitresca, cebándote en la carroña humana de Garrido y en la carroña política en general. Chin. Chin.» Leveder, el llamado líder de la «fracción frívola», el anarco-marxista metido a comunista por razones de eficacia histórica. Salió al paseo del Prado por la orilla del Palacio de Villahermosa ocupado por el legado Von Thyssen y siguió acera arriba tratando de ganar a pie el remoto horizonte de la Castellana convertida en Manhattan. Madrid le equivocaba las distancias. Su sentido de la orientación se había quedado atrapado en Barcelona por lo que a medida que los minutos se acortaban y la lejanía manhattiana seguía donde estaba le asaltó la duda de si reclamar un taxi o telefonear al joven Conesal para que viniera a buscarle el Jaguar de papá. Se metió en un café para telefonear y no se dio cuenta de que se trataba del Gijón hasta que estuvo dentro de la ratonera.

—¿El señor Álvaro Conesal?

—¿Quién le llama?

—Pepe Carvalho, el detective privado.

—¿Puede informarme del motivo de su llamada?

—Debo encontrarme con el señor Conesal a las once y no veo la manera de llegar a tiempo. ¿Podrían enviarme un coche?

—¿No encuentra taxi?

—Don Álvaro Conesal me ha ofrecido el Jaguar para mis desplazamientos por Madrid.

—El señor Conesal dispone de tres Jaguar. ¿Cuál de los tres?

—Póngame el más bonito. Creo que era verde.

—¿A qué altura está usted?

—Estoy telefoneando desde el Café Gijón.

—¿Para venir del Gijón aquí pretende usted que enviemos el Jaguar Daimler...?

—Señora. No se extralimite. Consulte con don Álvaro y dígale simplemente que Carvalho espera el jaguar en el Café Gijón.

A aquellas horas de la mañana el café sólo albergaba consumidores de cortados más alguna porra fláccida que había perdido su consistencia inicial, pero en homenaje al imaginario de la porra pidió una Carvalho y la masticó por si se convertía en un sucedáneo de la magdalena de Marcel Proust y le recordaba tiempos y porras mejores. Se había sentado en una mesa asolada casi unida a otra en la que departían dos hombres acuarentados, el uno llevaba una camisa blanca sucia, como el pelo cano despeinado sobre la pálida tez que le dejaban libre dos ojeras que parecían buscar la otra cara de la tierra. Pronunciaba a borbotones frases que eran versos obstruidos por una boca llena de piedras que le hacían daño. El otro disponía de una pulcritud bien diseñada de violinista italiano soltero y algo latin lover, aunque alguna tensión ocultaban sus manos demasiado móviles mientras escuchaba el memorial de agravios de su desarrapado compañero.

—Yo creía que la literatura me permitiría tocar la tristeza viscosa del mundo, el desencantado borde de una ciénaga absurda, en mis manos un animal inmundo, salvaje como el negro agujero de ese cuerpo que me hace soñar.

No estaba borracho pero tampoco estaba en la lógica del Gijón ni en la incomodidad de su compañero que le respondía frases inconcertables.

—Yo me meto en un armario y me lo consulto todo, mientras afuera me esperan las abuelas más tenaces. El otro día le dije a un taxista patriota: Colón no era español. Colón era de Génova.

—Todos los académicos tienen el alma llena de

hormigas rojas, menos Pedro Gimferrer que ni siquiera tiene hormigas en el alma.

—Desde el armario veía cómo se depilaba aquella mujer. Sólo una pierna. Sabe que me molesta todo lo asimétrico.

—Hay que conquistar la desesperación más intransigente. Pedro Gimferrer lleva una peluca de paje del poder cultural. Yo quisiera ser piel roja.

—La otra pierna no se la depilará hasta que yo me suicide.

—Leí mucho y no recuerdo nada.

—Pero me preocupa el hecho de que de tanto estar en el armario me he convertido en dos personas y una de ellas no soporta a la otra. Lo terrible es que no sé si yo no soporto a la otra o la otra no me soporta a mí.

—¡Qué error ser yo debajo de la luna!

—¿Su amigo no va a tomar nada?

El hombre del armario levantó la vista hacia el intransigente camarero que parecía guardar antiguos rencores contra el hombre sucio y despeinado. Trató de ser convincente por el procedimiento de lanzar una mano al vuelo, bien porque quisiera que el camarero volara o bien porque expresara que su compañero de mesa estaba volando. Pero el hombre que se consideraba un error bajo la luna había perdido ambigüedad en la mirada y la tenía concentrada ora en el camarero ora en su compañero aficionado a los armarios. Parecía satisfecho por la tensión creada y exigió con dureza extrema:

—¡Tres litros de Coca-Cola!

—¿A quién le espera un Jaguar?

Todos los rostros se volvieron hacia el limpiabotas que ofrecía Jaguar desde la puerta y Carvalho dejó las monedas de su consumición sobre el plato para inclinarse luego hacia el hombre del armario.

—¿Vamos? Nos han venido a buscar.

Una alarma salvaje se había apoderado de los ojos y la actitud del hombre de las ojeras vencidas.

—¿No te irás sin darme algo de pasta?

Porque el otro se había levantado precipitadamente contagiado por la urgencia de Carvalho.

—Claro que no.

Sobre la mesa quedó un recortado billete de dos mil pesetas enrojecidas y la mano dentada del hombre angustiado bajo la luna se apoderó de él exhibiendo unas uñas largas, enlutadas y rotas. Ahora sus ojos exigían a Carvalho.

—¿Y tú?

—Yo ya acabo de hacer la buena obra del día.

Carvalho avanzó hacia la puerta y sentía tras él la precipitada huida del hombre liado con una mujer asimétricamente velluda. Nada más traspasar el dintel del Gijón, se puso al lado del detective.

—No le conozco de nada, ¿verdad?

—De nada. He pensado que debía salvarle de aquel tormento.

—Es un gran poeta pero está entre las ruinas de su inteligencia convencional. La otra inteligencia la tiene intacta, pero no es comunicable. Mi inteligencia es convencional y aunque hago lo que puedo, no comunicamos. Su sistema lógico me colapsa y no tengo otra salida que oponerle otro igualmente absurdo. Es como un diálogo entre instrumentos de jazz.

—Si quiere huir más lejos, suba. Puedo dejarle en cualquier parte.

El chófer vestido de almirante de la marina suiza les estaba ofreciendo la puerta abierta del Jaguar y así como Carvalho se metió en él con una reción adquirida naturalidad, el otro lo hizo poco a poco, como si se tratara de una Cenicienta inseguramente dispuesta a meterse en la calesa del príncipe. Y una vez dentro su mirada iba de los acabados del coche a la evidencia de que Carvalho no era el príncipe, aunque se estaba sirviendo un copioso whisky del mueble bar rutilante y le instaba a que aceptara uno. No se hizo rogar el invitado de Carvalho y se le ocurrió un espontáneo brindis cuando chocaron sus vasos semillenos en la religiosa penumbra del Jaguar Daimler.

—Por nuestra juventud en que llenos de inquietud, tuvimos fe y deseos de vencer.

Carvalho secundó el brindis, bebió un breve pero intenso trago de aquel malta reserva.

—Usted acaba de recitar un fragmento de una canción tabernaria inglesa que cantaba Mary Hopkins.

—¡Qué sensibilidad la de los propietarios de Jaguar!

—El Jaguar no es mío. Usted y yo somos invitados de un pillastre riquísimo que se llama Lázaro Conesal. Un rico como hay pocos, de los que enseñan los aviones privados y los Jaguar. ¿Quién era su compañero de juerga literaria?

—El nombre no le diría nada. Tiene el cerebro hecho papilla y sólo se le convierte en un músculo poderoso cuando escribe poemas, cada vez más licuados. Se pasa media vida en sanatorios mentales y la otra exhibiendo su condición de sensibilidad maldita, de acusación para todos los que estamos integrados porque hemos de pagar alquileres y comprarles discos compactos a nuestros hijos.

—Usted también es escritor.

—Leo hasta entrada la noche y en invierno trabajo en Iberia.

Carvalho se había puesto soñador y de pronto recitó bruscamente algo que parecía un verso.

—Siempre se espera un verano mejor y propicio para hacer lo que nunca se hizo.

Contuvo su compañero una espontánea señal de alarma y recuperó su estructura literaria defensiva.

—Sólo salgo del armario para preguntar cuántas cosas todavía se desconocen.

Carvalho aprobó con un cierre de ojos fulminante.

—Tiene usted los reflejos bien preparados. No tema. Superará todos los encuentros con el poeta ese licuado. Me temo un día ferozmente literario. Madrid es una ciudad muy literaria, por lo que veo. Esta noche he de asistir a la concesión del premio Venice-Fundación Lázaro Conesal, de Literatura naturalmente. Debe de ser un premio muy bueno porque lo dotan con cien millones de pesetas.

—No falla, si es el más caro es el más bueno. Conesal es el emblema de los nuevos ricos del nuevo régimen democrático. El *self made man* que trafica con las mejores influencias y sorprende a los tiburones fingiendo el lenguaje del delfín y a los delfines mordiéndoles como un tiburón.

—¿Quién podría matarle?

—Todos los cadáveres que él ha matado insuficientemente. Y además ha amenazado con contar todos sus lazos con el poder si el Banco de España y el fisco se meten en sus negocios financieros y en sus impuestos.

—¿Cómo se ha enterado de todo esto?

—Escucho las tertulias radiofónicas, ¿usted no?

—Me doy cuenta de que ni siquiera tengo una radio.

El coche se había detenido al pie de la torre Conesal. El prisma más emergente de todas las construcciones cristalográficas del Kripton manchego, con cristales oscurecidos, como respetando la cultura ibérica de la ocultación de lo ya de por sí oscuro. El edificio tenía algo de tétrico de lujo y Carvalho saltó a la acera seguido por su compañero de viaje, dedicado a despedir con la mirada al lujoso Jaguar. Luego se dirigió al chófer.

—¿Me deja tocar el animalito?

Su dedo señalaba al jaguar dorado que permanecía al acecho en la punta del morro.

—Es que es de oro de verdad.

—Sé tocar el oro sin mancharlo.

—Toque, toque —le instó Carvalho sin respetar la prevención del chófer y así hizo el escritor armariofílico hasta conseguir la mueca del deleite y la suficiente liberación de espíritu como para darle la mano a Carvalho en señal de despedida.

—Vuelvo a mi armario y si alguna vez necesita un favor en cualquier atasco aéreo, pregunte por Juan José Millás y le facilitaré el asiento del copiloto.

Todo el contento del escritor era descontento en el chófer bajo su gorra de almirante, dedicado a sacar brillo al jaguar de oro con el revés de la manga o tal vez le quitara las manchas dejadas por el tacto del intruso mientras refunfuñaba un convencional después todas las broncas serán para mí y Carvalho se metía en el edificio en busca de los ascensores más vertiginosos. La primera observación que ratificó la impresión de madrugada es que en los ascensores no había mueble bar y tal vez carecían de la voluntad de ostentación de todo cuanto rodeaba a los Conesal, como si el ascensor no fuera un lugar apropiado para la teatralización de la abundancia. Tal vez porque era demasiado veloz y no daba tiempo de tomarse un whisky ni de fijarse en los detalles por muy rutilantes que fueran, aunque viajaras, como Carvalho, hasta el piso veintipico. Otra cosa era en cambio la recepción inacabable tan llena de azafatas mareantes recién salidas de una Universidad de Azafatas financiada por la Mac Donalds, a juzgar por las virtudes proteínicas de las muchachas, de la más compacta carne picada, pura contención muscular, volúmenes elásticos que arrancaban al espacio su mismidad con una delicadeza persuasoria. Sus ojos, no obstante, fueron requeridos por un ruido visual: una de las azafatas más doradas lloraba quedamente junto a la puerta de un ascensor mientras soportaba la contenida bronca de una mujer angulosa que no encajaba entre tanto esplendor en la hierba artificial. Pero no pudo interesarse demasiado por la peripecia. Carvalho fue introducido en un salón donde la moqueta incluso tapizaba las grandes ventanas abiertas, porque el Madrid Manhattan parecía un tapiz posmoderno, veladas sus audaces aristas por un filtro azulado, casi el mismo azul de la moqueta, que lo suponía realidad urbana inmersa en una pecera. Allí sí había bar más que mueble bar y tras la barra un barman profesional cuya fisonomía le era familiar, tal vez porque iba disfrazado de barman de película años cuarenta, era un calvo con tupé de guitarrista mexicano en películas norteamericanas de bajo presupuesto, tenía orejas caedizas, ojos glaucos, pero inspiraba confianza como esa raza de barmans que consienten que les cuentes tu vida a cambio de que te tomes cuatro cócteles que le permitan lucirse: el Dry Martini, el Singapur Sling, el Gimlet y el Manhattan, los cócteles más literarios. A las once de la mañana tomarse un Dry Martini es como pegarse un martillazo en el cerebro, lo que puede recetarse a las ocho de la tarde, pero no a una hora en la que el cerebro permanece en fase adolescente y aún no ha comprobado que todo sigue igual. Pactó con el camarero un Singapur Sling y complicidad sobre los orígenes míticos del brebaje, pero aunque el hombre no había leído a Somerset Maugham, ni había estado nunca en Singapur ni por lo tanto en el Raffles, el hotel original del cóctel, ni siquiera leído o visto en el cine Saint Jacks, estaba muy bien predispuesto a enriquecer su nivel cultural.

—Singapur Sling: 4/5 de ginebra, 1/5 de brandy, 1/2 de limón. Me encanta que los clientes me ilustren. No basta con ser un buen técnico en coctelería, que lo soy, aunque me esté mal el decirlo. Pero saber el origen de los placeres aumenta la posibilidad de gozarlos.

El barman no era poeta, pero sí licenciado en Hispánicas especialista en los misterios de *El Lazarillo de Tormes* todavía por desvelar, a pesar de los empeños que habían puesto en este cometido cinco mil especialistas como los que citó a un Carvalho desarmado y desalmado, de los que sólo consiguió recordar apellidos de fácil memorización como Rico o Gullón.

—¿Cómo se llama usted?

—Simplemente José.

—Me suena, ¿usted no era el chófer que me ha acompañado desde el aeropuerto? ¿Y el que me acaba de traer desde el Café Gijón?

—El mismo. A don Lázaro le encanta verme cambiar de cometidos. Soy paisano de don Lázaro y me distingue con su confianza. Yo iba para hispanista o para actor de teatro. Aquí donde me ve, yo compro todo lo que don Lázaro necesita de inmediato dentro de este edificio o del Venice, desde la pasta de dientes hasta las cosas más habituales de farmacia o las bebidas que aquí se sirven. De hecho me contrató la señora Conesal, doña Milagros Jiménez Fresno, que es la madrina de mi hermana chica, María, que también trabaja aquí como azafata. Mi madre había servido en la quinta veraniega de los Jiménez Fresno y conocía a doña Milagros desde la adolescencia.

—¿Y qué hace un hispanista como usted detrás de la barra de esta pecera?

—Mi hermana es licenciada en Biológicas y trabaja aquí de azafata.

—¿Es rubia?

—Como todas. Aquí sólo hay azafatas rubias. Mi hermana es rubia. Ya le he dicho que se llama María y trabaja aquí de azafata.

—¿Teñidas? Las mujeres teñidas son como cócteles. Una manera de crear otra naturaleza. ¿Qué cócteles le parecen a usted esenciales?

—Sin ánimo de sustituir su propia jerarquía de valores, para mí los cócteles básicos y clásicos son Alexander, Alaska, Bloody Mary, Americano, Bronx, Claridge, Daiquiri, Manhattan, Dry Martini y Old Fashioned. ¿Se ha fijado usted en la poética de los títulos?

—Para mí no hay otra poética que la del paladar. Los cócteles ni siquiera merecen olerse. Muy pocos, como el Dry Martini, tienen un olor misterioso, mestizo, a ginebra aterciopelada por el fantasma frío del vermut desaparecido. Yo tengo una barwoman blanca en Barcelona que se llama Dolors y me hace un Dry Martini con Nouilly Prat, no con Martini. Es otra cosa.

—Más bronca, me imagino.

—Más bronca y más enmascarada. Los cócteles son máscaras. ¿Tiene usted alguno preferido?

—Soy abstemio. A la fuerza. Los médicos.

Una de las puertas de comunicación con la otredad se abrió bruscamente y en el marco se situó la silueta de una mujer de excelente dorso, con las curvas en su sitio, las pantorrillas palpables y una espalda avispada y recta, pero de voz estridente sobre todo por lo que decía y cómo lo decía hacia la habitación que estaba abandonando.

—Álvaro, ¡eres un hijo de la gran puta!

Simplemente José desapareció en el interior de la cocinilla adjunta al bar y Carvalho no tuvo más remedio que contemplar el dorso de la mujer y esperar acontecimientos que no tardaron en llegar. Álvaro Conesal salió del despacho, se precipitó sobre la dama, la cogió por un brazo y la volvió a introducir de un brusco tirón, para cerrar a continuación la puerta con la misma agresividad con que sellara su derecho a la intimidad frente a la mirada alertada y algo irónica de Carvalho que el hombre desafió durante un segundo. A solas con su Singapur Sling, Carvalho recuperó al barman Simplemente José recién llegado de su corta huida, silencioso y mañoso en borrar las huellas de lo que había preparado y servido.

—¿Es habitual?

—¿A qué se refiere usted?

—Creo haber observado que el príncipe heredero de este imperio ha sido gravemente insultado en nuestra presencia.

—No he percibido cxactamente las palabras.

—Ha sido calificado como hijo de puta.

El barman suspiró para liberarse de la tensión y señaló un rincón de la habitación con una mano mientras utilizaba un dedo de la otra para invitar a Carvalho a la prudencia o al silencio. Luego escribió en uno de los redondeles de papel destinados a soportar las copas: *Hay micrófonos por todas partes*. Carvalho trató de leer en los ojos amarillos del barman abstemio el porqué de tanta confianza. Vio en ellos la nostalgia cómplice de un bebedor capado por los médicos. Le quitó el rotulador de la mano y escribió en el redondel bajo el mensaje del barman: ¿Cómo se llama la dama insultante? El barman estaba dispuesto a proseguir la correspondencia: Beba Leclerq, señora de Pomares & Ferguson. Carvalho aprovechó su turno: ¿Negocios? ¿Sexo? El Simplemente José no cejó: Negocios y sexo. Era el punto adecuado para preguntar: ¿Es la amante de Álvaro Conesal? Y de responder: Del padre.

—¿Y cómo ha conseguido pasar del hispanismo a la coctelería?

—Formación profesional acelerada. No encontraba trabajo como profesor, ni siquiera como profesor de párvulos, de párvulos, yo que había tenido un premio de Doctorado sobresaliente *cum laude* con un tribunal presidido por el académico don Francisco Rico. Era una tesis exhaustiva sobre la reordenación de los estudios sobre el Lazarillo, muy celebrada por los lazarillistas más eminentes, desde Víctor García de la Concha hasta don Claudio Guillén, mi maestro en Literatura Comparada. Nada del Lazarillo me era ajeno, considerado como la pieza clave en la invención de la novela, tal como lo leyeran y divulgaran Francisco Rico y Miguel Requena. Y a este propósito dice Plinio que no hay libro, por malo que sea, que no tenga cosa buena, mayormente que los gustos no son todos unos, mas lo que uno no come. Otro se pierde por ello y así vemos cosas tenidas en poco por algunos que de otros no lo son.

No sabía Carvalho por dónde volaba la pájara

del barman pero alguna locura literaria le había comido el seso.

—¿Qué le parece? Puedo pasar sin transición del habla común a la sintaxis del Lazarillo. Suplico a Vuestra Merced reciba el pobre servicio de mano de quien lo hiciera más rico; si su poder y deseo se conformaran...

—¿Y me sabría usted hacer una caipirinha?

—Cachaza, lima, azúcar, hielo. La cachaza es de la familia de los aguardientes combinadas con el limón.

—La cachaza es algo más que un aguardiente. Es el alma de un pueblo mestizo. Usted que es un mestizo profesional, ¿también lo es genéticamente?

—Mi nascimiento fue dentro del río Tormes, por la cual causa tomé el sobrenombre y fue desta manera: mi padre, que Dios perdone, tenía cargo de proveer una molienda de una aceña...

Mientras recitaba fragmentos de *El Lazarillo* construía la caipirinha y en éstas le sorprendió la puerta abierta de par en par y la emergencia de Álvaro Conesal. Llevaba pantalones de piel y un chaleco de cashmire sobre una camisa a cuadros de campeón de rodeos. Señaló con el dedo la caipirinha exigiendo otra para él y esperó a paladearla antes de entrar en contacto verbal con un Carvalho con los codos apoyados en la barra de madera de teca, entre las manos la copa como si la consagrara y la mirada recorriendo las etiquetas de las botellas que respaldaban al hispanista. Álvaro bebía y meditaba, para finalmente invitar a Carvalho que le siguiera con un gesto irrechazable, de auténtico master en gestualidad, mientras emprendía la vuelta a su despacho con el vaso de caipirinha entre las manos. El despacho y el detective eran viejos conocidos, pero a estas horas del mediodía le sorprende menos todo lo sorprendente, salvo la entrada en conversación de Álvaro.

—Cosas como las que usted ha visto son las que debemos prevenir esta noche. Una mujer despechada. Un tipo de la competencia que afrente a mi padre en público. La imagen de mi padre está pasando por un mal momento. Se especula sobre la posibilidad de que el Gobierno intervenga en sus negocios, especialmente en los directamente financieros o en las carteras industriales relacionadas con los negocios financieros. Estamos en un final de época tumultuosa y el poder morirá matando. Cualquier escándalo lanzaría encima a la jauría de los medios de comunicación contrarios a mi padre y los que tiene comprados o intervenidos ya no se atreven a dar la cara por él. Ni siquiera podemos fiarnos de la policía. Este Gobierno no tiene escrúpulos.

—La mujer que he visto, ¿es de temer?

—Ella quizá no. Su marido sí. Es un pedazo de carne bautizada y confirmada en las iglesias del Opus Dei, un señorito bodeguero jerezano del Opus Dei, del sector más rico pero también más tonto del Opus Dei. Puede ser fácilmente manipulable. Mi padre no lo tiene demasiado bien con los del Opus y vuelven a ser peligrosos. Mi padre dice que tras veinte años de descanso histórico tras la muerte de Franco, su gran celestina, vuelven a la carga.

—Tal vez sería conveniente que usted me hiciera un inventario de peligros potenciales. Deben controlar a los invitados.

—Sabemos a quién hemos invitado y por qué, pero hay una veintena de personajes que a priori pueden crear problemas. Lea esto.

Le tendió una revista de economía abierta. El título era prometedor y campeaba sobre una enorme fotografía del busto de Lázaro Conesal ladeado, con la mirada inquisitiva puesta en algún lugar del mundo que quedaba más allá de la revista: «Alí Babá y los cuarenta ladrones.» «Lázaro Conesal se defiende desde dentro de su cueva.» «En la historia de la Banca Conesal se han reflejado las principales debilidades del sistema capitalista español, aspecto más importante que los 800.000 millones de pesetas necesarios, según los expertos, para sanear las heridas financieras creadas por Conesal y sus principales cómplices Regueiro Souza e Iñaki Hormazábal, cada vez más distantes de su capitán, pero implicados como él en el desaguisado. Hormazábal ya ha tomado posiciones de despegue con respecto a su socio en una maniobra de desenganche de intereses comunes en distintas sociedades. Parece ser que el Banco de España va a salir del pasotismo asumido en relación con los negocios de Conesal, un hombre demasiado temido por el gobierno socialista habida cuenta de lo mucho que sabe sobre las finanzas internas del PSOE. A estas alturas, Conesal persigue un pacto con el Banco de España a cambio de perder la memoria y de no poner en curso un libro blanco sobre sus relaciones con el poder. A pesar de la prepotencia asumida por el financiero, hace tiempo que se especula sobre los agujeros negros de su gestión económica maquillados con la habilidad que siempre ha tenido Conesal para convertir los agujeros en montañas y las derrotas en victorias. El Banco de España estima que el déficit de provisiones para la cartera de créditos de la Banca Conesal se elevaba a 300.000 millones de pesetas...» A Carvalho le irritaban aquellas cifras excesivas y devolvió la revista al espectante heredero.

—Ya veo que la cosa está muy mal.

—¿Se ha fijado en quién firma esta información?

—No. Pero tampoco me hubiera dicho nada su nombre. No soy habitual a revistas tan llenas de dinero.

—Es Bárcenas, la garganta profunda de los Valls Taberner y si me apuran de todos los grandes bancos, encabezados y teledirigidos por el gobernador del Banco de España.

Decía cosas indignantes pero no parecía indignado, ni siquiera manifestó entusiasmo cuando caracterizó a su padre.

—No aceptan lo nuevo. Mi padre es lo nuevo. Ellos son la oligarquía de siempre.

—Le aseguro que mi listón a la hora de concebir cualquier cantidad de dinero son las cien mil pesetas, de cien mil pesetas en cien mil pesetas.

—El dinero no existe —masculló Álvaro y se ensimismó para volver al poco rato a Carvalho como apreciando una vez más si no se había equivocado de persona.

—Mi padre quiere hablar con usted, pero antes concederá una entrevista a dos estudiantes de Economía que vienen a por él. Deben de tener un profesor socialista o poscomunista y les ha dicho: A por Conesal, que es el responsable de la cultura del pelotazo, del capitalismo especulativo. ¿De qué restaurante quiere el menú? —ofreció, mientras corría las hojas de una guía para gourmets encuadernada en una piel tan cara como la madera del sobre de la mesa, la moqueta, los cristales insonorizadores, la limpieza de dientes que demostraba la sonrisa del heredero—. Podemos hacernos traer la comida del mejor restaurante de Madrid.

—¿No podríamos ir allí? Me encanta conocer maîtres nuevos.

—Mi padre sólo va a un restaurante a pactar con ministros extranjeros. De ministros extranjeros abajo, ninguno. Dice que no saben comer o lo han olvidado porque se sienten amenazados por el colesterol y pueden sentirse impresionados por el ritual de la restauración de Madrid.

—París tampoco está mal.

Algo escéptico el joven masculló «Robuchón y todo eso», pero lo suyo era hojear la guía gastronómica y leer propuestas:

—Jockey, langostinos al caviar, por ejemplo, y un brioche con tuétano y foie que quita el hipo. Zalacaín, ¿qué tal unos muslos de pato guisados con verduritas? Club 31, le aconsejo una ensalada tibia de patatas con hígado de pato. El Amparo, rabo de buey guisado al vino tinto. El Bodegón, un plato de caracoles sin trabajo con salsa de berros. Príncipe de Viana, muslo de pato con lentejas. Arce, salmonetes con ajos tiernos y vinagreta de tomate. Cabo Mayor, ensalada de pasta y carabineros. El cenador del Prado, muslo de pato confitado...

—Demasiado pato. Al que ha hecho esa guía le entusiasma el pato.

—¿No le gusta a usted el pato?

—Me entusiasma y aquí donde me ve yo he probado un canneton a la Tour d'Argent, en el restaurante que le da nombre.

—Si prefiere usted pedimos un ragout de venado en Horcher.

—Será de venado con corbata, porque en Horcher no dejan entrar ni salir a ningún ser vivo ni muerto sin corbata. Dejo el menú a su libre elección.

—No tan libre. Ha de pasar por la aprobación de mi padre.

Una llamada del interfono anunció la llegada

de alguien que Álvaro Conesal identificó como las dos entrevistadoras. Álvaro se había echado a reír.

—Estas dos chicas no saben dónde se han metido. Mi padre siempre pide dossiers de todos los que le vienen a hacer entrevistas, aunque sean novatas como éstas, dos estudiantes de Económicas que quieren denunciar los manejos del Gran Tiburón.

—¿Qué dicen los dossiers?

—Dos chicas de desiguales familias, pero tirando a buenas familias. Las dos militan en todas las ONG que existen, es decir, en las Organizaciones No Gubernamentales. Son los rojeras del presente que no tienen futuro. ¿Me permite?

Álvaro dejó sólo a Carvalho en el despacho y salió a la recepción azul en la que el detective había intimado con el barman. Carvalho se acercó al resquicio que dejaba la puerta entreabierta y allí estaban la morena y la rubia, tiernas como gacelas, pero rígidas como panteras dispuestas a saltar al cuello del financiero más mitificado de España. Tenían cara de niñas demasiado sexuadas para su edad o tal vez simplemente tenían demasiado cara de niñas para las vibraciones sexuales que emitían, sobre todo la rubia. Fingían una relajada alegría a la espera de que el fingimiento se convirtiera en la pose necesaria para hacer frente al entrevistado. Pero cuando se abrió una puerta hasta entonces casi inadvertida por la que penetró el cincuentón atezado, de cabellos rubios en el límite de la plata culminando una arquitectura de bronce, la piel, y oro, el Rolex, las dos muchachas aproximaron sus cuerpos para protegerse y emitieron voces estranguladas cuando Lázaro se apoderó sucesivamente de una de sus manos y las besó como si no las viera bien. Precipitaron las chicas la situación sacando blocs, magnetofones, bolígrafos, dossiers, prisas y creyó Carvalho llegada la hora de dejar solos al Tiburón y a aquellas dos pescadillas que ya estaban mordiéndose la cola nerviosamente. Pero Álvaro le detuvo con un gesto imperioso, de los mejores gestos del mejor master de gestos, al tiempo que le encarecía:

—Nada de retiradas. Mi padre quiere dedicarnos el espectáculo.

ALTAMIRANO ADOPTÓ MANERAS de molesto automovilista en situación de atasco, depositó la servilleta sobre la mesa para ponerse en pie y enterarse fehacientemente de lo que había ocurrido para aquel revuelo y aquellas palabras pistoletazo que saltaban de mesa en mesa y conseguían sacar a los comensales de su aburrida expectación. Pero Marga fue más rápida que él y movilizó sus cortas extremidades a tal velocidad que más parecía un reptil que una mujer cúbica avanzando hacia la verdad.

—Que hay un muerto.

—¿Un qué?

—Un muerto.

—Me lo temía. No hay semana sin necrológica. Seguro que se ha muerto alguien para que yo le haga la necrológica.

Mas por encima de la tentación de cinismo, Oriol Sagalés experimentaba la de enterarse de la causa última de cuanto acontecía, en coincidencia de deseos y movimientos con la señora Puig que con una mano sobre los labios y los pasitos cortos se alejaba de la mesa en dirección a los comensales ya descaradamente arremolinados, sin hacer caso de la permanencia varada de su marido, consciente de que en las situaciones críticas los capitanes de barco y de industria, aunque fuera de sanitarios, curtidos en mil riesgos, no deben nunca abandonar el metro cuadrado sobre el que afirman su identidad. Laura Sagalés se quedó junto a él, con las manos ceñidas al vaso de whisky, como si temiera la acción de algún descuidero y puso sorna en el reojo que acompañó la marcha de su marido formando pareja con el mejor vendedor de libros del hemisferio occidental de España.

—He oído palabras que no me gustan —comentó el vendedor con los labios apretados y la mirada fija en el horizonte.

—No pierda la calma, Watson. Lo más probable es que algo grave le haya pasado al anfitrión.

El vendedor se detuvo asombrado e interrogó con la mirada a Sagalés que le hizo el honor de tomarse un descanso de brillantez y sarcasmo para darle una lección de inducción lógica.

—Elemental, querido Watson. El más pálido de todos los que están protagonizando el barullo de la puerta de comunicación con el resto del Venice es nada menos que Alvarito Conesal, Conesal hijo, el conocido mecenas de la posmovida madrileña y aquella mujer que avanza trágicamente en dirección a su hijo, sacudida por los sollozos y con presuntos problemas respiratorios causados por una congoja interior y no por la faja que a todas luces trata de encauzarla en pro del bien común de la relación de su cuerpo con el espacio externo, es la señora Conesal.

El vendedor cabeceaba convencido y admirado, asistente al espectáculo de los guardaespaldas súbitamente imbuidos de su condición que estaba construyendo círculos protectores en torno del presidente de la Comunidad Autónoma de Madrid y de la señora ministra de Cultura con la sonrisa a media asta. El círculo de policías ya escasamente secretos aunque no diferenciadamente públicos o privados, dejaba actuar a las cámaras de televisión que con sus reflectores convertían la secuencia en una batalla épica entre las autoridades cercadas y una luz lechosa que les amedrentaba como a alimañas, pero en cambio rechazaba a un piquete de invitados asaltantes que preferían ser informados por el poder político y cultural antes que por el familiar representado por el hijo y la mujer del presunto malogrado. Los tertulianos radiofónicos se habían agrupado por las emisoras en las que prestaban sus servicios y comenzaban el precalentamiento de la emisión de mañana por la mañana. Entre el levantisco grupo sitiador de las autoridades, Ariel Remesal y Fernández Tutor expresaban su indignación por la desconsideración que empleaban los guardaespaldas.

—¡Leguina! ¡Leguina! —gritaba Fernández Tutor dando saltitos.

—¡Carmen! ¡Carmen!

Era el reclamo escogido por Ariel Remesal para hacer visible su cara entre dos hombrones de policías, sin que Leguina ni la señora ministra supieran ni quisieran ver, entretenidos como estaban en darse explicaciones y consignas.

—¿Ha sido ETA?

—No me han dicho si han encontrado balas de nueve milímetros Parabellum —objetó Leguina y al escucharse a sí mismo comprendió que a pesar de su desgana como simple presidente en funciones y con deseos de marcharse a casa para escribir una novela sobre lo que estaba ocurriendo, era completamente improcedente no enterarse de lo que pasaba. Que no lo supiera una ministra de Cultura pase, que no lo supiera el presidente de la Comunidad Autónoma de Madrid era noticia en la primera página del diario *Mundo* al día siguiente y un triunfo más de su director, el odiado Pedro J. Ramírez. Así es que Leguina tiró la servilleta, se puso en pie y ordenó—: ¡Dejen paso!

Era una voz rotunda pero los policías esperaban tal vez voces más familiares de sus jefes naturales y no obedecieron el imperativo del señor presidente en funciones de la Comunidad Autónoma de Madrid, por lo que Joaquín Leguina tuvo que optar por una solución enérgica exteriorizada en el hecho de poner una mano en el hombro de uno de los policías que lo cercaban, apretar fuertemente los dedos sobre aquella esquina musculadísima de un cuerpo humano y acuchillarle la oreja con un:

—¡Abran paso!

La señora ministra había comprendido las intenciones de su asociado en el poder, por lo que se puso a su estela y secundó su demanda con una voz grave y licorosa de presunta cantante de boleros.

—Abran un pasillo de protección. Hemos de llegar al lugar de los hechos.

Lo del pasillo de protección agradó en justos términos a los centuriones, porque como movidos por un resorte y demostrando su tendencia a constituirse en sujeto colectivo, cambiaron la figura del círculo por la de un pasillo de carne y hueso abierto a la posibilidad del avance de Leguina difícilmente cejijunto sobre sus separados ojos claros y con los dedos tirándose de los puños de la camisa, mientras a su lado la señora ministra había conseguido asumir el continente de una representante del Gobierno, la única representante del Gobierno presente en la sala, por muchas reticencias que siempre haya despertado la posibilidad de que la cultura sea responsabilidad o forme parte de Gobierno alguno. No avanzaban solas las autoridades por el espacio abierto gracias al pasillo móvil de sus guardianes, sino que se habían convertido en protagonistas del travelling cangrejo de los cámaras de TVE sabios en filmar mientras se retiraban de espaldas y en el séquito se habían metido Ariel Remesal y Fernández Tutor, siendo el editor el que tenía que cambiar el paso constantemente, no para no quedar rezagado, sino para poder asomarse a la oreja ora de Leguina ora de la señora Alborch para encarecerles:

—¡Sabéis que podéis contar conmigo!

No sólo ni el presidente ni la ministra parecían contar con Fernández Tutor, sino que evidentemente le consideraban un intruso en su camino hacia la responsabilidad situacional y, ¿por qué no?, histórica. Así que Leguina se detuvo en seco, se encaró con el notable ganador de cincuenta premios periféricos y el editor de libros raros, también conocido por «El bibliófilo de la Transición» y les espetó:

—No es el momento. Cada cual debe estar en su sitio.

Consideraba que estaba en su sitio Alma Pondal, la mejor novelista ama de casa y no sólo ella sino también su marido, por lo que contuvo con una mirada el espontáneo impulso del hombre de marchar hacia donde iban los demás, al tiempo que ponía voz melosa de ama de casa dispuesta a recibir aquella noche el baño semental que contribuyera aún más a cimentar su fama de prolífica escritora y madre, capaz de haber escrito seis novelas en los últimos diez años, período coincidente con el de cuatro hijos aparentemente del mismo sexo.

—¿Qué nos va a ti o a mí? Empezaba a necesitar un momento de intimidad. Cuánto bocazas, Dios mío, hay en el reino literario.

—Con cuánta razón declaraste, Mercedes...

—Te he repetido mil veces que no me llames Mercedes en público.

—Perdona, Alma. Insisto en que tenías mucha razón cuando declaraste al *Adelantado* de Segovia que las reuniones de escritores debían estar prohibidas por la Constitución.

—¿Recuerdas el artículo de réplica de Riquelme, el cuñado de la farmacéutica? Se sintió escritor y ofendido.

—¿Escritor ése?

—Como ha escrito *Glosa del cerdo ibérico en el Camino de Santiago*.

—Pero que tengamos intimidad no quita que debamos saber qué está sucediendo.

—Alguna copa de más. Alguna bofetada de más.

—Es que he creído oír la palabra muerto.

Mona d'Ormesson pasaba en aquel momento ante la mesa donde resistía el asolado y fecundo matrimonio y en cuanto oyó la palabra muerto exclamó:

—*Stat sua cuique dies*.

Y como comprobara la sorpresa que se extendía por las anchas faces del matrimonio íntimo, tradujo:

—Hay un día marcado para cada uno.

—Pero ¿hoy?, ¿precisamente hoy?

—A mí me da en la nariz que todo esto lo ha preparado Lázaro Conesal para montar un antipremio.

Altamirano consideró posible la sospecha de Marga.

—No creo que Lázaro pertenezca a la cultura del happening. En los tiempos en que estaba de moda el happening, Lázaro Conesal no perdía el tiempo y conseguía los primeros permisos de importación de productos soviéticos. ¡En tiempos de Franco!

Marga Segurola y Altamirano habían optado por pasear el comedor lleno de mesas despobladas con la misma parsimonia como si recorrieran la calle Mayor de un pueblo donde nunca pasa nada y el premio Nobel de Literatura agradeció aquella capacidad de contrapunto de la obsesiva pareja, que tanto despreciaba porque eran dos cuervos que no valoraban su condición de Nobel. Recorrió con una parsimoniosa mano su orografía bajoventral y elevó los ojos a la condición de sanción negativa por lo mucho que se movía y gesticulaba la gente.

—Se nota que este premio es una horterada, porque fíjense ustedes la que se ha armado y seguro que no hay otro motivo que el descubrimiento de una relación sexual de lavabo entre un concanónigo de cualquier catedral y una sinóloga, extremos que suelen producirse en este tipo de encuentros, donde las pasiones se literaturizan primero, se avinan después y terminan en el excusado con un lío de apéndices que requeriría la técnica de los mejores contorsionistas.

Reía el manager editorial *Terminator* Balmazán, la gracia del reconsagrado, sabedor de que a pesar de que el sujeto tenía más de treinta y cinco años, incluso más de setenta, los premios Nobel no tienen edad y están por encima de cualquier sospecha de arteriosclerosis.

—Habla usted como escribe, qué maravilla.

—Balmazán, me han dicho que se dedica usted a meter escritores en los hospicios y me alegro. Así nos libraremos de tanta mentecatez amariconada.

Gesticuló la académica consorte como si se ruborizara, aunque a su edad es imposible que el rostro lo exteriorice y algo gallo se puso Mudarra ante lo que consideraba una grosería en presencia de mujeres.

—Modérate, Nobel, modérate.

—¿Llamas inmoderación a lo que sólo es capacidad de observación y relacionar lo erotizantes que son estos actos de cintura para abajo? Mudarra, abandona tu búsqueda de diminutivos femeninos del XVII o del siglo que sea y contempla esta llanura de figuras humanas sentadas y con las partes pudibundas ocultas, sumergidas bajo la mar calma de los manteles de lino con las iniciales L. C. que supongo corresponden a Lázaro Conesal, un bergante que de un momento a otro va a dar el premio a otro bergante, cuando se solucione el lío armado por el concanónigo y la sinóloga.

—Nobel, ¿te consta a ti que se trata de eso? Y si tanto te molesta este acto, ¿por qué acudes a él? ¿No me dirás que te habías presentado al premio?

—¿Y tú?

Tal desconcierto se produjo en Mudarra que tuvo que disfrazarlo de ofendida retirada ante tanta impertinencia, mientras su mujer trataba de contener con una manita desmayada las que temía iras incontenibles de aquel hombre tan propicio a los prontos y encaramientos. Pero no estaba desconcertado el premio Nobel, porque parapetado tras unos anteojos, de exacto tamaño para concentrar el furor de su mirada, proclamó:

—He venido porque Conesal me ha pagado el cachet que pido por asistir a premios literarios importantes, como tengo cachet para inaugurar estaciones de autobuses en la alta meseta o asistir al bautizo de cualquier hijo de capón adinerado y supuestamente letrado. Yo soy como un futbolista de postín, Mudarra, puesto que cobro por dar patadas a los sememas y a los lexemas y además por el derecho de imagen.

Asistía desganado Sánchez Bolín a la justa entre los dos académicos y no se dejó convocar por la mirada desahijada de Mudarra, precisado de un testigo de la afrenta o de un cómplice en delicadezas del espíritu. Tampoco era santo de su devoción *Terminator* Balmazán con el que estaba en litigios por un contrato escrupuloso en el que el manager quería incluir el número de páginas a escribir y el peso del libro resultante. Y para no asumir ninguna de las situaciones posibles, se puso en marcha por encima de las dificultades que le ofrecía la rotación del hueso de su cadera derecha, cripta para una artrosis irreversible donde los huesos pugnaban por autodestruirse con sus protuberancias hiperbólicas y dentadas. Pero al iniciar la común ruta de los fugitivos de la incertidumbre observó que Alba se había quedado solo en la mesa, reflexivo, ambiguamente reflexivo, porque tanto parecía pensar sobre el eclipse de la razón en versión de Max Horkheimer, como sobre la insoportable levedad de las duquesas de la actual generación, pero al comprobar que Sánchez Bolín se le acercaba, eligió el contenido de la escuela de Frankfurt para extremar la manifestación de su desasimiento por cuanto ocurría.

—Sánchez Bolín, tú que eres marxista.

—Posmarxista, cura Aguirre, posmarxista.

—¿Tu quoque, Sánchez Bolín? ¿También tú abandonas la nave de los locos más trágicos de este siglo?

—Me limito a ser riguroso con el lenguaje. Posmarxistas lo somos todos.

—Estaba pensando yo en qué pulsión llevó al preclaro Horkheimer, padre espiritual de tantos revolucionarios, a asumir al final de su tiempo que era preferible vivir en la Alemania capitalista que en la comunista. Le conocí no recuerdo cuándo, en un vago rincón de la década de los sesenta y me sorprendió, a mí, sorprenderme a mí, que entonces aún era jesuita, diciéndome: El Espíritu sólo puede salvarse entre las grietas de la democracia, como sólo ahí podrá refugiarse la fantasía y la religión. Fíjate, posmarxista, fíjate, el gran teórico crítico asumía como únicos consuelos el espíritu, la fantasía, la religión, horrorizado ante lo que él llamaba la tendencia irreversible del progreso técnico a crear un mundo cuya estructura racional sólo podría ser obtenida al precio de la desaparición de la libertad del individuo y de lo espiritual.

—Perdona que no tenga una noche para escuelas de Frankfurt, Aguirre.

—Alba, por favor, querido.

—Pero si yo te he conocido cuando eras un jesuitazo rojo y yo vivo en el territorio de mi memoria, Aguirre. No me saques de él.

—Sea. Por ser tú, sea. Pero has de saber que a más de uno le he retirado la palabra e incluso la mirada, sólo por haberse equivocado, involuntariamente, insisto, involuntariamente, llamándome Aguirre, que es mi pasado y no duque de Alba que es El Pasado.

—Dada tu condición aristocrática, ¿puedes decirme qué ha pasado?

—Voces de muerte me llegan.

—No me jodas, Aguirre, ¿un muerto?

—¿No escribes tú novelas de crímenes?

—Algo parecido.

—Pues te persiguen los crímenes y todos te preguntarán, señor Sánchez Bolín, usted que es un novelista policíaco, ¿quién es el asesino?

—En las novelas policíacas, Aguirre, el asesino siempre es el autor.

Mona d'Ormesson sentía tanta curiosidad por enterarse de qué se cocinaba en el encuentro entre el duque y Sánchez Bolín como en la aglomeración de la puerta de salida. Estaban más próximos los dos hombres y además se sintió enganchada por la afirmación de Sánchez Bolín.

—¿El autor siempre es un asesino?

—No he dicho eso.

—Por extensión —insistió Mona y Sánchez Bolín se encogió de hombros.

—Si usted lo dice...

—¿Qué piensas de este asunto, duque?

—¿Pensar, querida? Nada. Honecker, no confundir con Horkheimer, en *Das Denken* dice que el pensar es una actividad interna dirigida hacia los objetos y tendente a su aprehensión. Nada dice Honecker sobre los autores de novela policíaca y no me exijas una concepción clásica del pensar desde la neutralidad ontológica. No creo en las neutralidades ontológicas.

—Duque, sólo un monstruo como tú es capaz de estar hablando de Honecker a pocos metros de un enigma, porque supongo que para ustedes dos lo que ha ocurrido seguirá siendo un enigma...

Alba negó rotundamente con la cabeza.

—Algo malo le ha sucedido a nuestro anfitrión. Lo deduzco por el hecho de que su esposa ha salido del recinto empequeñecida bajo el brazo aparentemente protector que su hijo le ha pasado sobre los hombros. Tú que eres escritor, Sánchez, y por lo tanto gozas de la carroña, ¿qué impresión te produce ese gesto protector de pasar un brazo por encima de los hombros de las personas que sufren?

—Lamentable. Yo no me lo dejaría pasar.

—Es un gesto protector y aniquilador, porque te obliga a soportar el peso del que te proteje y te clava el cuerpo y el alma en el suelo.

Sánchez Bolín se situó a espaldas de Mona d'Ormesson y desde allí le hizo gestos al duque sobre lo insoportable que era la dama, pero se recreó en el mudo discurso, porque Mona se revolvió en busca del sorprendentemente desaparecido y le pilló haciendo gestos de agotamiento entre resoplidos silenciosos.

—Pero ¿qué le pasa a usted?

El escritor no tuvo respuesta pronta y optó por seguir la corriente pretextando una urgente necesidad de enterarse de lo que pasaba, en un momento en que el grupo empezaba a descomponerse bajo las indicaciones taxativas de la señora ministra, que había tomado el mando en plaza milagrosamente blanqueada por los reflectores televisivos y subida a una silla de diseño amenazante, montada desde la más desmontable metafísica, dirigía la operación de retorno a la normalidad con una gesticulación morena y carmín que convertía al paralizado Leguina en un político albino con complejo de inferioridad policrómica.

—¡Volved a vuestras mesas! Pronto será satisfecha vuestra curiosidad, pero ¡por favor!, que nadie abandone el salón.

Ni la ministra ni Leguina pudieron impedir que Sagazarraz se subiera a otra silla exactamente igual a la que sostenía a la señora ministra y la secundara dando pruebas de un gran espíritu de colaboración.

—¡Volved a vuestros hogares! ¡Dejad que las barcas sigan las estelas conocidas y regresen a los puertos de origen con la docilidad de una pluma entregada a la fluidez de las aguas!

Ante tan desvirtuador colaborador, la señora ministra saltó de la silla y adelantó los brazos envueltos en chales de gasa hindúes para acentuar la orden de retirada y fue obedecida por todos menos por Sagazarraz que empezaba a cantar el aria del tenor de Marina:

Costas las de Levante,
playas las de Lloret.
Dichosos los ojos
que os vuelven a ver.

Ante las perspectivas canoras ofrecidas por el naviero se aceleró la retirada y Sánchez Bolín se topó con Regueiro Souza y Hormazábal que discutían mientras avanzaban, manteniendo una curiosa distancia disuasoria, como si temieran estar demasiado cerca el uno del otro, demasiado cerca para la violencia contenida. Pasaron al lado del escritor al tiempo que Regueiro Souza gritaba:

—¡Te digo que me des el teléfono!

No contestó Hormazábal y fue Mona d'Ormesson retenida por la retirada de los curiosos la que le tomó por el brazo y al detenerle también consiguió parar a Regueiro.

—¿De qué teléfono se trata?

—Podía llevar encima el suyo.

—Yo no soy uno de esos horteras que van a todas partes con el teléfono móvil en la bragueta. A mí el teléfono móvil me lo lleva el chófer.

—Pues te aguantas. Yo que soy un hortera no te lo presto.

Se creyó en la obligación de dar explicaciones a Mona.

—Nos han prohibido comunicarnos con el exterior y ahora quiere que yo le deje el teléfono móvil para ponerse en contacto con el jefe de Gobierno o con el Rey.

—¡O con el Papa, si fuera preciso! —clamaba ahora con voluntad de público un Regueiro Souza con todas las venas del rostro y el cuello dilatadas—. ¡No soporto que se nos trate como a niños! En la era de la mundovisión y de las autopistas de la información, no se nos dice qué pasa y no se nos deja comunicarnos con el exterior. Quiero llamar al presidente para decirle dos cosas, dos cosas muy claras...

Ahora el coro se había formado en torno de Regueiro.

—... dos cosas muy claras. Si ésta es la modernidad que nos habías prometido, presidente, te la metes en el culo.

No hubo protestas articuladas, pero sí algunos silbidos de maridos todavía ofendidos porque sus mujeres pudieran escuchar expresiones tan groseras, irritados más que ofendidos cuando Regueiro, ganado por la desmesura de las palabras y de su boca, insistió en el concepto y lo elevó a principio metafísico de estado.

—Y si el presidente no me hace caso, será el Rey en persona el que me oirá la propuesta de que se metan la modernidad en el culo, si la modernidad es esto.

Y al abarcar con sus brazos la inmensidad del salón y de la situación se quedó sobre sus piernas como único nexo que le comunicaba con el mundo, por lo que la bofetada que le pegó Sito Pomares & Ferguson le derribó tan imprevistamente que se quedó con las cuatro extremidades en el aire mientras la espalda y el culo iban al encuentro de un suelo de laminado donde se habían dibujado chapas de refrescos de todas las épocas desde el origen mismo de las chapas y los refrescos industriales. Desde allí soportó, perplejo, la arenga de Pomares & Ferguson.

—Tus groserías ofenden a las mujeres, pero sobre todo ofende a Su Majestad el Rey y por extensión a Su Majestad la Reina. No te lo tolero.

Ágil y rabioso se reincorporó el chatarrero e iba a echarse sobre el bodeguero que había adoptado posiciones de matador de toros karateka cuando Hormazábal le cogió por un brazo y le puso el teléfono en una mano.

—Toma y llama al Papa.

—¡Con el nombre del Papa no se juega en mi presencia!

Se plantó fiero Pomares & Ferguson ante los dos financieros y fue su mujer Beba Leclerq quien le hizo desistir de su actitud mediante un reclamo tajante y recordatorio.

—Sito, no te comportes como un gilipollas.

Se amansó el rubicundo Pomares y se llevó a Hormazábal a Regueiro Souza que recuperaba por momentos la estatura.

—¡Vete a capar ladillas a Jerez, niñato!

Demasiado vocerío ya para que un amansado Pomares & Ferguson recuperara maneras de desafío y Regueiro depositó sus posaderas en la silla original respirando como un yoguista dispuesto a conseguir el control de sí mismo. Marga Segurola y Altamirano también habían regresado a puerto, la mujer con la mueca de asco profundo puesta en el rostro, sin entender por qué Altamirano se frotaba las manos bajo la mesa presa de un inexplicado entusiasmo con ganas de ser explicado a poco que ella se lo propusiera.

—Pero ¿a qué viene tanto gozo?

—El buen salvaje, Marga, se convierte en el mal salvaje a poco que la situación le oprima y le desidentifique. Contempla el espectáculo aportado por Regueiro, un hombre de mundo, con más dinero que el que yo pueda gastar en mil vidas, convertido en un gañán grotesco y vociferante porque no se le respeta el rango de amigo personal del jefe de Gobierno. Mira. Insiste en telefonear. Patético.

Regueiro estaba haciendo uso del teléfono de Hormazábal, pero quien le secundara al otro lado de la línea no colaboraba demasiado porque le forzaba a congestionarse y tabletear con los dedos sobre el mantel como si quisiera machacar la partitura de su indignación. Regueiro vocalizaba su apellido. Re...gue...i...ro...So...u...za... Una y otra vez, pero no obtenía la respuesta pretendida, por lo que tras colocar los labios en posición de blasfemia, cortó la comunicación y devolvió el teléfono a su propietario al tiempo que se levantaba y avanzaba a toda máquina en dirección a las mesas donde los periodistas comentaban la situación y la jugada.

—Quiero haceros una declaración urgente.

La mayoría de comentaristas literarios eran jóvenes y tímidos y la imagen de Regueiro les sonaba a familiar pero no acababan de determinar lo importante que él creía ser. Regueiro detectó su falsa posición de poderoso financiero desconocido y no quiso perder más tiempo.

—Soy Celso Regueiro Souza, ya sabéis, la *beautiful people* y todo eso. No es que quiera ponerme medallas, pero los que conozcáis el oficio sabéis que el poder me abre las puertas con un simple chasquear de dedos. Desde esta obviedad que manifiesto sin falsa modestia, puedo comunicaros que esta noche aquí acaba de ocurrir un grave atentado contra la democracia y la modernidad.

Algunos jóvenes informadores interinos, en régimen de contrato laboral precario, sin aguardar consultar con los críticos literarios de más prestigio que sus medios habían enviado al acto, ni con los directores presentes en la sala, tuvieron premonición de Pulitzer y se pusieron mecánicamente a tomar apuntes y con la misma mecanicidad el discurso de Regueiro se fue pareciendo progresivamente a una carta dictada a cualquiera de sus sesenta y cuatro secretarias.

—Paso por alto el que por medidas de seguridad no se nos comunique qué ha ocurrido a ciencia cierta, coma, pero es inaceptable que personas hechas y derechas, coma, altamente cualificadas en la vida española, coma, en todas sus dimensiones, coma, nos veamos condenados a la condición de prisioneros de la falta de iniciativa de nuestras autoridades, coma, que han optado por la más zafia y primitiva de las medidas: dos puntos, la cuarentena. Punto y seguido. La relevancia de los aquí presentes exigiría una inmediata explicación y...

Un curioso se había acercado al grupo donde los periodistas se dividían entre la sorpresa y la obediencia, y el dictador Regueiro, dispuesto a aceptar cuantos más voceros mejor, hizo un ademán para que el recién llegado tomara asiento y se sumara a los copistas.

—Tome asiento y anote.

Pero no fue ése el talante adoptado por el hombre que contemplaba a Regueiro como si fuera un accidente de sobremesa y sobrenoche.

—Si usted no es periodista, haga el favor de retirarse. Estoy haciendo unas declaraciones urgentes.

—Perfecto. Me encanta escuchar declaraciones urgentes y así no esperar al diario de mañana.

No iba trajeado el individuo a la altura de los allí reunidos, pero tampoco ofendía a la vista su conjunto de rebajas de El Corte Inglés. De pronto, Regueiro creyó recordarle, como a través de un fugaz *flash back*, de una situación anterior relacionada con Lázaro Conesal, o tal vez acababa de verle en el grupo que rodeaba a la ministra y Leguina.

—¿Es usted policía? ¿Viene a impedir la continuidad de este acto?

—No. Soy detective privado. Me llamo Pepe Carvalho y paseo por el salón detectando estados de ánimo o desánimo, según se mire.

—Por favor —cortó Regueiro, dio la espalda al detective e iba a proseguir su perorata cuando reparó en que en muchas mesas habían brotado los teléfonos y las llamadas al exterior. Al advertirlo, no supo superar la situación de desconcierto y los jóvenes periodistas esperaron inútilmente que prosiguiera su declaración *urbi et orbe*. A pocos metros, Sagalés se hacía el encontradizo con un Carvalho en retirada.

—¿Se ha fijado usted en la cantidad de teléfonos móviles que han aparecido? ¿No deberían ustedes requisarlos?

Carvalho estudió el rostro de bebé envejecido que tenía delante. O hablaba desde la sorna o desde una complicidad colaboracionista impropia de su edad, a no ser que fuera un financiero venido a menos o un escritor que nunca hubiera llegado a nada.

—¿Escribe o roba?
—Escribo.
—Sin demasiado éxito, por lo que veo.
—¿Qué concepto tiene usted del éxito?
—Haber triunfado suficientemente en la vida como para no estar pendiente de lo que cada cual hace con su teléfono móvil. Yo no soy un poli.
—Pero entiende mucho de whiskis por lo que he oído en el lavabo.
—Es el lugar más adecuado para hablar de whisky, incluso para beberlo. El whisky se mea todo y en seguida.
—¡Usted es un detective privado!
—¿En qué lo ha notado?
—En la forma de dialogar. Dialoga como Chandler.
—Ni siquiera Marlowe dialogaba como Chandler. En la vida real los detectives privados dialogamos como vendedores de ganado. Usted ha visto demasiado cine.

El vacío de Carvalho fue ocupado por Andrés Manzaneque, asistente a la última parte de la conversación y en busca de una entrada para reclamar la atención de Sagalés pero los acontecimientos le habían dejado en la más absoluta sequía previa a la desertización y aunque le rondaban unos versos de Oscar Wilde sobre la acción de matar, que estaba seguro dejarían boquiabierto a Sagalés, no acababa de recordarlos con exactitud y temía exponerse a un revolcón que el escritor no deseaba darle, sino más bien distanciarle y con este ánimo recuperó su mesa a donde poco a poco volvían los habituales instados por Puig, S. A. dispuesto a seguir al pie de la letra las consignas de las autoridades.

—Para salir cuanto antes de esta penosa situación es mucho mejor que cada cual ocupe su sitio.

—Yo ni lo he dejado —objetó Laura, situada en un lugar en el mundo delimitado por dos botellas de whisky, la una vacía y la otra por vaciar—. Yo les he guardado el sitio, no fuera a ocuparlo el asesino.

—¿De qué asesino habla usted, señora?

La parte femenina de Puig Sanitarios, S. A. se había llevado una mano al pecho izquierdo en busca del lugar más próximo al corazón.

—Creo que han matado a Lázaro Conesal.

Incluso Sagalés se sorprendió y cometió el desliz de mirar a su esposa y descubrirla interrogativa y expectante.

—¿Fabulas, Laura?

—No me mires así que te pareces a Gregory Peck cuando no sabe qué cara poner. No fabulo, querido. Me lo ha dicho un camarero.

—¿Te lo ha dicho un camarero? ¿Así, por las buenas?

—Hemos adquirido una cierta confianza a lo largo de la noche y he aprovechado que pasaba para preguntarle: Fermín, ¿qué ocurre? Se ha producido una feliz coincidencia o una cariñosa complicidad, porque ha asumido que se llamaba Fermín y me ha contestado como si fuera la cosa más natural del mundo: El señor Lázaro Conesal ha sido asesinado. Me ha servido otro whisky y se ha marchado evidentemente muy atareado.

—Igual se trataba del asesino —apuntó Manzaneque que había seguido a Sagalés y había recuperado la imaginación. La ex joven promesa de la novela española recorrió con la mirada las diferentes mesas y tuvo la impresión de que en todas lo sabían.

Laura había comenzado un duelo de miradas

con su marido. Ninguno de los dos estaba dispuesto a bajarla y Laura escupió:

—Eres un imbécil.

Sagalés dio la vuelta a la mesa, se situó ante su mujer y le dio una bofetada seca, violenta, que ella encajó con una sonrisa mientras apostillaba:

—Sigues siendo un imbécil.

—Han asesinado a Lázaro Conesal —les informó en secreto y con la boca ladeada el mejor vendedor de diccionarios del hemisferio occidental español, ajeno al drama matrimonial, recién llegado de fuentes generalmente bien informadas.

Terminator Balmazán explicaba en aquel momento que el mejor auxiliar de un reciclador de empresas literarias era el ordenador en el que se registran las curvas de las ventas de los autores.

—Todo escritor es sus ventas. No sólo estamos en una economía de mercado, sino también en una cultura de mercado y en una biología de mercado. ¿Por qué está ocurriendo lo que ocurre? Porque Conesal, que es un gran hombre de negocios, se ha metido en esto de los libros con demasiada poesía.

Todas las mesas recibían su recién llegado que traía la misma noticia, como una nube cada vez más agrandada sobre las cabezas de todos los pobladores del comedor. Desde su posición, Leguina y Alborch veían cómo la nube se iba extendiendo golosa por el salón.

—¿Qué hacemos, ministra?

—Tú eres quien tiene el mando. Todavía eres el presidente de la Comunidad Autónoma.

—El jefe superior de policía está en camino, pero la situación evoluciona demasiado de prisa. Habría que decir algo por el altavoz.

—¿Sin consultar a la familia?

—¿Dónde está la familia? Este asunto ha dejado de ser privado para ser público. Esta noticia hay que expropiarla.

—Bajo tu responsabilidad.

Leguina asintió trascendentemente y se encaminó hacia la tarima donde los micrófonos esperaban inútilmente el fallo del premio Lázaro Conesal. No pudo andar ni diez metros porque fue interceptado por un reguero de comensales rebeldes que volvieron a despegarse de sus sillas para aproximarse al poder. Ariel Remesal y Fernández Tutor le preguntaban si Lázaro Conesal había sido envenenado mientras se ponían a su paso flanqueándole, como si la cultura más selecta de España le sirviera de guardia de corps en el instante de la revelación.

—Estamos contigo, Joaquín.

Por fin Leguina, con el hablar amable pero con los gestos cortantes, consiguió subir a la tarima, arrancó el micrófono de la horquilla soporte, se lo aproximó con decisión hasta sus labios y dijo señoras y señores, pero sólo él se oyó a sí mismo. El micrófono evidentemente estaba desconectado y por más que Fernández Tutor repiqueteó sobre la compacta rejilla con un dedito, después con los nudillos, para pasar finalmente a apuñar sin contemplaciones la sorda bellota, el micrófono siguió en su ensimismamiento y Leguina contempló por un momento la posibilidad de dirigirse al público a pulmón libre, no en balde gozaba de una caja torácica privilegiada. Se llenó de aire los pulmones, se acercó al borde de la tarima y gritó: ¡Señoras! y ¡Señores!

—¡No se oye! —le gritó desde su asiento la mejor novelista ama de casa, ratificada por su marido, el mejor ingeniero de puentes y caminos de su generación. Sagazarraz se subió a una silla y trató de improvisar un discurso en su zona de influencia.

—Cautivo y desarmado el ejército rojo, se han cumplido los últimos objetivos militares. La guerra ha terminado.

—¿Qué dice ese imbécil? —espetó el premio Nobel, harto de subir y bajar su abdomen, según las tentaciones de compartir lo que sucedía de pie o sentado.

También el académico Mudarra, a su lado, opinaba que Sagazarraz era un imbécil, mientras su mujer Dulcinea le tiraba de la manga del esmoquin para que no se comprometiera en juicios tan arriesgados y Mona d'Ormesson aplaudía y gritaba agudamente:

—¡Qué mono! ¡Qué mono!

—¿Qué está diciendo? —interrogaba Beba Leclerq a sus compañeros de mesa inútilmente en el caso de su marido hundido en su doble condición de Pomares & Ferguson, pero no así en lo que respecta a Regueiro que tenía la respuesta intoxicadora adecuada.

—Creo que hay una amenaza de bomba etarra, pero no conviene difundirlo. Puede ser una falsa alarma. Que no cunda el pánico.

—Por Dios —rechazó Hormazábal, al tiempo que le tendía su teléfono para que escuchara.

—Te lo juro. Acaba de decirlo Tele 5 en esas noticias breves que da de vez en cuando. Han asesinado a Lázaro Conesal.

Una voz femenina creía estar comunicando la noticia a Hormazábal, pero era Regueiro Souza quien escuchaba porque había seguido un calvario de mesa en mesa arrancando teléfonos de las manos de sus propietarios para escuchar brevemente lo que hablaban y aunque suscitó más de una ofendida reacción había conseguido llegar a su mesa original intocado y a tiempo para quitarle el aparato al asesino de la Telefónica. Prosiguió la conversación por su cuenta y riesgo.

—¿Se tiene alguna pista sobre las circunstancias del asesinato...?

—¿Con quién hablo?

—Conmigo.

—Pero usted no es el señor Hormazábal.

—Soy Celso Regueiro Souza.

—Por favor, ¿quiere decirle al señor Hormazábal que se ponga?

El asesino de la Telefónica se llevaba el dedo a la sien y comunicaba a la otredad de la mesa que Regueiro Souza había enloquecido, pero la mesa estaba por la noticia de la llegada del jefe superior de policía, confirmada por la irrupción en el comedor de Álvaro Conesal, quien tras cambiar breves frases con las autoridades provocó la brusca salida del salón de Leguina y la ministra a la cabeza en dirección desconocida. No era otra que la sala de encuentros de los guardias de seguridad, adjunta a la del control telemático del hotel y allí el jefe superior de policía escuchó las explicaciones de Álvaro Conesal, del presidente de la Comunidad Autónoma, de la ministra y del jefe de personal, secundados por el silencioso mirón que se había autollamado Carvalho y por un joven inspector, incoloro, inodoro e insípido, Ramiro, apellido, sí, apellido, nombre no, mi nombre es Antonio, Ramiro parece un nombre pero es un apellido, Antonio Ramiro, eso es, Antonio Ramiro, tomaban nota los periodistas que habían conseguido detener al grupo ante las puertas de la sala de encuentro.

—Quizá sería conveniente que la señora ministra permaneciera aquí. Un hombre muerto no es...

No tuvo tiempo el jefe superior de policía de situar el predicado negativo en la frase porque la ministra le enseñó la dentadura y aunque parecía una sonrisa, el jefe superior de policía comprendió que no era sonrisa amiga. Así que la comitiva encabezada por Álvaro y el jefe policial y compuesta por la ministra, Leguina, Carvalho, Antonio Ramiro y el jefe de personal que se había presentado como Jaime Fernández volvió a salir al hall selvático y se subió a uno de los ascensores donde el botones les dedicó una gestualidad rutinaria en contrapunto con la gravedad de los viajeros. A medida que ascendía el ascensor la selva se iba convirtiendo en un aquelarre de bonsais, en una chuchería de la imaginación y las luces indirectas dotaban a las escasas personas que atravesaban el hall de un aspecto de figurantes difusos en una película de ciencia ficción elucubrada por un programador. Álvaro abrió la marcha y empujó con decisión la puerta que llevaba a la suite permanente de la que su padre disponía en el hotel. Carvalho enumeró a vista de paso ligero lo caro que era todo lo que amueblaba el vestíbulo, el living comedor y aún cavilaba sobre la imposibilidad de establecer un cálculo posible cuando la comitiva se encontró ante la evidencia del dormitorio. Lázaro Conesal era un garabato humano vestido con un pijama de seda, con la espalda arqueada, como tratando de despegarse de la cama, y la coronilla y los talones luchando en sentido contrario. Tenía las facciones oscuras y los músculos de la boca componían una sonrisa espantosa, hasta tal punto lo era que los ojos desorbitados expresaban el miedo hacia la propia sonrisa. Tenía la mandíbula agarrotada, como si la muerte le hubiera sorprendido en pleno ataque de indignación y como contraste, como si no fuera consciente de la pose horrorosa del muerto, su mujer le acariciaba un pie desnudo, sentada en el borde de la cama.

—Que nadie toque nada. ¿Ha tocado usted algo?

El hombre que tenía la cabeza recosida por injertos de cabello trató de justificarse.

—Como médico del hotel, cuando he sido requerido he tratado de averiguar qué había sucedido y algo he tocado el cadáver, pero casi en seguida me he dado cuenta de lo que había pasado.

—¿Quién ha descubierto el cadáver?

—Podría decirse que yo, bueno, yo no venía solo, porque parece ser que el señor Conesal cuando empezó a sentirse terriblemente mal llamó por teléfono y se puso ese barman negro que se llama José Simple.

—Simplemente José —auxilió Carvalho para irritación del jefe superior de policía.

—¿Cómo va a llamarse alguien Simplemente José? Prosiga su relato, doctor.

—Me llamó el negro y juntos subimos lo antes posible para contemplar el espectáculo. Después avisamos a don Álvaro que estaba en el comedor. Cuando nosotros llegamos, el señor Conesal ya estaba muerto.

—¿Puede determinar la causa? —intervino Ramiro.

El médico esperaba la pregunta con una sonrisa tentacular.

—Puedo adelantarme a lo que diga el forense, con muy poco margen de error. Sobre la mesilla de noche pueden ver un frasco de pastillas de Prozac, pero este hombre ha sido asesinado con estricnina. Es un veneno fulminante que actúa sobre la médula y los nervios motores y que es usado en medicina positivamente, pero a partir de cierta dosis produce lo que hemos visto.

El médico señaló el aspecto horrible de Conesal sin que las restantes miradas le secundaran.

—Y sospecho que dentro de ese frasco de Prozac todas las cápsulas están llenas de estricnina. Alguien que sabía su dependencia con el Prozac es el que ha hecho la faena.

—¿La ha tocado usted?

—¡Claro!

Ramiro se sobrepuso a su desesperación profesional y utilizó un pañuelo para coger el frasco y examinarlo al trasluz.

—¿Cabe en cápsulas tan pequeñas la cantidad de estricnina suficiente para un efecto tan fulminante?

El médico aguardó una señal de acuerdo de Álvaro para emitir un juicio profesional.

—Depende de la cantidad de cápsulas. En teoría no se pueden tomar más de cuatro cápsulas de Prozac, pero cada cual hace de su capa un sayo. Es el estimulante de moda contra las depresiones.

—¿Era su padre un depresivo?

—Era un ciclotímico. Pasaba de la depresión a la euforia.

—¿Había tomado antidepresivos más enérgicos?

—Si se refiere usted a drogas estimulantes, cocaína, sí. Pero se asustó por derivaciones fatales de gente próxima y solía recurrir a estimulantes, vamos a llamarles, sanos.

Ramiro dejó la botella en la mesilla.

—Pues que no se toque más de lo que ya se ha tocado —advirtió el inspector Ramiro, pero la viuda siguió pasando las yemas de los dedos por el pie del difunto y el jefe superior de policía impuso respetuoso silencio a su subordinado. No quedó muy conforme Ramiro con la muda censura y siguió contemplando a la viuda y al médico como a peligrosos intrusos que ya habrían destruido pruebas y a los que nadie iba a meter en cintura. Álvaro vino en su ayuda, metió las manos por las axilas de su madre, la obligó a levantarse y la llevó casi a peso hasta el sillón tumbona en el que probablemente Lázaro Conesal había yacido algún tiempo porque permanecía una copa semivacía en la mesita adjunta, junto a una carpeta, y las zapatillas del financiero estaban perfectamente alineadas bajo la mesilla. Carvalho observó el redondel de humedad que se percibía en la bragueta del pijama y creyó oler a semen, como todos los demás, pero nadie lo dijo en voz alta porque quizá el semen huele igual que la estricnina y sólo los policías tomaron la iniciativa de hablar para anunciar la próxima llegada del forense y de la brigada técnica que tomaría las huellas y haría los cálculos precisos. El casi transparente Ramiro leyó lo que ponía sobre la carpeta situada junto a la copa, sin dar demasiada importancia aparente a su hallazgo. Se sacó un pañuelo del bolsillo y abrió la cubierta para leer lo que ponía la primera hoja. Cuando levantó la cubierta, Carvalho pudo leer el título: *Informe confidencial grupo editorial Helios*. Leguina tenía otras preocupaciones.

—Tenemos a quinientos invitados abajo, atrapados en el salón, sin poder salir y sin saber a ciencia cierta qué ha pasado, aunque todas las radios ya están dando la noticia y los que tienen teléfono portátil están en condiciones de saber lo que ha pasado.

La ministra compartía tristezas con la reciente viuda y reclamó a Leguina que la dejara en sus tareas consoladoras. Ramiro parecía no querer ni tener tiempo que perder.

—¿Qué hacía su padre en esta habitación, en pijama, la noche en que se iba a conceder un premio de tanta importancia?

Álvaro se encogió de hombros, pero inmediatamente se dio cuenta de que su postura era insostenible y devolvió los hombros al lugar de partida.

—Bien. Lo cierto es que el premio lo daba exclusivamente mi padre. Sólo él sabía quién iba a ganar.

—¿Y el jurado?

—Todo estaba pactado. Mi padre pidió a una serie de profesionales que se prestaran a ser miembros del jurado y así lo comunicó al Ministerio de Cultura cuando solicitó el permiso para concederlo. Casi nadie sabe quién formaba parte del jurado.

—Pero el jurado está reunido en alguna parte.

Álvaro tuvo un instante de perplejidad y musitó ¡es cierto! al tiempo que se levantaba y se daba un golpe con una mano en la cabeza.

—El jurado debe de seguir reunido esperando el veredicto. Están en una habitación secreta.

Inició ahora una marcha más precipitada que la anterior que sólo dejó en la cámara fúnebre al médico, el cadáver y su viuda ensimismada, con la cara convertida en un pastiche de maquillaje y rímel. El paso del joven obligaba a taconear a la ministra y a imitar la marcha atlética a todos los demás. Leguina le hizo una pregunta que sólo Carvalho percibió, así como la respuesta:

—Estaba deshecha esa mujer, ¿no?

—Deshecha sí, pero cuando me he acercado a consolarla me ha dicho que su marido era un hijo de puta.

Álvaro se sacó una llave del bolsillo de la chaqueta y la introdujo con decisión en la cerradura de una puerta tan anodina que no presagiaba nada.

—Ha podido ocurrir una desgracia —anunció

el jefe superior antes de que la puerta se abriera y ante los visitantes apareciera el cuadro de seis hombres hechos y derechos contemplando una película española de los años cincuenta en la que el vecino del quinto se hace pasar por maricón para conseguir trabajo. Se entrecruzaron las sorpresas de los allí sentados, la mayor parte sin zapatos y con muchas copas alrededor y la de los recién llegados. Sobre la mesa no había ni un libro, ni algo parecido a un original de lo que pudiera llegar a ser un libro. El que prometía llevar la voz cantante del jurado preguntó a Álvaro:

—¿Quién ha ganado?

—¿No os habéis enterado de nada?

—¿De qué? Tu padre dijo que se nos encerrara por fuera. ¿Dónde está tu padre?

Iba a contestar Álvaro, pero se interpuso el inspector Ramiro tras cruzar una mirada de inteligencia con el jefe superior de policía.

—¿En ningún momento el señor Lázaro Conesal ha penetrado aquí para intercambiar alguna información con ustedes? Usted es el profesor Bastenier, si no me equivoco.

Los que aún no habían descubierto que aquel hombre en calcetines, con el cinto desabrochado, la corbata colgante y las mejillas coloradas por la parte alícuota de botellas de Bollinger que sobresalían de los cubos repartidos por la mesa y el suelo de la habitación era nada menos que Ricardo Bastenier, el más notable especialista en Literatura Comparada, cerebro recobrado tras haber sido llevado al borde de la fatiga en varias universidades norteamericanas, musitaron su nombre quedamente y adoptaron la normal disposición reverencial ante un cerebro español repatriado. Halagado Bastenier por haber sido reconocido por tan anónimo personaje recuperó parte de su vertebración.

—Don Lázaro vino a vernos, insistió en la necesidad de nuestra clausura y quedamos inútilmente a la espera de su reaparición. Por cierto, no les he presentado a mis eminentes colegas.

Y señaló a sus compañeros de habitación como si les invitara a saludar ante los aplausos del público.

—El profesor Yves Tyras, de la Universidad de Maguncia, especialista en la Generación de 1902; Cayetano Sirvent Mira, director del Centro de Estudios de Lingüística Estructural; Leonardo Inchausti, rector de la Universidad a distancia; Floreal Requesens, responsable del Atlas literario comparado de la Real Academia de la Lengua; Juan Sánchez Martialay, responsable de los estudios literarios de la Universidad Menéndez y Pelayo. Yo completo el sexteto del jurado base y Lázaro Conesal se reservaba el derecho al desempate.

Había tanta cultura y tantas universidades reunidas en aquel sanedrín de descalzados animados por una de las mejores marcas de champán, que los intrusos, a pesar de sus jerarquías, parecían cohibidos y en retirada hasta que la ministra de Cultura tomó la iniciativa de saludar a todos los sabios besándoles las mejillas, lo que acabó de encenderlas, mientras la dama revoloteaba entre ellos como una mariposa de desbordante policromía.

—Ya nos conocíamos, ministra —observó regocijado el que había sido presentado como responsables de los cursos literarios de verano de la Universidad Menéndez y Pelayo.

—Estuvimos hablando de Blasco Ibáñez y del arroz con costra de Elche o de Elx, como le llama usted.

El que acentuaba su rigidez y daba una total impresión de disgusto era el presidente del jurado que trataba de ponerse los zapatos y de recuperar el aspecto digno exigible al presidente del jurado del premio literario mejor dotado del mundo. Compartía estos gestos con miradas de aviso al joven Conesal, como si tratara de transmitirle un mensaje que por fin pudo hacer efectivo en un aparte.

—Vaya ridículo. Ya sabía que no funcionaría. En qué posición queda el jurado de un premio cuando ni siquiera yo, el presidente, sabe quién lo ha ganado. ¿Dónde se ha metido su padre?

Álvaro no le contestó. Se fue a por el jefe superior y le pidió permiso para dar la noticia al jurado. Consultado el inspector Ramiro opuso un vaivén de cabeza y serios reparos porque se perdía el factor sorpresa. ¿De qué factor sorpresa está usted hablando?, le respondió su superior, ofreciéndole el cuadro del jurado vencido por el Bollinger y una digestión de serpiente boa. Obtuvo el permiso Álvaro y se dirigió a los presentes:

—Señores, debo comunicarles una mala noticia.

—Desierto —espetó Requesens, el responsable del Atlas lingüístico—. Me lo temía.

—¿De qué desierto habla usted? —inquirió suspicaz el inspector Ramiro.

—Del premio. Se ha declarado desierto. Todo ha sido una añagaza publicitaria, me lo temía. Las bases se redactaron de una manera tan sibilina que el premio puede declararse desierto y ahora quedamos todos los del jurado a la altura del betún. Y tú tienes la culpa, Bastenier, porque nos vendiste la moto.

—No utilices vulgarismos, Requesens.

—¡Los utilizo porque me sale de los cojones! Que me tienes muy harto con tus maneras de cerebro recuperado y no hay tribunal de oposiciones en que no machaques a mis ayudantes o a la gente que ha hecho la tesis conmigo o bajo mi especial percepción de la literatura. Ahora me metes en esta degradante aventura, por cuatro piastras de mierda...

—No digas tonterías, Requesens —le riñó severamente Ricardo Bastenier sin darle opción a replicar y a continuación invitó a Álvaro Conesal a que prosiguiera su información.

—Mi padre ha sido asesinado.

Los seis jurados adquirieron un súbito aspecto de viudez desamparada y de voluntad indagatoria retórica.

—¿Cómo ha sido?

—¿Están ustedes seguros?

—¿No será un corte de digestión?

—¡Increíble!

Ramiro metió baza decididamente.

—Les invito a que no abandonen esta habitación a la espera del inevitable interrogatorio. Les ruego disculpen las molestias.

Volvieron a salir agrupados, pero Leguina les detuvo a medio corredor.

—Me parece que estamos haciendo el ridículo. No vayamos más en grupo porque esto se parece a las visitas médicas en los hospitales clínicos, el catedro por delante y los alumnos tomando apuntes.

—También me recuerda las inauguraciones de cualquier cosa, pero falta la Reina o el Rey —apoyó la ministra.

—Me permito proponer un plan operativo —se permitió Ramiro y todos quedaron a la escucha—. Centralizamos el mando en la sala de personal y telemática y así las autoridades pueden pasar al comedor para tranquilizar a los asistentes, mientras tanto estableceremos un plan de interrogatorios con aquellas personas seleccionadas entre los invitados al acto.

—Interrogatorio es una palabra muy fuerte.

—Conversaciones indagatorias —corrigió Leguina y añadió—: Así pienso comunicarlo a la sala. Manténganos en todo momento informados, tanto a la señora ministra como a mí.

Marcharon las supremas autoridades seguidas de los escoltas y quedó Carvalho a la espera de instrucciones de Álvaro. Como no llegaban se plantó ante el grupo que aglutinaba el jefe superior, el inspector Ramiro, el jefe de personal y Álvaro Conesal.

—¿A qué grupo me sumo?

Menos Conesal y el jefe de personal, los demás repararon de pronto en la presencia de Carvalho.

—¿Y éste quién es?

—El detective privado, Pepe Carvalho. Había sido contratado especialmente por mi padre para un trabajo concreto en el transcurso de esta cena. Es indispensable que forme parte del equipo de investigación porque está en posesión de informaciones que tal vez puedan ser interesantes.

—¿Conocía su padre las limitaciones indagatorias que deben respetar los detectives privados?

Álvaro se encogió de hombros y respondió a Ramiro:

—Vayan ustedes a preguntárselo.

—No tenemos ningún inconveniente en colaborar con un detective privado —sentenció el jefe de policía—. Pero deberíamos situarle en una función estricta.

—De eso nada. Yo tengo licencia para circular

por donde crea conveniente y de momento me voy al comedor a ver lo que pasa allí.

—Yo me apunto. Luego nos encontramos en la sala de personal y telemática.

—Ramiro, sala de personal y telemática, ese nombre es más largo que un día sin tele. Dejémoslo en sala de personal, que para largo ya la noche se presenta de campeonato.

—Sí, señor.

Carvalho y Ramiro compartieron ascensor descendente y se estudiaron de soslayo. Carvalho pensaba que Ramiro era un producto de academia, tal vez algún master de criminología en alguna universidad extranjera pero no demasiado lejana y Ramiro sospechaba que Carvalho era un huelebraguetas cantamañanas, pero algún mérito le asistía porque lo había contratado Lázaro Conesal, que compraba lo mejor de lo mejor. El ascensor que bajaba al presidente de la Comunidad Autónoma, la ministra y su séquito les llevaba diez pisos de ventaja, pero luego fue fácil ponerse a la estela de los otros cuando entraban en el salón cerrado donde los vapores del tabaco, las indignaciones y los rumores alcoholizados componían una atmósfera enervante que Leguina respiró con gusto, como si el político novelista se metiera en un ámbito de ficción. No le faltaron preguntas a su paso, incluso intentos de retenerle tirándole de la manga de la chaqueta, pero siguió impertérrito hasta la tarima donde esta vez sí funcionó el micrófono para dar un comunicado suficiente.

—Señoras y señores, debo comunicarles que la situación está bajo control y esperamos que las molestias sean mínimas para todos ustedes. Lázaro Conesal, nuestro anfitrión, ha sido, al parecer, asesinado y es imprescindible que todos permanezcamos en nuestro sitio, tanto desde el punto de vista anímico y ético de estar donde debemos estar, como en el físico. Es decir, por favor, no se muevan de sus mesas ni traten de abandonar el salón hasta que la policía mantenga las imprescindibles conversaciones indagatorias. Para completar las informaciones derivadas de las listas de invitados, les rogamos que escriban su nombre, dirección, número de carnet de identidad, números de teléfono y lugares donde puedan ser hallados con facilidad en los próximos días y semanas.

—La vida imita a la literatura, querida Marga. Y fíjate cómo después de todo lo que hemos dicho sobre la novela policíaca, resulta que estamos viviendo una novela policíaca.

—Sinceramente, prefiero vivirla que leerla. Y especular a partir de esta propuesta sin precedentes. Por ejemplo. Lázaro Conesal ha sido asesinado porque había amenazado con un dossier que implicaba a las más altas instancias de la nación. Ya sabemos cómo utilizaba Conesal los dossiers. Le han matado. ¿Quién le ha matado?

—Las más altas instancias de la nación.

—Elemental. Eso es lo que pide el lector pasivo y adocenado que espera repetir la fórmula conocida, la receta del género. Pero ahí funciona la única válvula de escape de la servidumbre retórica de la literatura de género. Su única coartada si quiere acercarse, sólo acercarse, a lo literario.

—Lo li-te-ra-rio. ¿Por qué lo silabeas?

—Para resaltar la importancia de ese concepto. Si el lector espera el código preestablecido, hay que burlarlo y entonces la novela policíaca de género, por ejemplo, debe dejar de ser novela policíaca. Y un instrumento para conseguirlo es que el asesino no sea ni el esperado ni el no esperado, porque también es manido que el asesino sea el menos esperado.

—Entonces, ¿quién debe ser el asesino?

—Nadie. La novela policíaca perfecta es aquella en la que no hay crimen y por lo tanto no hay asesino.

—Ponme un ejemplo.

—No se me ocurre. Es una hipótesis de laboratorio. Pero al formularla, me tienta, siento algo que me dice: ahí está el camino y no en la instrumentalización del género para convertir la novela en instrumento de conocimiento social o psicológico, a la manera de Sánchez Bolín o de Patricia Highsmith por ejemplo. Yo detesto a Patricia. Me sabe mal que se haya muerto y todo eso, pero hemos de reconocer que se limitó a escribir aproximaciones balbucientes, y a veces babosas, a la literatura psiquiátrica.

—Siguiendo tu esquema, Lázaro Conesal no ha sido asesinado porque no se ha cometido ningún crimen.

—Probablemente.

—Entonces, ¿vamos a saber quién ha ganado el premio?

—No. Eso no. Eso sería vulgarizar la situación. Adelgazarla hasta la nada, más allá incluso de la transparencia.

Sagalés y su mujer se habían quedado solos en la mesa. Los demás habían pretextado los más diversos motivos para alejarse. No se miraban y bebían silenciosa y silenciadamente hasta que el escritor escupió más que dijo...

—No controlas lo que dices. Para ti se ha convertido en un deporte decir lo primero que se te ocurre en público, en presencia de cualquiera, tu número apesta: la distanciada mujer del distanciado escritor. Todo tiene un límite.

—No te perteneces ni a ti mismo.

—¿Y qué?

—Pero bien me enviaste a que hablara con Lázaro. Bien sabías lo que querías y no te importaba lo que hubiera pasado o pudiera pasar entre nosotros.

Sagalés miraba preocupadamente alrededor por si alguien seguía la conversación. Allí estaba Manzaneque, de pie, a cinco metros, aparentemente desentendido, con una oreja en la conversación del matrimonio y la otra en la cháchara de la señora Puig que le enumeraba las bellezas de Cuenca y su maravillosa gastronomía entre la que destacaba el mortaduelo.

—El morteruelo, sí señora. Mi abuela hacía unos morteruelos memorables.

—Mortaduelo o morteruelo, es lo mismo. Está buenísimo.

El señor Puig había conseguido un aparte con Hormazábal y hablaban tenebrosamente sobre el futuro de aquella noche ya tan vencida y sobre el futuro económico de España. Urgía retirar cuanto antes la confianza al Gobierno socialista que dependía de los votos parlamentarios de los nacionalistas catalanes. El señor Puig insistía una y otra vez al presidente Pujol: No vale la pena respaldar a un Gobierno que está moribundo, president. Pero el presidente Pujol es muy suyo y desconfía de esos chicos del PP que pertenecen a una derecha que jamás, jamás ha reconocido la pluralidad de España y la razón del hecho diferencial de Cataluña. El mejor vendedor de libros del hemisferio occidental de España buscaba a un camarero que le facilitara agua del Carmen y un terrón de azúcar.

—Mi señora está algo mareada en el lavabo.

Sagalés le dijo que un pescador de calamares,

de la mesa cuatro, llevaba un cordial en el bolsillo y a por él se fue el vendedor, aunque al encontrarse ante Sagazarraz no le pareció un pescador de calamares y optó por asegurarse.

—¿Se dedica usted a algo relacionado con el calamar?

—¿Se me nota?

—Me han dicho que usted tiene un cordial. Mi mujer se ha mareado del disgusto por todo lo que está pasando.

—El cordial es suyo.

Ofreció generosamente la petaca de whisky que en primera instancia fue rechazada.

—La botella es de plata.

—Lo de dentro, no.

Y para demostrárselo bebió un largo trago hasta agotar el contenido, pero no se turbó por el precipitado final y rellenó la petaca valiéndose de una botella de Cutty Sark que el camarero le había dejado sobre la mesa previa propina.

—Su señora se merece un cordial mejor, pero el Cutty Sark puede sacarla del apuro.

—Pero si esto es whisky.

—No es tan reparador como el de los monjes, pero el Cutty Sark está recomendado en los mejores monasterios de Escocia. Dígale a su señora que brinde por la muerte de Conesal. A todo puerco le llega su San Martín.

Partió el vendedor con su cordial y Sagazarraz pegó su cara a la de Beba Leclerq llorosa y con las ojeras como bolsillos liberados de un peso excesivo mientras su marido parecía querer embestirla.

—¿Ni siquiera esta noche puedes sentir un poco de vergüenza y un poco de respeto hacia mí?

Pomares & Ferguson le hablaba a su mujer desde una distancia de dos metros y mantenía la actitud de un torero en pleno desplante al toro. El duque de Alba estudiaba desde lejos la pose del señorito jerezano y reflexionaba sobre la gestualidad humana embargado por una melancolía de ciclotímico que cada noche le asaltaba a las dos en punto de la madrugada. Se encharcó en ella a la espera de que le sirviera de aislante de intrusos dispuestos a exigirle una frase brillante con la que resumir la situación.

—Si ustedes han visto *El ángel exterminador* de Buñuel, no tienen un referente mejor,

o bien

—Más allá de la literatura sólo cabe vivificar los argumentos,

o bien

—No seas pelmazo y déjame a solas con mi perplejidad.

La primera se la había dicho a un matrimonio catalán cuyo apellido le sonaba a lata de conservas, la segunda a Mona d'Ormesson cuya pesadez aumentaba con el relente y la tercera a Mudarra Daoiz que atribuía lo sucedido a un extraño montaje político.

—No olvides, duque, que Conesal era el financiero más opuesto al pacto entre los catalanes y los socialistas. Representaba un dinero español y moderno, frente al dinero periférico y extranjerizante de los catalanes.

Alba dirigía su mirada ahora hacia la mesa donde languidecía la airada conversación entre Sagalés y su mujer. Ahora era Laura la que hablaba con vehemencia mientras la más vieja de las jóvenes promesas de la literatura española distraía su mirada por el cansado salón en el que los diseños voluntariamente pueriles se avejentaban por minutos hasta constituir un correlato objetivo dibujado por niños locos y suicidas. La imagen de los niños locos y suicidas ocupó las neuronas de Sagalés mientras su mujer hablaba:

«... y los niños locos y suicidas empezaron a pintar por las paredes las siluetas de los cadáveres de sus madres y roscones de brioche o de mierda de los que salía aroma de anís o peste de heces fecales sangrientas en forma de melena, mientras el coreógrafo les señalaba la ruta hacia el abismo aconsejándoles que avanzaran hacia él de puntillas, para no despertar a los dioses de la compasión...»

—Toda la vida he vivido a tu sombra, ¿recuerdas cuando me chupabas el coño y me decías irónicamente: Te voy a comer las fincas? No has hecho otra cosa. Detrás de tu carrera de premio Nobel sin lectores se han ido todas mis fincas y mi juventud, hijo de puta, joven promesa de nada, yo no soy ni joven, ni promesa, ni nada, sino la borracha que le va riendo las gracias a un genio insuficiente.

«... pero los niños tenían instinto de supervivencia y trataban de agarrarse a los dibujos de los árboles para retardar la caída en el abismo, con la excusa de la extrañeza de los colores, árboles verdes, azules, amarillos, rosas, fucsias y serpientes de boata con ojos de vidrios opacos...»

—Toda la vida martirizándome como un sádico por mi historia con Lázaro y has seguido martirizándome como un sádico hasta que fui a pedirle...

—¿Te quieres callar? ¿Te quieres morir? ¿Quieres reventar?

De un empujón llevó la mesa huevo frito contra el vientre de su mujer y utilizó la distancia ganada para ponerse en pie e ir al encuentro de Manzaneque del que se apoderó por el procedimiento de pasarle un brazo sobre los hombros.

—Aunque no lo parezca, querido poeta, príncipe de Cuenca, yo leo a los jóvenes, por más que me guste juguetear con su inmaculada inocencia. ¿Qué te parece lo que nos está ocurriendo? Será una excelente materia literaria para dentro de treinta años. Tú vivirás para escribirlo.

—A mí no me va lo rememorativo.

—Porque aún tienes deseos. Luego vivirás años de tensión dialéctica entre la memoria y el deseo y finalmente sólo te quedará la memoria. Será el momento de escribir una novela sobre lo que está ocurriendo, aquí y ahora.

—Puede ser. Pero más que el argumento, a mí lo que me interesa son las estrategias.

—A ver. A ver.

—Las estrategias narrativas, mejor dicho la originalidad de la estrategia narrativa, porque todo está dicho y en cambio hay mucho que hacer en el terreno de la estrategia narrativa. ¿Me sigues?

—Te sigo, maestro.

—No te burles.

Sagalés no supo reaccionar a tiempo. Manzaneque había depositado su cabeza sobre su pecho y refregaba su sien izquierda contra la corbata de seda natural que se movía como aguja de brújula a tenor de las intenciones del mejor novelista gay de Cuenca.

—Es intolerable que te dejes hablar así por tu mujer.

—Forma parte del equilibrio matrimonial. Hoy me insulta ella a mí, mañana la insulto yo a ella. La inevitable guerra de sexos que lleva, como todas las guerras, al borde del abismo y es entonces cuando se precisa la negociación.

Retiró el brazo sobre Manzaneque y con el hombro le forzó a que despegara la cabeza de su pecho. Melancólico pero emocionado, el joven musitó para que sólo Sagalés pudiera oírle.

—Todas las tías son unas pedorras y unas marujas.

Tenían al duque de Alba ante ellos, le costó a Manzaneque recomponerse, pero no a Sagalés que arqueó su mejor ceja para exclamar:

—El duque de Alba, supongo...

El duque enarcó la primera ceja que se prestó a ello y fingió no conocerle:

—¿Tengo el gusto?

Andrés Manzaneque irrumpió en el diálogo:

—Claro que le conoce, es Sagalés, el autor de *Lucernario en Lucerna*, una de las novelas más prometedoras de la década.

—¿De la presente década? Creo recordar incluso haberla leído. La novela naturalmente no transcurre en Lucerna.

—¿Cómo lo ha deducido?

Era Sagalés quien estaba amargamente interesado.

—Porque cuando se busca un juego de palabras entre Lucerna y lucernario generalmente en la novela no pasa nada en ningún sitio. Creo recordar que es una novela que arranca de la contemplación de un pie a la luz que baja de un lucernario de una ciudad probablemente turca. Burma, según creo.

—Exacto.

—Y ese pie a la luz del lucernario fuerza al protagonista a jugar con el sentido de las palabras imaginando que podría estar en Lucerna.

—Va bien.

—Pero estar en Lucerna o no estar, es lo de menos. Va por ahí la cosa. Muy bellamente escrita. Definitivamente sí, la he leído.

La amargura de Sagalés se había trocado en alivio y agradecimiento.

—No estoy en deuda porque yo he leído todo lo que usted ha publicado y me divierten mucho sus cada vez más distanciadas colaboraciones en *El País*.

—Debe de ser el único que se divierte leyéndolas. Seguiremos hablando Sagalés y...

—Yo soy Andrés Manzaneque, un escritor de Cuenca.

—Afortunada circunstancia.

Prosiguió Jesús Aguirre su ducal marcha, pero esquivó a tiempo la mesa donde Ariel Remesal y Fernández Tutor parecían hablar de cocina editorial y literaria.

—¿Has visto al muchachito de Cuenca? Ya se ha pegado a un escritor instalado y al duque. En el origen de todo escritor hay una fase larvaria, parasitaria a la sombra de los ya instalados frente a los que se siente fascinación y prepotencia biológica, que luego se convierten en odio genético. La literatura. La literatura. Lo que ha ocurrido esta noche puede ser una catástrofe. La muerte de Conesal me deja con el culo al aire.

Ariel Remesal propició con el aletear de sus párpados la confidencia que necesitaba emitir el bibliófilo.

—Habíamos empezado un ambicioso proyecto de reunir mil primeras ediciones de obras significadas que Lázaro quería exhibir en la inauguración de su fundación en Salamanca. Me he pasado dos años trabajando en ello y estaba a la mitad de mi tarea.

—La familia continuará la tarea.

—No tengo ni un contrato y no me fío de Alvarito. Detrás de esta aparente sumisión ante su padre hay un Edipo que siente una gran afinidad por la madre, a la que considera una víctima del despotismo de su padre. Y además, Lázaro era muy generoso. Le producía un placer extraordinario presumir de gustos refinados ante la pandilla de advenedizos del nuevo dinero. Con estas garantías, yo podía contratar lo mejor de lo mejor. Cada encuadernación vale un potosí y ya no queda gente tan loca por estas cosas. Estoy a punto de tirar la toalla. Nada vale la pena. Puta suerte.

Estalló en sollozos el bibliófilo. Ariel Remesal sintió vergüenza por la situación.

—Tranquilízate, hombre, no todo está perdido.

—Decididamente éste es un país lleno de enterradores. Fíjate tú en cómo llora desconsoladamente aquel tipo, el bibliófilo, y estoy convencida de que en vida despotricaba del difunto. En España la gente muerta se vuelve buena.

—Es el tema de aquella novela tuya tan bonita, *A veces, por la mañana*. Es tu novela que más me ha gustado.

La mejor novelista ama de casa no acogió con total agrado el cumplido de su marido.

—No comprendo el porqué de esa preferencia.

—Sé que no te gusta elegir una de tus propias obras.

—Es como si yo te dijera con respecto a nuestros hijos, Dolly me parece que es la que ha salido mejor, lo cual significaría que Alberto y Chon nos han salido mal o no tan bien.

—Una cosa son los niños y otra las novelas.

—Pues a mí me duele que me distingas una novela de otras. Yo las he escrito con el mismo rigor, con el mismo cariño, con toda mi alma.

—Lo sé, Alma, corazón, lo sé. Tú todo lo escribes con toda el alma. Pero yo puedo tener alguna preferencia.

—¿Alma? ¿Corazón? ¿Qué es esto? ¿Un bolero? ¡No hagas juegos de palabras con mi nombre! Eso es machismo, sexismo y no me vuelvas a decir que alguna de mis obras es mejor que las demás. O es como si yo me fuera a ver uno por uno todos los puentes que has hecho y te dijera, mira este puente bien, pero los demás, pues hay de todo.

—Pero vida, un puente es una obra material, cuya bondad o maldad es objetivable, son cosas. En cambio las obras de arte, y tus novelas lo son, admiten la valoración subjetiva. Qué quieres que te diga, a mí *A veces, por la mañana* me chifla y en cambio *Cal y Canto* pues me cuesta, me cuesta porque me parece una situación inverosímil.

—¿Qué tiene de inverosímil la situación de *Cal y Canto*?

—Yo nunca he visto a tres viudas en un velatorio del marido de una de ellas contar sus tres vidas y resultar que están condicionadas por el hombre al que están velando.

—Pero es que tú tienes menos imaginación que un borrico y además nunca has sido viuda.

—No te enfades.

—Ha llegado el momento en que un premio Nobel de Literatura se abra paso —exclamó de pronto el premio Nobel de Literatura, la barbilla y las papadas en ristre, puso en pie su delgada y elevada estatura lastrada por el excesivo vientre y se dirigió al lugar ocupado por las autoridades. A su estela se situó Mudarra Daoiz que le iba encimando.

—¡Hemos sido invitados como académicos y se nos trata como presuntos asesinos!

El avance del premio Nobel hacia la ministra y el presidente de la Comunidad Autónoma de Madrid creó cierta expectación y también Hormazábal se movilizó hacia el epicentro del encuentro donde ya empezaba la breve pero tajante perorata del Nobel.

—Señora ministra, señor Leguina. Yo me voy.

—Comprendo su crispación. Si pudiera yo también me iría. Los premios literarios son estúpidos y si resultan fallidos consiguen ser tan estúpidos como la política.

—No le pido que comprenda mi crispación, ni nada de nada. Dilecto Leguina, me limito a informarle que me voy.

Dio media vuelta y se dirigió hacia la puerta. Mudarra Daoiz corrió hacia la mesa donde le aguardaba su mujer y la instó a que cogiera el bolso y le siguiera.

—Nos vamos. Si un académico se va, los demás no debemos quedarnos.

Sánchez Bolín negociaba con un camarero un resopón para entretener las horas y el cuerpo y no atendió el requerimiento solidario de Mudarra.

—¿Nos sigue?

—Es que yo no soy académico.

—Pero es un hombre de bien y los hombres de bien no merecemos ser tratados como asesinos.

—Acabo de pedir unos fiambres, pan, tomate, sal y aceite y no voy a desairar al camarero.

—Lo de los fiambres lo entiendo, pero lo del pan, el tomate, el aceite, la sal... ¿Va a ponerse a cocinar?

—Le he preguntado al camarero si sabía hacerme un pan con tomate y no sabe, por lo que le he pedido los ingredientes y me lo haré yo.

—Ahora lo entiendo todo. Se trata del famoso pan con tomate a la catalana y le quiero recordar que cuando el genial Borges, durante su última estancia en Barcelona, fue informado de que ése era el plato nacional catalán, comentó: ¡Qué miseria!

—Si me dan a escoger entre Borges y el pan con tomate elijo a Borges, desde luego. Cada cosa a su hora, Mudarra.

—Ustedes viajan con la aldea a cuestas. Incluso usted que, me consta, no es catalán de lengua ni de raíces. Pero nada hay peor que el mestizo agradecido. Vamos, Dulcinea.

—¿Te han dicho que nos van a dejar salir?

—Si el Nobel sale, yo salgo.

—Tú sentadito y a esperar a ver qué pasa.

El Nobel había llegado a la puerta y al ver cómo le salían al paso policías de paisano les enseñó la solapa donde lucía una insignia y le abrieron paso aunque finalmente pudo más la duda de lo que habían visto que la impresión de poder que inspiraba el fugitivo y le dieron el alto.

—Un momento, señor, por favor. Nadie puede salir de la sala sin permiso de la autoridad.

—A esa autoridad me refiero. Yo soy una autoridad. Yo soy académico de la Lengua y premio Nobel de Literatura.

—Ya me lo parecía a mí, pero tenemos órdenes estrictas.

—¿Estrictas?

—Rigurosamente estrictas.

—Entonces, ante el sentido de lo estricto me rindo y no quiero ser un factor de indisciplina.

Volvió sobre sus pasos dignamente y fue a por su mesa donde, pura curiosidad, le esperaban Mudarra, Dulcinca y Mona d'Ormesson.

—Me han rogado que me quede. Así mañana nadie podrá decir que el premio Nobel de Literatura huyó del escenario del crimen y me dice la imaginación que buen provecho puedo sacar de esta circunstancia que reúne a tal colección de pusilánimes en el velatorio obligado de un cadáver invisible.

Mona d'Ormesson traía noticias frescas. Carmen, es decir, la ministra, le había confesado de mujer a mujer que la situación era insostenible y que pronto se haría una selección del personal que debiera quedarse para ser interrogado y del que podría regresar a sus casas.

—Pues ahora aunque me echen, no me voy —afirmó el premio Nobel.

—Pero qué Narciso es este hombre, por Dios. Yo me quedo porque soy muy curiosa y me encanta chismorrear. Yo me iré la última.

Le había traído el camarero el tentempié a Sánchez Bolín y los compañeros de mesa cernieron su atención sobre el ritual de la elaboración del pan con tomate. Partió el escritor las hortalizas por la mitad, frotó cada medio tomate sobre las rebanadas de pan hasta que lo empaparon de pulpa, jugo y pepitas. Obedecía a una técnica especial consistente en romper la pulpa del tomate con los cantos de costra de la rebanada y así era más fácil repartirla sobre la superficie y cuando consiguió uniformar la plataforma de un color rosado la sazonó con sal y añadió un chorro de aceite a lo largo y ancho del territorio propicio, para finalmente oprimir con dos dedos los cantos de la rebanada para que el aceite empapara bien la totalidad.

—¿Y está bueno eso? —preguntó la señora del académico.

—Es curioso, simplemente, Dulcinea. Curioso y patriótico para los catalanes. Pero usted que es mestizo, querido Sánchez Bolín y autor al que las más veces aprecio, ¿cómo es posible que se solace con este emblema de patriotería?

—Mudarra, tiene usted ante sí un prodigio de koyné cultural que materializa el encuentro entre la cultura del trigo europea, la del tomate americana, el aceite de oliva mediterráneo y la sal, esa sal de la tierra que consagró la cultura cristiana. Y resulta que este prodigio alimentario se les ocurrió a los catalanes hace poco más de dos siglos, pero con tanta conciencia de hallazgo que lo han convertido en una seña de identidad equivalente a la lengua o a la leche materna.

—¡Qué banalidad!

—Hasta tal punto asistimos a un prodigio cultural que nosotros los mestizos, los charnegos, los inmigrantes catalanizados, adoptamos el pan con tomate como una ambrosía que nos permite la integración.

—¡A mí me chifla el pan con tomate! —proclamó Mona d'Ormesson con tanta convicción que fueron varios los que se acercaron a la mesa donde Sánchez Bolín seguía frotando rebanadas y se estableció una progresiva demanda de degustación, tan insistente que tuvo que ponerse Mona como pinche de Sánchez Bolín y los camareros debieron ir y venir renovando existencias en aquella milagrosa multiplicación de los panes y los tomates que suscitaba la formación primero de un círculo de invitados famélicos y después de un turno de recepción del maná que Mona regulaba a voz en grito. Tal fue el tumulto establecido en torno a los improvisados cocineros que desde las alturas de las autoridades se sospechó empeño distinto y fue enviado Carvalho a valorar lo que sucedía. Volvió el detective dando golosos bocados a una rebanada de pan con tomate que le había ofrecido Sánchez Bolín.

—Están haciendo pan con tomate.

—¡Me encanta el pan con tomate! —no pudo reprimirse la señora ministra y alguien se ofreció para ir a buscarle su parte.

—¡Un pedacito de nada! ¿Quieres, Joaquín? Fíjate si son salvajes los valencianistas anticatalanes que en algunos restaurantes y bares de Valencia lo llaman «Pan con tomate a la valenciana». ¿Un pedacito, Joaquín?

No estaba Leguina por la labor y en su ayuda vino el jefe superior de policía como comisionado del parecer de los que montaban guardia en la sala de personal. Le acompañaba el médico del hotel con una cara de satisfacción impropia de una situación como aquélla.

—Las primeras observaciones indican que ha muerto víctima de la estricnina, tal como adelantó el doctor, y no hay otra muestra de violencia que la postura del cadáver, condicionada por la acción del veneno. No hay señal de lucha.

—¿Tampoco de lucha amorosa?

La intervención de Carvalho turbó el ya de por sí turbado semblante del jefe superior de policía y aumentó el entusiasmo del médico.

—¿A santo de qué este comentario?

—En el pijama del cadáver, a simple vista, se apreciaba una notable mancha de semen, exactamente en la zona de la bragueta.

No le había gustado al jefe superior que la revelación se hiciera en presencia de la ministra, pero a su lado el médico se puso a aplaudir tan sonoramente que fueron varias las cabezas que se volvieron hacia ellos.

—Bravo. Es usted un buen observador. Llevaba en la bragueta del pijama un chorrete inmenso mezcla de semen y flujo vaginal. El señor Conesal esta noche había mojado.

Carvalho observó la reacción de Álvaro. Mientras en el rostro de los demás había aparecido una mueca de rechazo o repugnancia, el suyo parecía un cubito de hielo. En cambio el jefe de policía era pura desazón.

—Es un dato que conocemos pero que no debe propagarse. El problema consiste en hacer una lista de los que deben ser interrogados, sin que podamos ya dejar que se vayan los otros porque puede haber interconexiones y entramar a estas quinientas personas a partir de mañana no va a ser fácil.

Álvaro se había situado tras el jefe superior y le envió a Carvalho con la mirada un silencioso ruego para que interviniera. El detective se sacó dos folios doblados del bolsillo, los extendió y examinó valorativamente la lista escrita con una letra obediente a una formación escolar en la caligrafía de perfiles y gruesos.

—Una lógica elemental, por lo que respecta a los que están aquí dentro, es que sólo pueden ser implicados en el asesinato los que salieron de la sala un tiempo suficiente para realizarlo.

—¿No han podido matarlo desde fuera?

—Evidente. Pero el problema de ustedes consiste en hacer una selección de la gente que estaba aquí. Para eso la retienen. Implicados en el encuentro, fuera estaban los miembros del jurado inútil en una habitación cerrada desde fuera por el propio Conesal y todo el género humano que hoy pudiera encontrarse en Madrid.

—¿Quién ha contabilizado los que salieron de este salón?

Carvalho levantó el dedo y luego lo dirigió a la lista de nombres que figuraba en los dos folios desplegados. El jefe superior de policía se echó a reír.

—Parece desconocer que estamos en tiempos modernos y que hay un circuito de televisión que debe haber grabado a todos los que se han movido por el hotel. Bastará seguir las filmaciones para descubrir quiénes entraron en la suite de Conesal.

Álvaro intervino sin poner emoción en sus palabras.

—Cuando mi padre estaba en la suite ordenaba que se cortase ese circuito. No quería que se fiscalizaran las entradas y salidas.

Veía una montaña ante sí el jefe superior porque fingió sudores y manos para restañarlos.

—¿Partimos de cero entonces?

—Partimos de esta lista.

Casi sin pedirle permiso, el jefe de policía tomó los folios de la mano de Carvalho y leyó en voz alta lo allí escrito:

La gorda y el gordo que hablan en verso,
el amante de retretes,
el fabricante de retretes,
la mujer del fabricante de retretes,
la borracha melancólica,
el vendedor de diccionarios,
el hijo de su padre,
Fernández y Fernández,
el adolescente sensible,
la novelista con las varices,
el marido varicoso,
el amante del whisky,
la sacristana,
Sánchez Bolín,
Daoíz y Velarde,
el ejecutivo de acero inoxidable,
el chulo armado,
la dama duende,
el marido es el último en enterarse.

Sólo Álvaro Conesal miraba a Carvalho con respeto. Los demás temían ser víctimas de una broma.

—¿A santo de qué este jeroglífico? Yo sólo reconozco al señor Sánchez Bolín, todo lo demás es metáfora y a estas horas de la noche me joden las metáforas.

—No olviden que yo desconozco el nombre de la mayor parte de la gente que está aquí, salvo el del señor Sánchez Bolín, el del académico y las autoridades. Pero me atrevo a señalarles uno por uno a los personajes que responden a estos nombres.

—No hace falta. —Era Álvaro quien había intervenido y ante la sorpresa general, apostilló—: Para mí esas metáforas no tienen secretos. Para empezar, «El hijo de su padre» soy yo.

—¿Alguien de aquí se llama Carvalho?

Dos guardias de seguridad del hotel contemplaron al detective con desconfianza en cuanto se identificó.

—Hemos detenido a un tipo con aspecto de quinqui o de *skin head* que dice conocerle a usted.

—Precise. Un quinqui es un quinqui y un *skin head* es un *skin head*.

—Va vestido como un golfo y no sé qué dice de *Dios nos pille confesados*. Va con una señora que asegura ser su madre, pero les tenemos retenidos porque el tipo no nos gusta nada.

—*Dios nos pille confesados*.

A Álvaro no le gustaba la derivación del asunto y Carvalho siguió a los dos guardias hasta un almacén de bebidas situado en el trasero del bar. Allí estaba el hijo de Carmela esposado y Carmela entre llorosa y vociferante contra el guardia de seguridad que les vigilaba.

—Pero ¿es que hay un disfraz legalizado? ¿Por

qué mi hijo parece un sospechoso y a usted no le detienen con la cara de mafioso que tiene?

—Calla madre, que ahí llega tu tronco.

La madre reparó en la aproximación de Carvalho y hombre y mujer se estudiaron a través de un parapeto de quince años. Carvalho recordó la consigna de los comunistas que le recibieron en Barajas: Entre usted en aquella cafetería y verá a una chica sentada leyendo *Diario 16*. Se presenta y ella le acompañará. Ella estaba combinando bocaditos de porra con traguito de cortado. Tenía las piernas bonitas aunque un poco delgadas y el flequillo le permitía empezar la cara en dos ojos espléndidos, ojerados, patéticos como su delgadez a lo Audrey Hepburn subrayada por el atuendo negro y lila. Las piernas ahora seguían siendo bonitas pero más carnosas dentro de unas medias negras transparentes, la frente despejada, demasiado alta, ya no imponía la presencia de unos ojos que seguían siendo bonitos aunque algo cargados por unas ojeras moradas que se habían abultado, pero que tal vez por origen o por la circunstancia seguían pareciéndole patéticas.

—Son amigos míos —les identificó Carvalho.

El vigilante permanente abrió las esposas del muchacho y escapó de la esperable bronca de Carmela, como escaparon los otros dos guardias para dejarles a solas. Carvalho y Carmela trataban de retroceder por el túnel del tiempo, pero cada cual tenía el suyo y no se encontraban. Carvalho esperaba la mano de ella, pero la mujer se alzó sobre sus zapatos de tacón medio y le besó las dos mejillas. El chico no les dejó tiempo de saludarse convencionalmente.

—He convencido a mi madre para venir al Venice, a ver si le encontrábamos. Nos metemos en la selva y salen los zulúes y nos cogen. Pero esto, ¿qué es? ¿Es cierto que le han dado un corte al forrao ese, al tragón de Conesal? Pues me querían hacer comer el marrón y menos mal que iba con mi mengui que tiene pinta sanera, de lo contrario me dan un homenaje y a comerme el consumao.

Salieron al hall y *Dios nos pille confesados* silbó:

—Me cago en el copón ¡qué guai! Guapo el garito, tío. Cuando les cuente a mis troncos que casi he visto cómo rajaban al gominolo ese, con el pelo lleno de lefa y que me han cogido los maderos como si yo fuera el cuchillero, se les va a caer la pesa en los pantalones.

Carvalho miró a Carmela en demanda de auxilio.

—Dice que cuando le cuente a sus compinches que casi ha visto cómo mataban a Lázaro Conesal y que la policía ha pensado que podía ser el asesino, se van a cagar en los pantalones.

—Más o menos, tía. Invítame a un güisqui, anda, porque aquí no se puede encender un nevadito en presencia de tanto madero, ni echarse al jaco o al chocolate, o rular un mai, además tengo un clavo de no te menees. Pero el sitio es de película, de puta madre y un día traigo a mi guarra para que desfile.

Carmela cerró los ojos resignada y prosiguió con la traducción simultánea.

—Tía soy yo.

—A eso llego. Lo del whisky también lo entiendo.

—Tener un clavo es tener resaca. Un nevadito es un cigarrillo de cocaína y costo, jaco o chocolate pues imagínatelo, la mierda de la droga, igual que rular un mai, es decir lías un porro, un cigarrillo de hachís. Su guarra es su chica, una monada y un día la traerá para que se pasee entre tanta maravilla. Oye, el signo de mi vida es traducirte las cosas del argot. ¿Recuerdas aquellos tíos tan majos que traducían *Las tesis de abril* de Lenin al cheli?

—Eran otros tiempos. Quizá también el mes de abril era diferente.

El rockero seguía su discurso:

—Algo emporrado sí que estoy. Y este espacio me inspira. Es sideral, tío, esas palmeras vampirizadas, me inspira todo un montón. Yo soy músico, aunque no tengo ni guarra idea de solfeo. Pero tengo imaginación musical. Tres acordes, un ritmo, le meto la batera y el bajo y chin-ta-chín, la cosa funciona, colega, y uno se convierte en brucespinguer.

El barman negro del cóctel bar era más negro, ennegrecido por el sueño, del que gozaba con la cabeza entre los brazos acodados sobre la barra. Se resignó a servirle un cubata de vino con cerveza a aquel punki, probablemente un racista de mierda, un antinegro.

—Es guai que un charol te sirva una pochola. A mí los charoles me caen de puta madre. Ojo. Yo de racista nada. Yo me parto la jeta por defender a los charoles, incluso a los moracos.

Aunque las miradas de Carmela y Carvalho se buscaban, el chico no les dejaba espacio ni tiempo y Álvaro llegó con el deseo irrechazable de que Carvalho estuviera presente en los interrogatorios de Ramiro.

—He llegado a un pacto con el jefe superior. Le deja asistir a los interrogatorios. Le he dado la lista de equivalencias entre sus metáforas y los nombres reales. Le pido sólo una cosa. Que haga lo posible para que yo pueda declarar el último.

Partió Álvaro y Carvalho no sabía cómo decirle a Carmela que aún quedaba noche para recuperar el tiempo perdido. Pero una vez más *Dios nos pille confesados* estaba al quite:

—Tranquilo, tío. Yo me bebo dos pocholas más. Me doy un garbeo por este garito y me voy a sobar. Mi madre te esperará. Tiene noche de tango, tío.

Carmela cerró los ojos afirmativamente. Tenía noche de tango.

Álvaro anunciaba el espectáculo con los labios susurrantes junto a una oreja de Carvalho: A mi padre le encanta conceder entrevistas en público. Se crece. Las dos muchachas superaban su nerviosismo gorgojeando sobre lo imprevisible de la tecnología y poniendo a prueba una y mil veces un magnetofón portátil recién comprado. Lázaro Conesal no hacía el menor esfuerzo por ayudarlas y se limitaba a ajustarse la corbata, comprobar la presencia exacta de sus gemelos heráldicos, mirar ora el magnetofón ora a la rubia, facción por facción, como un antiguo vopo en la frontera de Alemania Democrática, detalle por detalle de una perfecta anatomía adolescente, resumida cual emblema en la poderosa trenza rubia contenida sobre la espalda como una reserva de virtud dorada de diosa aria criada en La Moraleja. La rubia era consciente de su atractivo, la morena de su carencia y lo compensaba iniciando la entrevista y llevando la voz cantante en su transcurso.

—Señor Conesal, el Gobierno dice que la economía va bien. ¿A usted qué le parece?

—No recuerdo para qué revista trabajan ustedes.

—No es una revista, es como una monografía sobre las actitudes del poder financiero en España, a editar en cuadernos F y S.

—¿F y S? ¿Fenergán y Sindicato? ¿Farináceos y Solsticio?

—Fe y Secularidad, dentro de la editorial Sal Terrae.

Conesal estudió a la rubia como si la examinara y a la vez la juzgara.

—Sal Terrae. La sal de la Tierra. ¿Son ustedes monjas? ¿Es usted monja?

La rubia le plantó cara entonces.

—Tanto como usted fraile.

Pero no era su papel y resolvió sustituir a la morena en la función de sagaz e implacable entrevistadora.

—Puede aparecer como una contradicción el que ustedes digan que la economía va bien y cada vez irá mejor y que en cambio cada vez haya más parados estables y más sufrimiento social en consecuencia.

—Si la economía va bien, ¿a quién le importa que las personas vayan mal?

Las muchachas no estaban preparadas para tamaña agresión ética y Lázaro Conesal tuvo piedad de ellas.

—No hay mal que cien años dure. Piensen ustedes que la burocracia soviética llegó a situar también la economía por encima de la persona. Había que cumplir los planes quinquenales independientemente de que aportaran bienestar económico a las personas. Obedecían a una lógica burocrática y si se había decidido fabricar treinta billones de corchetes, pues se fabricaban. Y más o menos la cosa funcionó hasta que la burguesía creada por el sistema y los profetas de los derechos humanos empezaron a sembrar cizaña y a decir que las personas estaban por encima de la economía. La finalidad capitalista es muy parecida, pero no está orientada a que a los burócratas les salgan las cuentas, sino a que nos salgan a los que controlamos el sistema. A los ciudadanos emergentes.

—Pero Europa se encrespa. El paro puede llevar a la protesta social y a nuevas rebeliones primitivas —objetó la rubia tornasol mientras cruzaba las piernas enfundadas en medias negras.

—Europa se encrespa, dice usted. ¿De qué Europa me habla como supuesto sujeto colectivo encrespado? De momento todo eso es carnaza informativa, materiales de deshecho mediático. Con el tiempo el mal sueño depredatorio capitalista termina. Los obreros europeos se rendirán y volverá a ser más rentable producir en Europa que en Corea. Los inversores iremos viajando como los apátridas o los jugadores de ruleta, poniendo nuestro dinero en los números más propicios.

La morena izó la bandera generacional.

—¿Vamos a vivir instalados en la perpetua incertidumbre? A nosotros nos llaman la generación X, al parecer estamos condenados a sufrir esa incertidumbre, a ser una perpetua incógnita por despejar, ¿qué podemos esperar?

—Con ustedes no termina el alfabeto. Peor lo tendrán las generaciones Y y Z. En cuanto a la incertidumbre, creo lo mismo que Galbraith, cada ideología se ha mezclado tanto con la otra que al final asistimos a la era de la incertidumbre, en contraste con las grandes certidumbres del pensamiento económico del siglo diecinueve. En el fondo participo de la calificación pesimista y melancólica de la economía como la viera Carlyle: los economistas son respetuosos profesores de la ciencia lúgubre. Lo importante es salvarse individualmente, ser el menos cadáver de un mercado de presuntos cadáveres.

Las dos suscribieron la misma duda atacante.

—Y eso es inalterable, ¿no se pueden cambiar las tendencias de la realidad?

—Los instrumentos para transformar la realidad son los terremotos, la iniciativa privada, las instituciones internacionales, el Estado, el Cine y la Literatura. La iniciativa privada española en el terreno de la economía, la política y la sociedad civil constituye tres vías miserables, inoperantes y memas. Tal vez por eso me dedico cada vez más a la literatura, porque no es que transforme la realidad, la sustituye por otra, según la real gana del escritor y de ahí la financiación del premio Lázaro Conesal. Recuerden el himno a la Libertad de Schiller, musicado por Beethoven. Si no consigues la felicidad en la tierra, búscala en las estrellas. La literatura es el único instrumento solvente de reordenar la realidad sin empeorarla. Una vez estaba yo hablando con un gobernador del Banco de España, de cuyo nombre no quiero acordarme, y él me exponía la virtud del programa económico socialista. Le dije que podía ser idéntico a un programa económico de la nueva derecha y lo aceptó. Entonces, le pregunté: ¿en qué se diferencia un programa de derechas de uno de izquierdas? Me contestó que en que las izquierdas defienden el aborto y los conciertos de rock duro y las derechas no. Pero eso se ha terminado. Las derechas inteligentes, aunque digan lo contrario, son partidarias del aborto y de los conciertos de rock. Es cierto que la revolución conservadora es una involución redistributiva, pero aquel que no se sume, será devorado por ella. Siempre hay que subirse al carro de las revoluciones para sobrevivirlas. Quién sabe si esta revolución, que es una contrarrevolución, no será la última contrarrevolución y después llegue el momento de cambiar las cosas. Espero no vivir para verlo y si vivo prefiero estar entonces en situación de cambiarlas yo y no de que me las cambien.

—Pero eso consagra la legitimidad constante de la desigualdad.

—Puesto que hay un contrato social implícito o explícito, la desigualdad carece de legitimidad social, es una cuestión moral y por lo tanto estúpidamente condenable, como el estupro, pero existe y lo que hay que procurar es que afecte a los demás. El estupro existe, lo que tienen ustedes que procurar es no ser sus víctimas. Suena a chiste y probablemente lo sea. La desigualdad bien entendida empieza por uno mismo. Yo prefiero ser vencedor, sobre todo en una sociedad mansa en la que el pobre cada vez más piensa que lo es porque se lo merece y en cualquier caso que el Estado es quien debe resolverle la papeleta.

—¿No teme una explosión social contra la corrupción, contra los escándalos económicos y morales derivados del terrorismo de Estado? ¿Ya era así cuando era niño? ¿Qué quería ser cuando fuera mayor?

—Yo no he traicionado nada ni a nadie. Soy un abogado del Estado y doctor en Derecho Administrativo con muy buenas notas que jamás se metió en líos rojeras mientras fui a la universidad. Los rojos me caían simpáticos pero me parecían condenados a dejar de ser rojos y simpáticos. El sistema se los acabaría tragando como si fueran donuts. Primero fueron comunistas de distinta marca y diseño que tenían soluciones totales y finales felices para todo. Los que no han cambiado de camisa, ahora se han convertido en moralistas y denuncian la maldad intrínseca del capitalismo sin ofrecer ninguna alternativa. Quieren un capitalismo con rostro humano después de haber fracasado en pos de un socialismo con rostro humano. El socialismo fracasó cuando trató de humanizarse. ¿Por qué ha de ser humano el capitalismo? ¿Qué es lo humano, señoritas? Navidad y los villancicos. Pero el capitalismo no tiene por qué ser humano, ni tener otra ética que la eficacia de la razón orientada hacia la acumulación de un máximo de beneficios en las manos más responsables. Los escándalos y las crisis se corresponden a la naturaleza del capitalismo, son la regla, no la excepción. Galbraith lo ha dicho claramente. La especulación y la cultura del pelotazo, tan cínicamente condenadas por todos los que la promueven y se benefician de ella, corresponden al corazón del sistema. ¿Sabe usted lo que es la tulipomanía? En la Holanda del siglo diecisiete los tulipanes eran escasos y podía cambiarse un tulipán por dos caballos nuevos, pero cuando desapareció la moda de poseerlos, los propietarios de tulipanes se encontraron con una simple flor sin valor de cambio. Sólo tenían valor de uso. Menos mal, porque gracias a aquel origen especulativo hoy día el tulipán forma parte de la cultura y de la economía holandesa.

—Y este egoísmo personal y de clase emergente, como la califica usted, convertido en una regla de conducta internacional, ¿no puede generar una tensión irreparable entre el Norte y el Sur?

A la rubia la encendía la relación de dominación Norte-Sur. Tenía la cara pecosa arrebolada y le brillaban unos ojos que iluminaban aquella barricada contra el ogro del capitalismo salvaje instalado en el piso veintiséis de la Torre Conesal. Alvarito se mesaba las manos y la sonrisa, mientras Carvalho sentía una progresiva ternura por aquella rubia que vivía en la clandestinidad, sin atreverse a asumir, gozar su rubiez. Lázaro Conesal dirigió la respuesta hacia ella, definitivamente desentendido del magnetofón.

—Me excluyo de esa conjura expiatoria de oponer el Sur lacerado al Norte lacerador. No me interesa el Sur lleno de monos portadores de Sida. Ni siquiera me interesa el plato predilecto de algunas etnias: comer sesos de mono a la brasa, una barbacoa de primates. Me interesa el Este, que ofrece profesores de música como criados y licenciadas en Ciencias Exactas como criadas o entretenedoras de cabaret en Estambul. Han abandonado el zoológico comunista para entrar en la jungla capitalista. Vuelvo a interesarme exclusivamente por el Este y el Oeste. El Sur no existe. Es un imaginario o un cementerio de la buena conciencia de la izquierda. Hemos terminado. Supongo...

La rubia cerró el magnetofón crispada y dejó caer la espalda bruscamente contra el respaldo del sillón. Desde allí dirigió una mirada a la vez furibunda y desnuda contra el tiburón de las finanzas y Conesal en cambio le sonrió desvalidamente al tiempo que le tomaba una mano, gesto que desconcertó a la morena, en pleno ajetreo subalterno de recoger los útiles de la entrevista. El financiero miró y remiró la mano de la muchacha.

—¿Juegas a paddle-tennis?

—¿Cómo lo sabe?

—¿Tienes una pista de paddle-tennis en tu casa?

La rubia estaba desconcertada y a la morena se le escapaban los cables y las risitas de complicidad. Conesal cejó en su acoso y se recostó en su sillón gerencial. Desde allí dijo con un hilo de voz grave:

—Me gustaría volver a hablar de todo lo hoy hablado, pero de tú a tú, sin tener que asumir el tipo de animal de zoológico en que me habéis encasillado. ¡Vamos a ver al tiburón de Conesal! ¿Qué tal he hecho de tiburón?

—Yo diría que lo es —dijo la rubia secante, en pie, iniciando la retirada, pero antes de seguir a su compañera sacó una tarjeta de un bolsito demasiado raído para ser cierto y la dejó ante los ojos del financiero.

—Ahí tiene mis señas. Le haré llegar la primera versión de la entrevista, por si quiere comentárnosla.

—Gracias por la tarjeta, pero sé dónde vives.

Reflexionaba al parecer desentendido Conesal mientras las muchachas se marchaban, pero cambió de opinión y de posición inmediatamente para levantarse y casi abalanzarse sobre las chicas, retener a la rubia e intercambiar con ella unas frases secretas que primero la pusieron a la defensiva y luego la hicieron reír antes de asumir un compromiso. Quedó pensativo el financiero y Álvaro intervino de gesto y palabra, poniéndose en pie para tomar la tarjeta y opinando:

—No paras de ligar.

—Ya me conoces. Es pura imaginación. Además, esta muchacha me recordaba a tu madre cuando la conocí en la Ciudad Universitaria. La Pasionaria de Derecho la llamaban y a mí me divertía escandalizarla con mi sistemático pensamiento de derechas. Mujeres. Siempre quieren redimir a alguien. A un tío de izquierdas. A otro de derechas. Al mundo entero. Me han dicho que ha estado aquí Beba.

—Ha estado y le he dicho lo que me dijiste.

Ahora Conesal fingía descubrir la presencia de Carvalho en el despacho e interrogaba a su hijo sobre la sustancia o accidente del intruso.

—Pepe Carvalho, el detective de Barcelona.

Carvalho tuvo la posibilidad de oponer un tour de force entre la mano posesiva, ancha, dura pero no cálida del financiero y la propia, que salió bastante bien del intento de estrujamiento.

—No puedo perder ni un minuto. Me espera el gobernador del Banco de España, aún he de considerar los últimos detalles del premio y luego vendrá lo que vendrá. Charlaremos mientras almorzamos. ¿Ya está el almuerzo en marcha?

—Lo está. ¿Te interesa saber de qué restaurante?

—Un zumo de pomelo y un filete, vuelta y vuelta. No puedo distraer el paladar. He de morder mucho esta tarde.

—Pues para ese viaje...

No se le había escapado a Conesal el mohín de disgusto que apareciera en la cara de Carvalho y pasó a fingir entonces un imprescindible interés por su invitado, como si se tratara del próximo objetivo de su vida.

—Presiento que mi menú no le ha gustado.

—No lo comparto.

—¿Lo desaprueba?

—Es usted muy suyo, pero yo en su lugar, de tener pendiente una visita con el gobernador del Banco de España procuraría ir desde una sensación de dominio de la situación, dominio imposible de establecer si uno se ha tomado un vaso de zumo de pomelo, probablemente de lata, y un filete a la plancha o a la parrilla, vuelta y vuelta. En último extremo le aconsejo que sea a la parrilla y algo grueso. Un filete de buey de unos trescientos gramos, por ejemplo.

—¿Es usted un especialista en higiene alimentaria?

—Sólo en higiene mental.

—El zumo de pomelo hubiera sido natural, porque el barman, entre otros atributos, es el intendente de mi salud y está al tanto de lo que tomo. Pero, sea, aconséjeme un menú previo a un encuentro con el gobernador del Banco de España.

Carvalho ganó tiempo mientras examinaba la expresión irónica, condescendiente, casi divertida del financiero y finalmente emitió un veredicto, como si fuera la ficha más adecuada encontrada por la memoria de un ordenador.

—Como entrante una combinación de verduras y mariscos serios, por ejemplo, unas ostras. Recuerdo un glorioso minestrone de ostras de Girardet que usted podría reconvertir en un minestrone de cangrejos de río, regado con un Ribera del Duero blanco o un Albariño o un Penedés, porque es importante que ante una comida de tan altos negocios usted registre variedad de gustos, desde la evidencia casi absoluta de que el señor gobernador del Banco de España va a tomarse unas judías tiernas cocidas aliñadas con aceite y una tortilla a la francesa muy hecha. A continuación algo barroco y sabroso, al estilo del brioche de tuétano y foie que yo probé en Jockey hace años, acompañado de un Rioja Alta, por ejemplo un 904 o un Centenario. Es posible que usted acumule la tentación de tener mala conciencia por haber abusado de la cantidad y la calidad y es aconsejable entonces un postre restaurador de la buena conciencia: frutas de bosque, por ejemplo. Sin nada. Ni vinos acompañantes, ni zumos, ni natas. Eso sí, café, un habano de reglamento y una copa de aguardientes viejos, de coñac para arriba. No cometa la tontería de tomarse un orujo o un licor de frambuesa. Los excelentes aguardientes blancos son coloquiales. Después de una comida de matrimonios o entre amigos. Para negociar con el gobernador del Banco de España no hay nada como un Armañac o un Calvados.

Conesal repasaba mentalmente el menú y no tuvo más objeción que decir:

—No fumo.

—Usted se lo pierde y el gobernador del Banco de España se lo gana. Después de un Partagás Grand Connaisseur las victorias están aseguradas y sobre todo sobre un personaje que tiene cara de abstemio.

—¿Conoce usted al gobernador?

—Creo haberlo visto en un No-Do.

—¿En qué No-Do? El No-Do ya no se emite en democracia.

—Bueno, en la televisión. Es lo mismo.

—No se fíe de las apariencias. Los gobernadores del Banco de España, engañan. —Se dirigió entonces a su hijo que contemplaba a Carvalho con un gran respeto—. ¿Qué se puede hacer para cumplir los consejos de tu detective privado?

Álvaro había tomado nota y emitió un veredicto.

—Veremos lo que pueden hacer en Jockey, puesto que el menú se inclina por ahí. Yo no me atrevo a estas horas a violentar las pautas de otros restaurantes.

—Pues ponte de acuerdo con el señor Carvalho y mientras tanto me voy al squash.

Carvalho empezaba a tener apetito y tras la salida del financiero se lo dijo abiertamente a Álvaro.

—Si se va al squash va a volver a las tantas y a mí la acción me despierta el apetito.

—En este edificio hay un Health Club a disposición de los altos cargos. En total unas veinte personas que disponen de llave propia para acceder al gimnasio, piscina, sauna, sala de masaje y vestuarios. Sólo mi padre tiene una hora siempre libre para él y es precisamente ésta, de una a dos. Normalmente la emplea para jugar a squash con algún invitado. Hoy tiene a uno de sus socios, Iñaki Hormazábal, pero no se quedará al almuerzo. Mi padre es un maniático de los niveles de relación: Hormazábal muy bien para jugar a squash, pero no le apetece como compañero de mesa.

—¿Comeremos nosotros tres?

—Mi padre hubiera querido que asistiera la señora de Pomares & Ferguson, Beba Leclerq, pero no es posible. En cambio nos hemos librado de que asista Mona d'Ormesson, una auténtica pelmaza, pero a mi padre le divierten las mujeres pedantes. Bueno, las que no son pedantes también. Mi padre sostiene que una mujer sentada a la mesa relaja mucho más que un buen vino. Sobre todo si es la única mujer de la mesa y no es la propia.

—¿Qué opina su madre de todo eso?

—Mi madre hace mucho tiempo que no opina sobre cuanto se refiere a mi padre.

—¿Y él se lo agradece?

—Mi padre no agradece lo que le regalan.

—Toda esa inmensa sabiduría, ¿procede de cuna o su padre la aprendió en los libros?

—Mi abuelo paterno tenía una fonda en Brihuega.

—¿Su padre no ha escrito algún manual de cómo ser rico a pesar de no serlo?

—Un día u otro lo escribirá. Mientras concierto el almuerzo, ¿le apetece darse una vuelta por el Health Club?

—De momento déjeme bajar otra vez en la parada del bar. Me espera un barman muy acogedor.

Pero el barman no estaba solo. De pie, con la espalda apoyada en la barra, un hombre calvo, de cara mal subrayada por una barba rala y descuidadamente cana. Esa misma barba en el rostro de Lázaro Conesal hubiera parecido de anuncio de cómo prefabricar las mejores barbas canosas de este mundo, pero en la de aquel individuo más parecía barba de segunda cara. En cambio compensaba lo irresoluto de su aspecto con la decisión espasmódica con que tragueaba del vaso lleno de whisky de buen color. Señaló Carvalho el contenido del vaso del nuevo cliente.

—Lo mismo que este señor.

—Glendeveron, cinco años. Una edad de whisky que sólo debe admitirse en el aperitivo. La mejor edad del Glendeveron es la de doce. Un malta ligero, que huele a turba...

A pesar de las consideraciones sabias de Simplemente José, el bebedor calvo y canoso le escuchaba como si se tratara de un molesto telón de fondo verbal.

—Lázaro de Tormes, cállate ya, hijo, que no me puedo beber a gusto este whisky con agua que me has dado. Debe ser agua del Tormes, me figuro.

—Que no tiene agua, señor Sagazarraz.

—Pues lo parece. ¿Me recibe ese tío o no me recibe?

Ni siquiera había advertido la presencia de Álvaro.

—Saga, mi padre no puede recibirte.

El hombre clavó unos ojos rómbicos y aguados en la condescendiente mirada del delfín. Harto de tanto aguante de miradas se despegó de la barra y acercó el rostro de Álvaro al suyo por el procedimiento de cogerle por las solapas y acercarle el busto.

—No ha nacido el tío con los suficientes cojones como para negarle una audiencia a Justo Jorge Sagazarraz.

—Saga. No te pases y vete a dormir la mona.

El llamado Saga ganó espacio con respecto al joven y desde cierta distancia lanzó una bofetada que ya chocó blanda contra el brazo interpuesto. El otro brazo de Álvaro Conesal se había convertido en puño que dio contra la sien del hombre, lo suficiente como para hacerle perder el equilibrio y quedar sentado en el suelo. Permaneció allí sorprendido. Contempló a Álvaro Conesal y Carvalho de abajo arriba, levantó una mano, chasqueó los dedos.

—A ver quién me baja el whisky.

Se lo bajó Carvalho y Justo Jorge Sagazarraz bebió un largo sorbo sentado sobre la moqueta con las piernas abiertas. Álvaro estaba fastidiado e hizo un gesto de complicidad al barman que ya tenía el walkie talkie en la mano y se dirigía a algún centro lejano de poder. Carvalho seguía la precipitada marcha del joven cuando se cruzaron en la puerta con dos guardias de seguridad que iban a recoger lo que quedaba del presunto borracho.

—Le acompaño al Health Club y desde allí arreglo lo del almuerzo.

Dos pisos más arriba. Una terraza cubierta de gravilla, un sendero de piedra granítica y al final un seto de árboles encerraba el espacio deportivo a treinta pisos sobre el nivel de Madrid.

—¿Quién era el bebedor de whisky?

—Justo Jorge Sagazarraz, un naviero casi arruinado, bueno arruinado, en declive. Mi padre metió dinero en su negocio hace algunos años pero lo está retirando porque es previsible una caída en picado de la industria pesquera y si no se pesca, ¿para qué sirven los barcos? No es mal tipo, pero está obsesionado con mi padre y le llora todo el día, siempre que puede le recuerda aquellos tiempos en que cerraban para ellos los bares de Alemania hasta el amanecer.

—¿Por qué Alemania?

—Mi padre hizo un master de gestión industrial en Düsseldorf y a ese curso asistía también Justo Jorge Sagazarraz. Entonces era el heredero de una empresa saneada y ahora es el presidente de una sociedad en bancarrota.

Mientras el delfín iba a encargar el almuerzo, Carvalho entró en la sala de squash y tras el cristal blindado pudo presenciar el partido entre Lázaro Conesal y un hombre fibroso y también calvo, al parecer de la colección completa de calvos que rodeaban a Lázaro Conesal, que respondía con un juego musculado y elegante a los feroces embates de su partenaire. Conesal jugaba como si fuera aquélla la última pelota de su vida y el hombre calvo le respondía con precisión técnica y frialdad cerebral. Ganaba el hombre fibroso y calvo, pero Conesal seguía arremetiendo con todo el cuerpo contra la pelota desafecta.

—Finalmente he conseguido un pacto con Jockey. He hablado personalmente con Alfonso y he conseguido un menú que se acerca a sus cánones: extracto de pescados ahumados con ostras a la hierbabuena, pichones de Talavera rellenos al estilo Jockey y milhojas de mango con helado de jengibre. El postre es algo más enérgico, pero me ha desaconsejado los frutos silvestres en esta época. Como vinos nos aconseja un Sancerre blanco para el primer plato, Viña Real Oro del 85 para el segundo y un Pedro Ximénez Viña 25 para el postre.

Se relamió Carvalho el cerebro y devolvía sus ojos al juego cuando comprobó que el rostro de Álvaro se alteraba ante un recién llegado, un hombre alto, el rostro tenso y diríase que plastificado.

Sin esperar el acercamiento del muchacho, abrió la puerta de cristal que comunicaba con la sala de squash y se apoderó de la pelota que estaba a punto de devolver el hombre calvo. Lázaro Conesal, enardecido por el juego, pasó a increparle mientras su compañero daba la partida por concluida, salía de la pista y recogía su toalla abandonada sobre un banco de listones. Se encaminó hacia la sala de duchas y al pasar junto a Álvaro enarcó las cejas dirigiendo la cabeza hacia la pareja que formaban Lázaro Conesal en chandal y sudado con aquel hombre evidentemente maquillado que se había interpuesto en su camino sin decir nada y que ahora vociferaba con las voces distorsionadas por la reverberación del cubo cerrado. Álvaro contestó al gesto de irreversibilidad del hombre calvo con un encogimiento de hombros que ya empezaba a serle familiar a Carvalho y que lo podía expresar todo, incluso la indiferencia. Se abrió la puerta del recinto de la pista y hasta los oídos de Carvalho llegó sólo una frase que el intruso dirigía a Lázaro Conesal.

—Si os creéis que me vais a putear estáis muy equivocados.

No le hizo caso su interpelado y le dio la espalda para salir y seguir los pasos de su partenaire repitiendo el gesto de inevitabilidad al pasar junto a su hijo al tiempo que mascullaba:

—¿Para qué están los servicios de seguridad?

—Has de ser tú quien se aclare sobre el derecho de admisión.

Siguió Conesal hacia la ducha y los vestuarios, pero le iba a la zaga el hombre irritado que de momento se detuvo a la altura de Álvaro.

—¿Qué le has dicho a tu padre sobre el derecho de admisión?

—¿Admisión? ¿Dimisión? ¿Intromisión? ¿Por qué te parece a ti, Celso, que he hablado de admisión?

El recién llegado no sabía si continuar la clarificación con Álvaro o seguir a los otros hacia el vestuario, por fin se decidió por hacer las dos cosas.

—Conmigo te puedes ahorrar la sorna. Yo me cago en todos los masters que puedas tener, niñato de mierda. A tu edad yo ya había ganado millones de pesetas de los años sesenta y tú ni siquiera te has pagado ese jersey de maricón que llevas.

Hizo mutis tras el rastro de los jugadores y Álvaro no se lo impidió. Carvalho le dirigió una pregunta muda sobre si consideraba debía intervenir.

—Déjele. Todo el mundo está muy nervioso. El que jugaba a squash con mi padre es su socio más importante, Iñaki Hormazábal, el llamado «calvo de oro» o el «asesino de la Telefónica».

—¿Mata a la gente en las cabinas?

—La mata por teléfono. Es especialista en comprar holdings en apuros para desguazarlos y revenderlos por partes. Siempre por teléfono.

—¿Y el cabreado ese que les ha seguido hasta la ducha? ¿Un *voyeur*?

—¿Lo dice por el maquillaje? No. Es Celso Regueiro Souza, otro del grupo aunque ya está liquidando todas sus acciones. Va maquillado porque sufrió un accidente facial cuando trataban de robarle unos mafiosos en Miami. No sé qué le echaron a la cara pero le quedó en carne viva. Ése era muy amigo del Gobierno y mi padre se asoció con él para que le abriera la puerta con los socialistas. Ahora tienen problemas los socialistas y mi padre, por lo tanto Regueiro ya no sirve para una puñetera mierda.

Regueiro Souza salió de los vestuarios dando un portazo y dirigiéndose otra vez contra Álvaro.

—¿Dónde se ha metido el calvo?

—Se ha marchado.

—La madre que le parió.

Se detuvo ante Álvaro, le sonrió, le pasó un dedo por los labios que el joven retiró instintivamente y partió en pos del fugitivo. Cuando Lázaro Conesal salió del vestuario parecía un recién nacido que olía a colonia total. No reflejaba el menor conflicto ni reciente ni remoto y ni siquiera preguntó por Regueiro. Sí estaba interesado por la comida y se alegró mucho cuando se enteró de que Alfonso el cocinero de Jockey había resuelto el desafío imaginativo planteado por Carvalho. Volvieron a utilizar el ascensor para regresar a la zona del bar y comedor y allí seguía Sagazarraz, lo que provocó un gesto de fastidio en el financiero. Pero tan bebido estaba el visitante que ni advirtió el paso de Lázaro Conesal y sí el de su hijo con el que trató de pegar la hebra inútilmente. Ya a salvo en el comedor, Conesal dejó de parecer un niño oloroso para volver a ser un tiburón airado.

—Pero ¿quieres decirme cuánto pagamos al mes en seguridad para tener que soportar que se metan en mi vida este par de descerebrados, antes Regueiro Souza y ahora Sagazarraz?

—No me explico que siga aquí Sagazarraz. He dado órdenes expresas de que lo sacaran los de seguridad, pero con amabilidad. Tú les diste unas normas de paso libre y se las toman al pie de la letra. Éste debe de haber salido por una puerta y entrado por la otra.

—Pues les quito lo de paso libre y ya está. No quiero ni verles a cincuenta kilómetros a la redonda.

—Tú mismo.
—¿Lo desapruebas?
—No lo entiendo. De Celso Regueiro dependes porque todavía tiene derecho a veto en algunas operaciones y necesitas su firma. Si quieres que le eche, lo haré con mucho gusto porque es un personaje insultante y zafio. Lo de Sagazarraz es más fácil de solucionar, aunque me tiene dicho que lleva en la agenda los teléfonos de todos los diarios y revistas que podrían disfrutar con sus informaciones.
—Ése no sabe ni dónde tiene la agenda. Vive todo el día en una nube de whisky o de orujo.
—Pero sus abogados sí saben dónde tiene la agenda.
Conesal respiró más agobiado por su hijo que por sus perseguidores y acogió con fastidio el acercamiento del barman.
—Don Lázaro, ¿dispondría de unos minutitos para mí?
—Unos minutitos, José, unos minutitos.
Se hizo el aparte y algo inconveniente le diría simplemente José porque Conesal le dio la espalda bruscamente desentendiéndose de él.
—Dígale a su hermana que hable con mi mujer o con quien quiera. Pues vaya.
Al llegar a la altura de su hijo y Carvalho se explayó con Álvaro.
—¿Esa chica aún está por aquí?
—Tú me dijiste que no la despidiera pero que no fuera demasiado visible hasta...
—No la despidas pero la quiero invisible del todo. En casa y cobrando. De momento. Y si quiere hablar con tu madre que se tomen un té juntas, pero no aquí.
Luego buscó refugio en una recordada compli-

cidad con aquel hombre recién llegado cuyo apellido no recordaba.

—Usted es el gourment, ¿verdad? ¿Su nombre?

—Carvalho.

—Eso es, Carvalho. ¿Aprueba el menú de Alfonso Dávila?

—Habrá que probarlo.

—De eso se trata.

Como si tuviera telepatía apareció en la puerta la reencarnación de Lázaro de Tormes, pero ahora vestía de perfecto camarero de restaurante cinco tenedores. Se sentaron los dos Conesal y Carvalho a la mesa y Simplemente José les ofreció aperitivos que los anfitriones rechazaron y Carvalho aceptó.

—Un fino. Pero sorpréndame con la marca. No me abrume con los de siempre.

Tenía respuesta el restaurador para aquel desafío e, interesado, Lázaro Conesal se sumó a la fiesta.

—Pues si va a sorprender al señor Cabello, sorpréndame también a mí.

—Carvalho, papá, Carvalho.

—¿Usted, don Álvaro, también se suma al aperitivo?

—No, gracias.

Se frotaba las manos satisfecho el financiero y le guiñaba el ojo a Carvalho como a un compinche que viniera de lejos y le prometiera compañía de por vida. Jugueteó luego con el menú impreso en una cartulina y se lo tendió a Carvalho como una ofrenda.

—Extracto de pescados ahumados con ostras a la hierbabuena, pichones de Talavera rellenos al estilo Jockey y milhojas de mango con helado de jengibre. ¿Qué tiene que decirme?

—Espero probarlo.

Se presentó el camarero con un Moriles frío y tapas de chanquete tan sutiles que parecían espuma de mar frita.

—Pregunta de lego a experto. ¿Un pescado frito antes de un entrante de ahumados y ostras, no desentona?

—Si se tratara de un surtido de pescado frito convencional sí, porque absorbe mucho aceite y se empaparía el paladar. Por más que el aceite en el estómago siente bien, si no es refrito, para cualquier digestión posterior. Pero el chanquete no es casi pescado. Es tan etéreo que el aceite lo perfuma más que lo fríe.

—Cada día se aprende algo. En casa siempre hemos comido bien pero con esa solidez con la que comen las burguesías españolas, sin demasiada información ni cultura gastronómica, es más, con un cierto pudor como si el comer bien fuera pecado. Excelente este Moriles. ¿Recuerdan aquella cuña radiofónica? La elección es bien sencilla, o Moriles o Montilla.

Consultó el reloj y le perseguía el tiempo por lo que agitó el brazo en el aire, evidente reclamo a la aceleración de la comida. No le quitó ojo a Carvalho cuando olía los alimentos a distancia, los probaba, alternaba la bebida de los vinos.

—¿Podría usted adivinar lo que hemos comido? ¿Cómo se ha hecho?

—No del todo, pero en el entrante es fácil adivinar la combinación de gusto entre el ahumado, las ostras, la hierbabuena y una punta de nuez moscada. Es una combinación excelente la de la concreción casi obsesiva del ahumado con la ligereza marina de la ostra e igual combinación se establece entre la nuez moscada, un sabor tan determinado, y la de la hierbabuena, un sabor tan abierto.

Lázaro dirigía a su hijo cabezazos de afirmación que Álvaro no contestaba, ni siquiera parecía estar escuchando a Carvalho.

—Los pichones de Talavera rellenos estilo Jockey dependen no sólo del punto de la carne, porque el pichón se vuelve harinoso si está demasiado cocido, sino del equilibrio del relleno que parece fácil de conseguir, pero no es así. La trufa puede poner malicia exquisita en cualquier relleno, pero también arruinarlo. Hay sabores que bloquean el paladar más que estimularlo. Y en cuanto al milhojas de mango con helado al jengibre que aún no he terminado, he de confesarle que admiro la arquitectura de los postres, pero no me conmueven. Tal vez sea una cuestión de memoria histórica. Pertenezco a la generación del plato único. Aun así, confieso que me parece excelente.

—Pues ahí le he pillado, porque yo soy un experto en postres e incluso los cocino. Dile, Álvaro, a este señor cómo me salen las tartas de manzana.

—Tú crees que te salen excelentes.

—¿Y no es así?

—Casi nunca.

—Pero ¿será posible?

Padre e hijo ponían cara de haber repetido la broma hasta el hartazgo, sobre todo Álvaro parecía saturado y no quiso Carvalho exagerar su regocijo. Se limitó a sonreír tal vez desmesuradamente y prefirió dedicarse a la copa de un excelso Pedro Ximénez Viña 25. A Conesal se le habían ablandado los esfínteres, a su hijo no. El chico estaba constantemente vertebrado, discretamente tenso y Carvalho tuvo curiosidad por saber cómo se comportaba cuando su padre y el entorno de su padre dejaban de ser el referente de su vida. Lázaro Conesal apenas probó el jerez y se dejó caer contra el respaldo de la silla sin descuidar una mirada de reojo a un reloj sin duda carísimo pero de apariencia discreta.

—¡Ah! No hay nada como una buena comida en compañía inteligente. ¿Se dejaría contratar sólo para explicarme el menú que como? Véase la importancia de la cultura, es decir, del patrimonio del saber en la degustación. Desde la cultura gastronómica se paladean mejor los guisos y de la misma manera desde la cultura plástica se paladea mejor una exposición. Hay que conseguir pertenecer a esa raza blanca que conoce todo lo necesario para paladear todo lo que se pone a su disposición. Pero hay que saber que esa sensación es pasajera y que luego los negros vuelven a su color y los blancos también, incluso en mi situación mestiza. ¿Ustedes saben qué es un blanco que tiene el alma negra? Si se tiene el alma negra se es negro hasta las últimas consecuencias, sin paliativos ni coartadas. Hace algún tiempo leí un artículo en *El País*, un artículo de Manolo Vicent, amigo mío, siempre compro cuadros en la galería de su mujer, Mapi, en el que se preguntaba si el presidente del Gobierno, Felipe González, era blanco o negro. Era una clasificación que le había aportado Mario Conde, aquel financiero tan especulativo que luego fue acusado de especulador. Las palabras que se parecen suelen ser peligrosísimas entre sí. Por ejemplo, no es lo mismo ser un oportunista que tener sentido de la oportunidad. Pues bien, contaba Vicent que Mario Conde le había dicho: «Yo soy un negro que sabe que es negro. Mariano Rubio, entonces gobernador del Banco de España, y Carlos Solchaga, ministro de Hacienda a la sazón, se creen que son blancos, pero son negros. Felipe González es un negro como yo y tampoco se olvida nunca que es negro.» Era una reflexión muy brillante, muy inteligente pero mal asumida por el propio formulador, Mario Conde, porque llegó a creer que una mezcla de audacia y dinero podían blanquearle y conseguirle un lugar en esa oligarquía formada en las cumbres por nieves perpetuas, por las sucesivas nieves perpetuas que se apoderan de las cimas del poder. La oligarquía está llena de arqueologías que representan las sucesivas oleadas de nuevos ricos, desde la época de la tribu y la horda y sólo van quedando los que consiguen engancharse a las nieves anteriores. Mario Conde, por ejemplo, no lo consiguió. Era un negro. Como decía el articulista Vicent, sólo eres blanco de veras si tu bisabuelo se duchaba todos los días... ¿Se duchaba todos los días su bisabuelo, señor...?

—Carvalho. No. Probablemente mi bisabuelo no se duchó nunca. Viviría en una aldea gallega. Creo que era cantero, como mi abuelo paterno. En los años cuarenta aún se lavaban mediante barreños de agua extraída del pozo. No había agua corriente. Negro. Mi bisabuelo era un negro. ¿Y el suyo?

—También. Mi padre fue el primero de la dinastía que cometió el error de considerarse blanco. Yo soy negro. Pero además un negro amenazado por los más blancos del lugar porque hasta ahora no han podido conmigo. Lea esta fotocopia, por favor.

La fotocopia la tenía ya en la mano Álvaro, como si conociera exactamente la secuencia y su ritmo. El titular ya le ahorró a Carvalho cualquier lectura: «Lázaro Conesal, ¿tras los pasos de Mario Conde? Tal vez el rico más influyente de España pase por la cárcel de Alcalá Meco al igual que el ex presidente de Banesto.» Conesal calculaba el efecto de la información sobre Carvalho, pero aquel hombre parecía dispuesto a no exteriorizar sus emociones y devolvió la hoja sin ningún comentario.

—Fatalmente tengo que enterarme de lo que pasa mediante un oleoducto de fotocopias. Hace siglos que no he pisado la calle como un ciudadano normal. Ni siquiera puedo irme a tomar un pincho a cualquier tascorro porque llegaría rodeado de guardias de seguridad. Puedo hablarle con franqueza, señor...

—Carvalho —apuntó Álvaro.

—Señor Carvalho, puedo hablarle con franqueza porque no pierdo nada haciéndolo. Yo esta noche temo una provocación. Ya he resistido toda clase de zancadillas subterráneas y dispongo de medidas disuasorias, aunque uno de estos días van a encausarme judicialmente como hicieron con Mario Conde o Javier de la Rosa. Otros dos negros. Ya no convenimos para las reglas del juego y servimos en cambio como carne de catarsis, en aras de la purificación de un sistema triunfal que quiere ir por el mundo con la cabeza muy alta. Resulta sumamente divertido que el capitalismo, sin enemigos, descubra que sus enemigos son los capitalistas. Algo parecido a lo que le ocurrió al comunismo. Bien. Mi imagen es importante. Sigo siendo uno de los referentes sociales más vigentes, pero me he arriesgado a meterme en un terreno proceloso: el premio literario mejor dotado del mundo. Un patinazo en este territorio puede serme fatal. La composición del público de esta noche puede dividirse en tres grandes sectores: gentes de letras, ricos de diversas procedencias y políticos, no muchos, porque huelen mis problemas y no quieren que se les caigan encima. Vayamos por partes. Entre los de letras puede haberse colado algún provocador, aunque mi asesora, Marga Segurola, la conocida informadora literaria, me ha hecho una lista representativa de las diversas tribus del sector, tribus que he ratificado con Altamirano, sin duda el crítico más reputado de España. Yo empleo una palabra catalana, no es la única, aunque yo sea de Brihuega, para denominar a todos los drogodependientes de las letras. Los catalanes les llaman *lletraferits*, es decir, letraheridos. Yo dispongo de una colección completa de letraheridos que me han asesorado en este caso y con anterioridad. La Segurola y Altamirano como críticos y celestinas de premios, Mona d'Ormesson como puente entre el poder institucional cultural y la *beautiful people* lectora, Ariel Remesal representa la mesocracia letraherida, los escritores corporativizados etecé, etecé, etecé, Tutor es un bibliófilo que se mueve por las cuevas de las subvenciones como Alí Babá y los cuarenta ladrones. También he invitado a muchos escritores y ni hay que decir que entre esa gente está el ganador del premio: cien millones de pesetas. Tampoco creo que corra ningún riesgo de parte del sector político, poco presente en la sala, en tiempos de transición del poder socialista al de derechas, cuidando mucho las maneras de caer y las maneras de subir. No creo que se haya colado ningún suicida.

—Ciento por ciento controlado —corroboró Álvaro.

—Entonces nos quedan los ricos. Hemos cursado cincuenta invitaciones selectas y sólo hemos recibido veinte aceptaciones significadas dentro del mundo del dinero, dinero dinero, es el criterio que yo tengo cuando hablo de ricos. De cinco mil millones para arriba como dinero de bolsillo. De esos ricos asistentes no puedo confiar en ninguno, pero menos que en ninguno en cuatro que usted deberá controlar a lo largo de la velada.

Álvaro también estaba preparado para la ocasión y le tendió una carpeta dentro de la cual había cuatro fotografías y sendos currículos compactos. Tres de aquellas caras las conocía y la que más la del borrachín que se había presentado como naviero, el naviero Sagazarraz. También estaba allí en la muerte plana de la fotografía el compañero de squash de Lázaro Conesal, su socio, Hormazábal era su nombre. Y la tercera reconocida pertenecía al hombre que había interrumpido la partida de squash tan vehementemente, Regueiro Souza. Repasó mentalmente cuanto había hablado Conesal, apostillado o apuntado su hijo y algo no encajaba en el razonamiento.

—No entiendo cómo reduce tanto el espectro de posibles agresores. ¿Por qué han de ser los escritores, los ricos o los políticos? ¿Qué le parece si la provocación viene de los periodistas o de los camareros?

Conesal se echó a reír sin ganas de avasallar al detective.

—Los camareros son de la plantilla del hotel. Los tengo totalmente controlados y los periodistas que vendrán esta noche son los dedicados a que florezcan las artes y las letras. También habrá algún periodista político, sobre todo tertulianos de radio o algún director de periódico o de emisora, pero saben que en mi mano están muchos dossiers para que ocupen sus primeras páginas, créditos para que puedan pagar sus nóminas, créditos blandos para que puedan hacer algún negociete y hacerse algo ricos o influencias para que reajusten sus cuotas a la seguridad social o sus impuestos atrasados. No. No le dé más vueltas. Esos cuatro. Vigíleme usted a esos cuatro.

A Carvalho le faltaba por saber quién era un pelirrojo guapo pero de facciones algo abotargadas. Se lo señaló a Álvaro.

—Pomares & Ferguson, el bodeguero de Jerez.

—¿El marido de la rubia?

Lázaro Conesal parpadeó incómodo y reclamó airado la mirada de su hijo. No era amiga aquella mirada, irritado a su vez Álvaro por la irritación de su padre.

—Normalmente pido a mis clientes que se sinceren conmigo, dentro de lo que cabe. También me gustaría saber por qué han recurrido a mí teniendo a su disposición, si quiere, hasta a todo el Mosad. Pagando, san Pedro canta.

El financiero con un ademán instó a su hijo a que hablara.

—Ha sido idea mía, señor Carvalho. Tenía noticias de su existencia y de las peculiaridades de su vida, su historia, sus méritos. Es usted un hombre que tiene estudios universitarios bastante solventes y una biblioteca consecuente, pero quema libros. Ha sido comunista, pero también agente de la CIA. No cree en el sistema pero lo sirve ayudando a eliminar a los que matan o roban.

—Un momento. Yo no ayudo a eliminar a nadie. Yo cumplo un servicio privado y detecto, si puedo, a quien mata o roba, pero a continuación entrego mis conclusiones al cliente, no al Estado, no a ninguna institución represiva.

—Bien, allá cada cual con sus coartadas éticas. Yo creí y creo que usted dispone de matices importantes para situarse ante lo que puede ocurrir hoy con mayores estrategias que la policía convencional o nuestro servicio de seguridad privado. No tememos por la vida de mi padre. No es eso. Para solucionar este problema bastaría vigilarle a él y mantenerlo bajo siete llaves. No. Hay que vigilar discretamente lo que se cuece en ese salón, prever por dónde puede saltar la chispa.

—La chispa —apostilló Lázaro Conesal sin demasiado interés y en cambio consultó sobresaltado el reloj y casi al mismo tiempo sonó el teléfono que Álvaro tomó rutinariamente. Todo estaba a punto para que Conesal marchara al encuentro del gobernador del Banco de España. Antes de partir derivó la mirada por todos los presentes y todos los objetos del salón, como si hiciera un inventario o quizá se asía a las personas y los objetos que controlaba antes de saltar al abismo, de pasar por el Getsemaní del encuentro con el gobernador del Banco de España. El más reciente era aquel extraño detective privado gourmet y quema libros que su hijo le había aportado.

—¿Por qué quema libros, señor Cabello?

—Si quiere una respuesta brillante, porque no me han enseñado a vivir tan bien como a usted.

—¿Y una respuesta sincera?

—Porque no me han enseñado a vivir tan bien como a usted.

Levantó el millonario el dedo índice y musitó un casi inaudible *Okay*. Carvalho creyó ver una cierta curiosidad maligna en la mirada que Álvaro dirigió a su padre cuando abandonó el comedor, pero cerró los ojos cuando se dio cuenta de que Carvalho había captado aquella expresión y cuando los abrió volvía a ser un anfitrión solícito que ofreció a Carvalho repetir una copa de Armañac. No se hizo rogar el detective, que saboreó el brebaje y luego lo dejó caer dentro de su cuerpo con cuidado, como si quisiera seguir mentalmente el recorrido del alcohol orientándolo por la ruta menos dañina. No se puede beber con miedo, se dijo Carvalho y se añadió, no se debe vivir con miedo. Álvaro Conesal encendía un puro largo y sólido que había sacado de un humidor, al tiempo que se lo ofrecía a Carvalho.

—¿Tan decisiva es la reunión con el gobernador?

—No será la última. De hecho estamos iniciando un tour de force que puede acabar mal o catastróficamente.

No parecía afectarle la opción.

—¿No le importa el resultado?

—No. Son resultados que afectarán a la vida y a la historia de mi padre, no a la mía. Mi vida empieza al día siguiente de la catástrofe. Mi vida empieza al día siguiente de cualquier cosa que le pase a mi padre.

No apretaba los dientes, pero sí los ojos contra los de Carvalho, para no dejarle el menor beneficio de duda. Le estaba diciendo: Soy un hijo con problemas. Mi padre ha de morir para que yo viva o simplemente, mi padre ha de arruinarse para que yo viva o a mi padre le ha de pegar dos hostias el gobernador del Banco de España para que yo respire. Carvalho le enseñó las cuatro fotografías de los altamente peligrosos.

—Cuénteme la teoría de los niveles. Su padre puede jugar con este hombre a squash y ser su socio, pero le teme. ¿Por qué?

—Iñaki Hormazábal nunca es incondicional de nada ni de nadie y tenemos pruebas de que ha pasado información confidencial a gentes próximas al Gobierno y a políticos de la oposición que pueden ser Gobierno dentro de pocos meses. Mi padre hasta ahora ha ganado la batalla de la imagen y esta noche hay una escaramuza decisiva.

—Los conflictos con Sagazarraz ya me los ha contado. ¿Y éste?

—Éste se hunde. Regueiro Souza. Aportó al grupo sus buenas relaciones con el Gobierno que nos permitieron pujar por empresas reprivatizadas a precios de ganga, pero ha salido implicado en demasiados líos de corrupción y se hunde con el Gobierno. Mi padre juega con él al gato y al ratón. De momento mi padre es el gato.

—¿Sólo de momento?

—Digamos que Regueiro tiene claves secretas que podría hacer jugar.

—¿Y éste?

Álvaro no estaba cómodo ante la foto de aquel hombre joven robusto, pecoso.

—Es una historia personal. Éste es el marido de la mujer que usted vio.

—Un marido que sospecha.

—Más que sospechar, le consta.

—¿Y cómo lo digiere?

—El problema no es tanto él como ella. Beba se ha enamorado de mi padre y de su histeria depende la de su marido. Últimamente Beba está muy histérica. A mi padre todas las mujeres se le ponen histéricas. Él provoca esa histeria. ¿No le ha hablado el barman de la historia de su hermana? Él se autollama Simplemente José y ahora vive de la historia de su hermana, Simplemente María, una azafata de la empresa que según parece ha quedado en estado por culpa de mi padre.

—¿Se llama la chica realmente María?

—Tal como suena. Y él se llama José, simplemente José.

O le cansaba la conversación o era realmente la hora de partir hacia el Venice para conocer el lugar de lo que podía ocurrir, informó Álvaro sin paliativos y esta vez viajaron a bordo de un Lotus Ford pilotado por el chico Conesal. Antes de llegar al Venice, Álvaro se metió por una de las urbanizaciones colaterales a la Castellana y se detuvo ante un chalet con vocación no ultimada de estilo francés alpino residente en Madrid.

—Recogeremos a mi madre.

Aquel muchacho era tan educado que ni siquiera tocó el claxon. Salió del coche y se valió del contestador automático conectado al circuito televisivo para reclamar a su madre. La salida de la mujer fue casi inmediata. Pero venía cargada de agravios y entre la madre y el hijo hubo un intercambio de frases duras que Álvaro trataba de cortar indicando la presencia de un extraño en el interior del coche. Carvalho reconoció en ella a la mujer angulosa que había visto dialogando con la azafata rubia y llorosa a las puertas del despacho de Lázaro Conesal. Era una cincuentona delgada sin maquillar que vestía ropa deportiva y subrayaba sus canas con un plateado excesivo. No parecía la mujer de Lázaro Conesal, ni siquiera la madre de Álvaro. Estaba echa una furia y Carvalho pulsó el resorte para que descendiera el cristal automático y captar lo que quedara de disputa.

—Tu padre es como Atila. La hierba no vuelve a crecer por donde él pasa.

—No es el momento, mamá.

—¿Cuándo será el momento? ¿Por qué eludes la cuestión? Yo ya no cuento. Pero ¿cuándo irá a por ti?

Álvaro le señaló el coche para que ella viera por fin que eran observados. La obligó a acercarse y Carvalho salió del vehículo para saludarla.

—Mi madre, Milagros Jiménez Fresno. Pepe Carvalho.

Cedía Carvalho el asiento delantero a la dama, pero ella eligió sentarse detrás.

—Me fastidian los cinturones de seguridad.

Suspiró aliviada en cuanto se instaló en el asiento trasero y su hijo puso en marcha el coche.

—No sé cómo las aguanto. Sólo hay una cosa peor que una mujer rica y tonta. Treinta mujeres ricas y tontas.

—¿Erais treinta?

—Treinta y una, hijo, exclúyeme a mí.

—Perdona. No eres tonta pero eres rica.

—En casa el único rico es tu padre. ¿Le veré esta noche?

—¿Cómo no vas a verle si asistís los dos a la concesión del premio?

—Pues mira que yo no sé si ir. Tu padre siempre está rodeado de fascistas, explotadores y putas.

Álvaro dejó de mirar el recorrido para echar sobre su madre una sonriente mirada de reproche.

—Iré si me haces un favor.

—Hecho.

—La reunión de hoy era por lo del Rastrillo y cada año vienen escritores a firmar sus libros para que no se diga que sólo vendemos objetos para beneficencia. Quiero que me ayudes a hacer una lista de escritores equilibrada. Estas necias no salen del repertorio de escritores vinculados a *ABC*. Vosotros, tu padre y tú, que ahora traficáis en Literatura, a ver si me ayudáis a compensarlas. Tenéis de todo, ¿no?

—Tenemos de todo. Un repertorio completo. Derechas, izquierdas, centros, altos, bajos, gordos, catalanes, leoneses, leídos, no leídos.

—Ahora bien, yo estaré atenta. No me vais a dar el pego, ¿usted escribe, señor...?

—Carvalho. No. Yo quemo libros.

Se estableció el silencio en el asiento trasero.

Álvaro estaba al borde de la risa pero mantenía el volante con una elegancia de chófer de nacimiento. Detuvo el coche ante la que parecía ser mansión de los Conesal oculta por una espesa y alta tapia de ladrillos morados y su madre se metió en ella apresurada, pretextando tiempos imposibles, arreglos imprecisos y sin atreverse a decirle nada a aquel extraño tan cortante, quemador de libros. Uno de los muchos fascistas que rodeaban a su marido. Fascistas, explotadores y putas. Bastaron tres manzanas para llegar ante el Venice y el Lotus Ford apenas si tuvo tiempo de ponerse en marcha. En cuando Alvarito apretó el pedal ya estaban ante aquel templo griego de color rosa rodeado por cuatro torres cilíndricas para sendos ascensores que subían y bajaban estuvieran vacíos o llenos, como émbolos simbólicos de la rutina y la tenacidad de un edificio de servicios, alertó Álvaro al que se le notaba satisfecho con el edificio y su conceptualidad, palabra que repitió varias veces.

—Los posconceptualistas se han empeñado en buscar un arte fugaz, la instalación, impracticable y condenado a desaparecer y la arquitectura hotelera es la única salida porque implica lo rutinario de la escenificación del vivir lejos de casa. Más coincidencias para la magia de la coincidencia entre la rutina del servicio y la angustia del cliente desidentificado, imposible. ¿Ha observado usted la inquietud con la que el cliente de un hotel aguarda que se compruebe su reserva previa? Si no figura en esa lista puede llegar a dudar de su propia identidad. ¿Ha figurado usted alguna vez en las listas de espera de un aeropuerto? ¿No se ha angustiado?

—Hace ya muchos años tuve un excelente profesor de Literatura francesa que se llamó Joan Petit. Un día me explicó la diferencia entre la angustia metafísica de unos tíos que se llamaban existencialistas y la angustia concreta de los ciudadanos de a pie. La angustia concreta es que la sientes cuando llama a tu puerta la policía o el cobrador de la luz y no tienes la Historia clara ni dinero para pagar.

Carvalho obvió que Álvaro le miraba con curiosidad porque las escaleras del supuesto Partenón rosa les habían llevado hasta un hall que parecía una selva birmana y de entre las lianas, las palmeras liofilizadas, los árboles sombríos y asombrados, emergían los rótulos de Armani, Gucci, Bulgari, Ferré e incluso el de una sucursal de Tiffany's que Lázaro Conesal había financiado sólo por el prestigio de coleccionista de los mejores horizontes de este mundo. Los cuatro ascensores subían y bajaban con la cara hacia la Castellana, como con ganas de marcharse hacia Burgos y las espaldas interiorizadas dentro de aquel hall selvático, tan alto como los treinta pisos del hotel, enseñaban los secuestrados en el interior vigilados por un ascensorista disfrazado de ascensorista de entreguerras, de entre qué guerras no importa, se dijo Carvalho, pero nada hay tan característico como los vestuarios y los gestos en los períodos de entreguerras. Todavía inquieto por la escenografía siguió a su guía hasta una habitación tan normal que le aburrió nada más verla. En el diseño de aquella estancia no había intervenido la mirada lúdica de ningún diseñador de prestigio. Tal vez la había diseñado algún ciego dotado de cierta memoria visual. La habitación tenía vocación de seria y uniformada, hasta el punto de que parecía amueblada por unos grandes almacenes, prueba evidente de subalternidad, avalada por el hecho de que allí estaba el reposo de la seguridad del hotel, junto a otra estancia en la que las terminales de televisión y telefonía introducían el decorativismo sideral e irreal de la telemática. Pero en el ámbito uniformado de nada y de nadie, se tejían y destejían conversaciones entre una docena de hombres de parecida edad y cara, tan parecidos entre ellos que no valía la pena mirarles de uno en uno. Las pantallas de los monitores transmitían información de lo que ocurría en todos los puntos generales del hotel y se podía seleccionar cualquier sector si desde allí llegaba la señal de alarma.

—El programa permite desconectar sectores según convenga. Mi padre, por ejemplo, cuando se hospeda en este hotel no tolera que el circuito controle la zona de su suite, porque a veces no quiere dejar constancia de quién le visita. Hoy, por ejemplo, se meterá en su suite y quedará desconectada la zona del entorno.

El rostro de uno de los empleados se coló en la memoria de Carvalho y empezó a revolverla. Es el jefe de seguridad y de personal del hotel, le informó Álvaro. La búsqueda dio resultado. Entre las fichas destruidas de su mente salió la vivencia en penumbra que compartía con aquel individuo. El jefe de seguridad había sido uno de los más duros policías políticos de la dictadura en su fase terminal, con la edad suficiente para que se le recordaran torturas sin que fueran demasiadas, y con un cierto prestigio de policía ecléctico, posmoderno, de los primeros en comprender que la justicia y la injusticia, la legalidad y la ilegalidad, la guerra y la paz estaban pasando de la iniciativa pública a la privada. Era hielo lo que emitían sus ojos cada vez que el joven Conesal les refería el cometido de Carvalho, un comodín, con libertad de instalación por todo el ámbito de la concesión del premio, sin autoridad sobre nadie, a no ser que por intermedio de él, Álvaro Conesal, las observaciones de Carvalho se convirtieran en medidas. Álvaro emitía estas explicaciones pacientemente, ante el evidente disgusto del jefe de personal, una cara y una actitud que Carvalho quería reconocer y no podía hasta que Álvaro pronunció el nombre. Era obligación, recalcó Álvaro, del jefe de personal y seguridad, Sánchez Ariño, mantener a la policía informada sobre la libertad de movimientos del detective privado. Sánchez Ariño, alias «Dillinger», aquel joven policía fascista de la etapa inicial de la Transición, capaz todavía entonces de infiltrarse en grupos de extrema izquierda y luego patearles el hígado. Carvalho recordó de pronto aquellos ojos saltones vigilantes al lado del comisario Fonseca, en el transcurso de su investigación en el caso de *Asesinato en el Comité Central*, «Dillinger», un jovenzuelo turbio especialista en los movimientos de infiltración de la KGB en el Universo, ahora provocaba un aparte con Álvaro Conesal para decirle algo privado. Una esquina de una oreja de Carvalho captó una pregunta de «Dillinger» dirigida a Conesal Jr.

—Así éste, ¿de qué viene? ¿De mirón?

—Exactamente, de *voyeur*.

Cualquier policía que haya pertenecido a la Brigada Político Social conserva una mirada detectora de comunistas y Carvalho se sintió examinado como si lo fuera y devuelto por lo tanto a treinta años atrás cuando lo era y tenía que soportar miradas como aquélla. Muchas veces había pensado en la angustia, la frustración, la mala leche de los anticomunistas en un mundo en el que apenas quedaban comunistas y cómo debían por lo tanto aprovechar a los supervivientes para conservar la propia identidad. Álvaro percibió la inquina de fondo del jefe de personal.

—El señor Carvalho tiene libertad de movimientos por expreso deseo de mi padre.

—No faltaba más.

Si Carvalho hubiera tenido diez años menos le habría pegado una patada en la bragueta pero consideró cuánto duraría el altercado violento con «Dillinger» y no se sentía seguro de sí mismo. Pidió permiso para dar una vuelta por su cuenta según un plano de distribución de las dependencias del Venice y lo primero que comprobó fue que el gran salón comedor donde iba a celebrarse la cena y el anuncio del fallo del jurado disponía de una gran entrada y de una salida de menor dimensión, pero también considerable. La salida iniciaba un circuito por la sección de tiendas menores y llevaba hacia dos de los ascensores que comunicaban con las plantas. La entrada comunicaba con el espectacular hall selvático y sus selectas tiendas que aportaban al huésped la impresión de comprar en Tiffany's en plena selva tropical. En cualquier caso la decoración predisponía a vivir una aventura de niños entre objetos y señales dibujados puerilmente, como si el diseño hubiera sido encargado por una manada de niños melancólicos perdidos en la selva. ¿Cómo se llamará este estilo?, se planteó Carvalho cuando todo le recordaba el diseño del perro mascota de la Olimpiada de Barcelona, pero el melancólico Cobi tenía una estructura aplastada, fugitiva de sí misma. Aquí, cuanto le rodeaba era una burla de su función. Por ejemplo, las mesas eran como huevos fritos. ¿De quién había sido la idea de aquella decoración? En principio, Carvalho se la atribuía a Álvaro, pero después de escuchar a su padre tal vez fuera un capricho del financiero, dispuesto a recuperar el diseño del mundo de su infancia. Aquel hombre interpretaba continuamente un papel que le había resultado rentable en los últimos quince años, durante el aventurerismo modernizador, cuando bastaba el referente modernidad y el verbo modernizar para abrir toda clase de puertas. Pero Carvalho sabía detectar el desgaste de las poses, tal vez porque cada vez era más consciente de su propio desgaste, de la progresiva flaccidez de una musculatura que le había hecho sentirse irónicamente poderoso durante dos décadas y desde esa capacidad de autocomprensión detectaba el deterioro muscular de Lázaro Conesal, por más que estuviera en una fase inicial y aún no hubieran aparecido los nuevos modelos de conducta sustitutorios. Se quedó al pie de los ascensores por si le venía la pulsión de subirse a ellos, como cuando ascendió en el ascensor exterior del Fenimore en San Francisco, hacía más de treinta años, en busca del buffet sueco del restaurante del último piso. Hacía treinta años de todo y pronto haría cuarenta años de casi todo. Cuando regresaba hacia la central de seguridad del hotel percibió la silueta de «Dillinger» en el umbral de la puerta, realzada por las luces interiores. Fumaba y le observaba, con las narinas posiblemente excitadas ante el olor de un antagonista. Se apartó sin demasiadas ganas cuando Carvalho se introdujo en la habitación por si estaba Álvaro. No estaba y ya volvía a sus andaduras libres para evitar la encerrona con el jefe de personal cuando sintió que le silbaba a su espalda. No estaba para responder silbidos y continuó su marcha hasta que la llamada tuvo voz humana.

—¡Eh! ¡Usted! No recuerdo su nombre.

Nadie recordaba su nombre en aquella empresa.

—Carvalho. Pepe Carvalho.

—Su nombre me suena y no sé por qué, ¿nunca nos hemos encontrado?

—Yo casi no me muevo de Barcelona.

—Pues yo a usted le tengo visto.

—¿Ha pertenecido a la Brigada Político Social?

Cerró los ojos y los abrió con los interrogantes y el recelo puestos.

—¿Por qué me lo pregunta?

—Tal vez me tuvo como cliente. ¿No era usted la mano derecha de aquel tipo, el comisario Fonseca?

Miró «Dillinger» a su alrededor comprobando que estaban lejos de la posibilidad de audición de los demás y aun así bajó la voz.

—¿Y si fuera así, qué pasa? Yo era muy joven y colaboré con el comisario Fonseca, él y yo éramos fieles servidores del Estado, con dos cojones, nosotros y el Estado.

—En efecto, sus cojones eran muy conocidos.

—¿Qué tiene usted que decir de mis cojones?

—Me refiero a los del Estado.

—Ahora le recuerdo, por el tono zumbón. Usted se paseó por Madrid allá por los años ochenta, cuando mataron al secretario general del PCE. Usted era el huelebraguetas rojo que contrató el PCE. Han cambiado los tiempos, amigo. ¿Qué tal le sentó el hundimiento del comunismo?

—Muy bien ¿y a usted?

—Pues yo añoro a los comunistas y puedo decirle que me he metido en la iniciativa privada porque no vale la pena ser policía si no quedan comunistas.

—Se gana más en lo privado.

—Dónde va usted a parar. Y no hablo por mí, porque don Lázaro es muy generoso y siempre tiene detalles extras: que si vete a hacer un par de trajes, «Dillinger», o vete quince días de masajistas a Tailandia, que te veo muy reprimido, «Dillinger».

Pero incluso los compañeros que se han pasado a la iniciativa privada normal ganan el doble que los que siguen dependiendo del Estado. El Estado es un patrón seguro pero tacaño. Y todavía los que trabajan contra el terrorismo han tocado hasta ahora pela de los fondos reservados y siempre pueden hacer un apaño. Pero ahora eso de los fondos reservados se ha puesto muy mal, muy mal, porque estos socialistas son unos chorizos y unos piernas se han llenado los bolsillos con fondos reservados. ¿No queríais democracia? Pues os la vamos a meter hasta por el culo. En mis tiempos lo de los fondos reservados era sagrado y secreto y además el propio sistema represivo los hacía menos necesarios porque todo estaba bajo control. Pero luego, con tantas libertades y tantas mandangas pues hay que tirar del botín para tapar y abrir bocas y que si pinchar un teléfono aquí y otro allá. No es que yo esté en contra de la modernidad y sea partidario de aquella época en que a base de cuatro hostias y dos patadas en los huevos bien dadas, el Estado inspiraba respeto. Pero también hay un límite para tanto legalismo y tanto leguleyo.

—Cada época tiene su moral.

Presintió «Dillinger» que acababa de ganar un amigo. Los abultados ojos glaucos del policía se abrieron y una sonrisa total aligeró los amontonamientos de las facciones torturadas.

—Me lo ha quitado usted de la boca.

Y se echó a reír con una risa atiplada que trasladó a Carvalho por el túnel del tiempo, aquella risa que había indignado a Fonseca en el despacho de la Dirección General de Seguridad, año 1980. ¿De qué te ríes tú, eh? Pero luego Fonseca también se había echado a reír. ¿Por qué? Era por algo que había dicho Fonseca, algo irónico. «La democracia que no se escoñe. Desde luego.» Eso les había oído reír. Probó suerte.

—Sobre todo que no se escoñe la democracia.

—¡Me cago en la leche!

Pero a pesar de que trataba de aferrarse a su exclamación para contener la risa no pudo contenerse y estalló en carcajadas convulsas de vez en cuando interrumpidas por el lema:

—¡Me cago en la leche!

Álvaro recién llegado no conocía el origen de tamaña confraternización. Su vestuario había cambiado. Llevaba una chaqueta oscura, casi de esmoquin, ajados pantalones tejanos y una pajarita violeta le permitía tener la poderosa nuez de Adán en posición descanso.

—Mi padre está al llegar. Quiere encerrarse con los ejemplares seleccionados y apenas tendrá tiempo para que le consultemos nada. La seguridad queda en sus manos, señor Sánchez Ariño, aunque calcule que vendrán los escoltas de las personalidades oficiales. Le insisto en que el señor Carvalho tiene libertad de movimientos. Para evitar problemas de potestades, usted lleva el mando del operativo, pero le repito que cualquier decisión de Carvalho ha de pasar por mí y a mi vez se la transmitiré a usted.

—A mandar, don Álvaro.

«Dillinger» tenía alma de torturador público y esclavo privado. A Carvalho le suscitaba una vieja y renovada irritación por lo que se apartó de él y Álvaro le siguió.

—¿No le gusta Sánchez Ariño?

—Ya lo conocía. Cuando le conocí le llamaban «Dillinger» y era una joven promesa de los policías torturadores del franquismo. En su caso tenía mérito porque se había apuntado a aquel oficio en los últimos años de la dictadura, sin nada en el pasado ni en el futuro que le justificara. Ahora veo que ha prosperado.

—Conoce su oficio.

—¿Sigue torturando?

—No. Mantiene el orden en torno de mi padre, un hombre bajo toda clase de presiones y amenazas. Es uno de los amenazados por ETA. ¿Se imagina el botín que representaría un secuestro de mi padre?

—Normalmente bebo para recordar y como para olvidar. Necesito una copa.

Álvaro dirigió mecánicamente una mirada a la posición teórica del hígado de Carvalho, una mirada que a Carvalho se le clavó como un cilicio en su punto más vulnerable, pero ya sólo le quedaba la capacidad de decidir cuándo tomaba o no una copa y ningún master en esto o aquello le iba a tocar los cojones del hígado que son los cojones más sensibles del cuerpo humano. Se encaminó decididamente al bar del hotel que escenificaba la sala de máquinas del submarino amarillo de los Beatles, en el supuesto caso de que los submarinos amarillos tengan sala de máquinas. Había bebido tanto al mediodía y tan buenas cosas que quiso seleccionar el gusto que dominaba en su boca. Whisky. Pero estaba cansado imaginativamente de tomar whisky y se autoengañó pensando que un trago largo con hierbas, las que fueran, no sería una agresión contra su hígado. Todas las hierbas son medicinales. Le pidió al barman un mojito y sólo cuando se lo sirvió captó que el barman era negro y cubano por la forma como se sentaba en las palabras, pero falsamente negro y falsamente cubano. Era Simplemente José que se reía contenidamente para que no se le resquebrajara el maquillaje.

—Don Lázaro se descojona cuando me ve hacer de barman negro en esta barra y un sobresueldo no viene mal en estos tiempos.

El vaso helado sobre la frente le sacó del estupor, pero le dejó instalado en una sensación de farsa excesiva para sus ganas de farsa. De pronto tuvo ganas de volver a casa. Allí estaba Biscuter preguntándole cómo le iba por Madrid y se prometió explicárselo detalladamente en cuanto regresara a Barcelona. Le asaltaba la sensación de extranjería de animal de hotel y el miedo a no saber autocontenerse, beber demasiado y luego vivir esa situación últimamente tan habitual de no recordar escenas enteras de la vida inmediata, como si el alcohol se las hubiera llevado secuestradas a un lugar situado en la cloaca de su conciencia. Se lo consultaría a un médico. ¿Por qué últimamente me olvido de lo que hago cuando he bebido con una cierta, necesaria ansiedad? Pero estaba protagonizando una secuencia profesional muy bien pagada y convenía conservar todas las luces, no seguir bebiendo.

—Otro mojito, por favor.

—Sí, señol.

Le respondió con perfecto acento cubano, pero más allá del supuesto color negro de las facciones, allí estaba Simplemente José.

—Sí, señol. ¿Le gusta mi acento, señol? A don Lázaro le encanta que me disfrace y le gusta mucho mi número de barman hispanista negro.

A través del vaso que se llevó a los ojos vio cómo entraba en el bar Celso Regueiro, con el rostro maquillado apenumbrado y una tensión parecida a la de la mañana. Buscaba a alguien y Carvalho sintió curiosidad por saber a quién. Salió del bar y Carvalho tras él sin abandonar el segundo mojito que le enfriaba la mano placenteramente a lo largo del seguimiento de un Celso Regueiro obsesivo. Se adentró por el pasillo que comunicaba los salones de convenciones ahora vacíos y definitivamente anochecidos y empujó una puerta que al abrirse le devolvió una bocanada de luz eléctrica que parecía esperar la liberación. Se metió en la habitación y dejó la puerta entreabierta, lo suficiente para que Carvalho se acercara y pudiera ver a través qué sucedía dentro. Era un pequeño despacho del que sólo podía apreciar un fragmento de mesa, un sofá circulante capitoné tras ella y en el sofá Álvaro Conesal con la punta del culo apoyada en el canto del sillón y las piernas unidas depositadas en el sobre de la mesa. Regueiro no decía nada. Álvaro se levantó con lentitud y sonreía. Regueiro dio la vuelta a la mesa y quedó frente a frente del muchacho, entonces le pasó un brazo por la cintura y le besó en la boca con gula, mientras el cuerpo de Álvaro se dejaba sostener, abandonado, por el brazo que el hombre pasaba por su cintura. Carvalho se retiró de su observatorio y desanduvo lo andado mientras consumía el resto del vaso. Al desembocar en el hall botánico coincidió con la llegada del amo de todo. Lázaro Conesal entraba encuadrado entre sus guardaespaldas hablando quedamente con un individuo portador de cartera que avanzaba a su lado y le escuchaba con gravedad. Pero Conesal repartía su vehemente explicación con el viaje de su mirada por todos los puntos cardinales en busca de algo o de alguien. Mientras escuchaba la réplica de su partenaire, pulsó una clave en un teléfono de bolsillo y prosiguió su disposición esquizofrénica a retener la atención de su interlocutor sin perder la ansiedad por lo que esperaba. Por fin Álvaro emergió de detrás de Carvalho y se metió en el espacio marcado por los guardaespaldas y escuchó el final de la conversación de su padre con el otro hombre que se despedía y abandonaba el hotel con pasos cortos y ligeros, impropios de la pesadez del maletín. El financiero informaba ahora a su hijo y Álvaro parecía concentrado en lo que oía pero nada exteriorizaba si le impresionaba o no, en cambio su padre hacía esfuerzos para autocontrolarse pero movía la mandíbula como si fuera una quijada, como si masticara las palabras. Después desoyó la propuesta de su hijo de pasar por la sala de personal y le hizo gestos de que iba a tomar un ascensor para trasladarse a los pisos superiores. Álvaro se encogió de hombros y Lázaro Conesal fue hacia el elevador acompañado por dos de los guardaespaldas. Pero no les dejó acompañarle y subió como único pasajero en una ascesis a los cielos de ejecutivo acerado, tieso, con las piernas suavemente abiertas como para resistir el peso del hotel colosalista, progresivamente empequeñecido a medida que subía a los cielos, pero al final el viaje no le pareció a Carvalho una culminación, sino como una amenazadora pérdida de tamaño bajo el peso de la estatura del hotel y cuando el ascensor se convirtió en una cajita improbable colocada en la cima del hotel, Lázaro Conesal ya no era nadie, nada.

—¿Va sin escolta?

—Hay servicio de seguridad en cada planta. Pero está muy cansado y muy saturado. Le conozco. Cuando está así no se soporta ni a sí mismo.

Atravesaron el comedor sin detenerse, porque había clima de motín y en torno de Leguina y la ministra se concentraba el grupo más numeroso exigiendo una explicación.

—¡Como digno remate a las mamarrachadas de la era socialista, sólo nos faltaba este secuestro de intelectuales!

Leguina había perdido la paciencia.

—¿Quién le ha engañado a usted diciéndole que era un intelectual?

Fueron varios los dispuestos a abuchear ante la cara de aburrimiento del presidente de la Comunidad Autónoma en funciones mientras la señora ministra respondía con reconvenciones irónicas, tratándoles como a niños.

—Piensen que viven una situación única en sus vidas.

Carvalho marchaba en pos de Ramiro, pero ante la puerta de la habitación destinada a los interrogatorios, el inspector le cortó el paso.

—Confío en sus dotes de observación, pero yo quiero presionar a los testigos. Vamos a dar por sentado que sus movimientos han sido registrados por el circuito cerrado de televisión. Usted y yo sabemos que no es así, pero casi nadie conoce la imprevisión cometida. Otro dato importante es el Prozac. Sólo alguien valedor de los hábitos de Conesal podía urdir la sustitución de las cápsulas de Prozac por otras llenas de estricnina. Pero tampoco podemos sistematizar la pregunta porque cada interrogado la divulgaría al salir y los siguientes estarían prevenidos.

Carvalho estuvo de acuerdo. El despacho del gerente del hotel se estaba transformando en comisaría de lujo cuando entraron Ramiro y Carvalho y el policía empezó a pegar palmadas para que se aceleraran los trámites de situar en su sitio la máquina de escribir, la grabadora y para que se ajustaran las luces que eran demasiado delimitadoras.

—No se puede interrogar con luz de quirófano. Quiero luz de puticlub.

Por más que se probaron distintas combinaciones no era posible conseguir luz de puticlub y Ramiro iba poniéndose de pésimo humor.

—Vamos a acabar jugando a la petanca. Esa luz cenital, ¿no hay manera de quitar esa bombilla?

Tuvo que venir el especialista en mantenimiento del hotel y tras una serie de extirpaciones consiguió una luz ambiental basada en el claroscuro, salvo una potente lámpara empotrada en el ángulo izquierdo del techo convertida en el ojo de Dios enviando sobre aquella habitación del Venice un rayo de gracia santificante. La bombilla se había enquistado en el techo y no se podía sacar. Ante los gestos de impotencia del electricista, Ramiro se subió a una silla armado de un martillo y le pegó un martillazo al ojo iluminado. Cayó al suelo una galaxia de cristalitos.

—Pasen la factura a la Jefatura Superior. Y ahora venga la lista.

El propio Ramiro llegó hasta la puerta guardada por dos policías donde esperaba Álvaro Conesal.

—Hagan llegar al salón la petición de una declaración voluntaria, de cara a despejar la situación y sin carácter vinculante. Si alguien quiere hacerlo en presencia de su abogado nos han jodido, pero hay que quitarle gravedad al asunto. Cuanto antes se presten, antes se irán. Usted que sabe traducir las metáforas de su detective puede ser el introductor.

Se dirigió severo a sus colegas.

—Y vosotros con amabilidad que estos que van a entrar no son unos piernas. Mejor que os calléis.

Volvió Ramiro al interior donde Carvalho se había sentado en la mesa, con una pierna apoyada en el suelo y la otra cabalgante. Los dos subalternos estaban ante la máquina de escribir y la grabadora con resignación acentuada por el presagio de una noche interminable. A Ramiro le gustaba la luz conseguida.

—Esto es otra cosa.

Un policía entró en la habitación, le entregó una tira de papel de fax y volvió a marcharse. Ramiro la leyó y se la metió en el bolsillo.

—He pedido los antecedentes de la lista de sospechosos y sólo el señor Oriol Sagalés tiene. Una chorrada.

Chasqueó los dedos en dirección a la puerta donde permanecía atento uno de los inspectores y éste transmitió a Álvaro Conesal que ya podían comenzar las citaciones. Tardaba en llegar el primero y Ramiro impaciente recuperó la puerta donde se dio casi de bruces con Lorenzo Altamirano. Hizo como si no le viera y exigió a Álvaro:

—Vaya usted preparando a los siguientes para que no haya tiempos muertos.

Luego invitó a Altamirano a pasar y a sentarse. El crítico sudaba y en cuanto ocupó la silla destinada comprobó que sobre su frente alta, blanca, perlada caía un molesto chorro de luz. Retrocedió el culo cuanto pudo para escapar al rayo de la muerte y consiguió que quedara más allá de su nariz, sobre su bragueta, pero aun así ofendía la luminosidad a unos ojos maltratados por veinte mil libros leídos. Miró al policía en demanda de auxilio, pero Ramiro sólo parecía solidario de palabra.

—Va a ser todo muy fácil, señor Altamirano.

El gordo que hablaba en verso, leyó Carvalho en sus notas mientras reproducía mentalmente pedazos de la conversación entre Altamirano y su compañera, que había captado durante los barridos de sonido de sus paseos de peripatético desconocido. Fue Carvalho quien preguntó.

—¿Ha venido a la cena acompañado de Marga Segurola?

Altamirano adoptó una pose más de testigo de cargo que de colaborador de la voluntad de saber de aquel policía peripatético.

—No exactamente. De hecho hemos coincidido en la mesa por expresa voluntad de los organizadores, aunque nuestros oficios se parezcan. Yo soy crítico literario y Marga Segurola es en realidad una experta literaria que ejerce de consultora de editoriales, españolas y extranjeras, revistas literarias, programas culturales de radio y televisión. Es lo más parecido que hay a una posible conseguidora mediática y yo soy un crítico literario *in sensu* estricto.

Ramiro quiso recuperar el protagonismo.

—*In sensu* estricto. Muy bien. Creo haber leído algunas de sus críticas, con plena satisfacción, por cierto.

—Muy amable por su parte.

—¿Qué le unía a usted con Lázaro Conesal y con esta convocatoria en concreto?

—Yo realizaba algunos servicios para Conesal.

No le había agradado confesarlo, como no le agradaba confesar que no le agradaba confesarlo.

—¿Se ha de saber públicamente?

—¿Por qué?

—No me gustaría. Aunque no tengo nada que esconder, en el medio no estaría bien visto que yo apareciera como una especie de mentor literario del señor Conesal. De hecho yo fui quien le recomendó a una serie de escritores para este premio, para que juzgara sobre seguro y le ayudé a montar la compleja mecánica de esta representación. También le organicé un jurado a la medida de lo que quería.

—¿Qué quería?

—Ser el único juez del premio.

—¿Usted ha leído las novelas presentadas?

—No. Ni siquiera sé quiénes son los finalistas, ni me consta que me hiciera caso en la selección de escritores que le aconsejé.

—¿Conserva usted esa selección?

—No. Pero recuerdo algunos nombres.

—Por favor, ¿estaban sus elegidos en el salón esta noche?

—No. Ni uno de los cinco escritores premiables presentes en la sala. Alma Pondal, Ariel Remesal, Andrés Manzaneque, Oriol Sagalés, Sánchez Bolín eran de mis preferidos. En cuanto los he visto he comprendido que eran los escogidos por Lázaro. Mis otros recomendados habían saltado de la lista.

—¿Cuántos había recomendado usted?

—Once. Siempre recomiendo once escritores, sea la selección que fuere.

—¿Por qué?

La palidez de Altamirano se vio sustituida por una súbita coloración y tardó en poner en marcha las palabras.

—Por motivos complementarios y a veces sorprendentemente complementarios. Once son los jugadores de un equipo de fútbol, ¿no es cierto?

Ramiro se creyó en situación de pedir una asesoría irónica a Carvalho.

—Creo que es así, ¿no?

Carvalho asintió inapelablemente.

—Bien. Pero no es el único motivo. El once es un número cargado de significación simbólica. Según la simbología el diez es el número de la plenitud y el once implica exceso, desmesura, el desbordamiento de cualquier orden, también representa conflicto y la apertura a una nueva década. ¿Comprenden? Por eso san Agustín afirma que el número once es el escudo de armas del pecado. Según una concepción teosófica el once es un número inquietante, porque sumados los dos números que lo hacen posible, el uno y el uno... hacen dos. El dos.

—¿Qué le pasa al dos?

—Es el número nefasto de la lucha y la oposición. El once es el símbolo de la lucha interior, de la disonancia, de la rebelión, del extravío, de la transgresión de la ley, del pecado humano, de la rebelión de los ángeles.

Altamirano había ido elevando el tono de su voz y ahora parecía vaciado y satisfecho de sí mismo. Ramiro no sabía por dónde continuar. Carvalho pensaba en los esfuerzos intelectualistas que tienen que hacer algunos para disimular que les gusta el fútbol, pero acudió en ayuda del policía.

—¿Le explicó su teoría del once al señor Conesal?

—Sí y estaba entusiasmado. Me dijo: Lorenzo, ésa ha de ser la tensión interna de la literatura. Y añadió: ¿Tú sabes que en las sociedades secretas de la masonería se clavan once banderas? Me explicó que se clavaban en dos grupos de cinco más una, en representación simbólica de las dos hornadas de fundadores: cinco y cinco.

—¿Y el uno?

—Está clarísimo. El uno es la fusión de los dos grupos de cinco. Refleja la unidad, la síntesis masónica.

Carvalho parecía muy satisfecho por lo escuchado y reparó en si Ramiro había salido de su desconcierto. No había salido.

—Tenían ustedes conversaciones muy profundas.

—Lázaro era un hombre de plurales intereses culturales.

—Usted esta noche trató de hablar con él.

Era la pregunta que Altamirano temía y la que esperaba Ramiro para volver a meterse en situación.

—¿Era tan urgente hablar con él?

Altamirano trató de cruzar las piernas, pero apenas si pudo montar una sobre la otra con la ayuda de las manos y la presión de un apéndice sobre otro se transmitió al bajo vientre y al estómago. No respiraba a sus anchas y devolvió las piernas a su sitio original. Sudaba más que al comienzo y se pasó una mano por la cara.

—Hay circuito cerrado de televisión, ¿no?

—Sí —se adelantó Carvalho.

—Bien. Entonces habrán comprobado que no pude hablar con Conesal.

—No pudo hablar, ¿de qué?

—Quise encarecerle que no hiciera ninguna tontería. No me gustaban los candidatos que había en la sala. Cualquiera de ellos como ganador era decepcionante, ni siquiera darle el premio al más consagrado, Sánchez Bolín, hubiera satisfecho los deseos del mecenas. Digamos que tenía una idea platónica de ganador, imposible de cumplir.

—¿Quién era su candidato?

—Un escritor latinoamericano. No puedo decirle más.

—¿Había concursado?

—No había conseguido acabar la novela a tiempo, pero eso no es un problema porque entre el fallo y la publicación median dos meses, quizá tres, tiempo más que suficiente para acabarla. De hecho Conesal me debía este consejo y mi observación. Yo le había ayudado hasta esta noche y en cierto sentido el premio era un desafío que me había obligado a tragarme muchos sapos. Cien millones de pesetas es una desvergüenza. No creo que ninguna novela del mundo valga esa cantidad. Ni cinco mil. Ni una peseta. El valor en literatura es emblemático, nunca monetario y puestos a buscar un valor emblemático a la altura de los deseos poéticos de Conesal, la novela ganadora debiera reunir unas características que yo tengo en el imaginario y que yo aconsejé a mi candidato. Me hizo una novela a la medida sobre la historia de un fracaso en la búsqueda de un yacimiento de oro en el Perú a fines del siglo dieciocho. Pero por lo visto, Conesal no me hizo caso.

—No le hizo caso y esta noche no pudo hablar con él. Resulta sorprendente que usted estuviera en contra de parte de los escritores que usted mismo había seleccionado.

—Un crítico con voluntad de universalidad, que se convierte en un referente de toda la sociedad literaria española, ha de seleccionar teniendo en cuenta hasta cierto punto a quién se lee. Siempre se filtra si has escogido a éste y rechazado a aquélla. Pero yo tengo mis gustos. Insobornablemente. Y es lo que trataba de decirle a Lázaro.

—No pudo verle. ¿Pudo hablar con el jurado?

Altamirano se echó a reír.

—El jurado era una simple representación. Era un jurado potemkiniano. Una fotografía de jurado. No decidía nada.

A Ramiro no se le ocurría nada más, el policía mecanógrafo tenía cara de tedio. Carvalho pensó que, efectivamente, Altamirano hablaba en verso y era posible que hubiera matado en verso. De momento el inspector dio el asunto por concluido y el crítico había alcanzado un extraño estado de paz que le permitió sacar una conclusión moral.

—Los ricos son diferentes.

—Sí. Tienen más dinero —opuso Carvalho desde la zona de sombra.

—Esa respuesta es de Hemingway —reconoció Altamirano, asombrado de aquella cita literaria que le llegaba desde la penumbra. Carvalho sin salir de las sombras contempló cómo Ramiro despedía al crítico y le encarecía que se animara.

—Hay que levantar ese ánimo, señor Altamirano. Tómese unas pastillitas de Prozac.

El crítico puso cara de asco.

—Yo me levanto el ánimo consiguiendo primeras ediciones en las librerías de viejo y tomándome un buen Rioja de vez en cuando.

Reentró Ramiro siguiendo a la novelista de las varices, mientras leía en el papel el nombre traducido por Álvaro Conesal de la metáfora de Carvalho.

—Señora Alma Pondal. He de confesarle que he leído una de sus novelas, *A veces, mañana...*

—*A veces, por la mañana*.

—Eso quería decir. Me ha gustado mucho. Mi esposa es una gran admiradora de su obra.

La dama blanca y ancha, de piel transparente surcada por venillas azules, especialmente reticuladas en las sienes, se había sentado con toda la majestad de sus faldas largas y no parecía afectada por la luz que le daba en pleno rostro. Ni siquiera parpadeaba.

—No necesitamos demasiadas respuestas porque no tenemos excesivas preguntas. Usted se ha entrevistado con el señor Conesal a lo largo de la noche. Nos consta. Y quisiéramos saber por qué.

La escritora contempló primero a los mecanógrafos, luego a Ramiro, finalmente a Carvalho como una madre joven consciente del apuro que pasan sus hijos y les dedicó una sonrisa propicia, confiad en mí que soy vuestra colaboradora, ¿quién os puede tratar mejor que una madre con las piernas llenas de varices secas y por secar, las cicatrices de su maternidad?

—Lázaro Conesal me reclamó. Un camarero me pidió que subiera a las dependencias de nuestro anfitrión y así lo hice. Pensé que me iba a anticipar el fallo, bien para felicitarme, bien para consolarme. Yo he participado en este premio.

—¿Dónde está el original de su novela?

No asumió la pregunta con tranquilidad y respondió con otra pregunta.

—¿No obra en su poder?

—No.

Carvalho fue más allá.

—La novela se ha esfumado. Usted podrá facilitarnos una copia.

La madre había aumentado de edad y de jerarquía biológica. Habló como una madre habla a sus hijos.

—He de ser sincera con ustedes. Mi novela no existe. Altamirano me pidió que me presentara al premio y pocos días después, hace de eso cinco meses, Lázaro Conesal me ofreció diez millones de pesetas por no escribir la novela, pero por fingir que me presentaba. Así lo hice. Me presenté con el lema «Cantores de Viena» y con un título no tan supuesto, puesto que será el de mi próxima novela: *Triste es la noche*.

Ramiro daba vueltas en torno a su madre adoptiva.

—Usted cobra, supongo, por no escribir una novela. Pero la noche del premio, Lázaro Conesal la llama. ¿Por qué? ¿Para qué?

Seguía subiendo la madre por la escala biológica, envejecía por momentos y desde la dignidad de una vieja madre con derecho a conservar su entidad respondió:

—Eso es cosa mía.

—Lamento decirle que está muy equivocada, aunque también le asiste el derecho de negarse a contestar y convertir esta conversación en un interrogatorio convencional en presencia de un abogado. De hecho queremos darles toda clase de facilidades para salir cuanto antes de aquí.

Ella tenía ya preparada la actitud y las palabras. Cruzó las manos sobre el halda, miró fijamente al inspector y dijo:

—Me propuso que me acostara con él.

Las miradas de los allí reunidos, sin excepción establecieron complejas asociaciones de ideas entre los diez millones que Conesal le había dado por no escribir una novela, su aspecto físico de dama guapa pero demasiado maltratada por la maternidad y la propuesta de fornicación a cargo de un hombre que podía pagar diez millones de pesetas a condición de que no escribiera una novela.

—Naturalmente le dije que no.

—¿Dónde se produjo ese ruego y esa negativa?

—No fue un ruego. Fue una zafia orden, como

si lo diera por hecho. Pasó casi sin transición de pedirme ver una foto de mis hijos que yo siempre llevo en el bolso a pedirme que me acostara con él. Él estaba en una suite del piso veintipico, muy excitado, aunque su agresividad era meramente verbal y cuando yo me opuse taxativamente se calmó y me dijo algo a la vez enigmático e intolerable.

—¿Qué le dijo?

—*Menos mal*. Se limitó a decirme eso y a desentenderse de mí.

—¿Llevaba puesto el pijama?

—Por descontado que no. Si lo hubiera visto en pijama ni siquiera habría entrado en la suite.

—¿Cabe atribuir la excitación de Lázaro a un exceso de estimulantes? Creo que tomaba Prozac.

—El Prozac no produce esos efectos. Yo lo tomo porque tengo tendencia a las depresiones.

Ramiro se colocó frente a ella, mirándole a la cara cuando le preguntó:

—¿Sabía usted que su marido también se entrevistó con Conesal a lo largo de la noche?

No. No lo sabía. Y no era evidente que lo supiera o todo lo contrario. Con la misma estudiada perplejidad aceptó que el diálogo había terminado y no tuvo tiempo de cruzar ni una palabra con su marido que la sustituía en el interrogatorio y trataba de leer algo en su cara tensa. Ramiro captó la imposible comunicación de aquel cruce de miradas y nada más sentarse el ingeniero Roberto Murga, el marido varicoso, varón de azulado rasurado, preñador profundo, encorbatado con aguja de oro y mesador vigoroso de puños de camisa blanca con gemelos con iniciales, le espetó:

—¿Qué quería usted de Lázaro Conesal esta noche?

Tomó aire el ingeniero, arqueó las cejas y plantó cara al detective.

—Salir de dudas.

—¿Vio usted a don Lázaro antes que su mujer o después?

No sabía que su mujer se hubiera entrevistado con Conesal pero trató de disimularlo.

—Sin duda antes. Ella estaba muy nerviosa por lo excepcional de la situación. No sabía a qué carta quedarse. ¿Ganaba el premio? ¿No lo ganaba? Altamirano le había dicho que era el candidato mejor situado.

—¿Le consta a usted que su mujer se presentaba al premio?

—¿Cómo no iba a constarme? Mi mujer me lo consulta todo.

—¿Qué le respondió Conesal cuando usted le preguntó por sus intenciones sobre la novela de su esposa?

—Adoptó una actitud muy extraña. Se echó a reír y me preguntó por mis trabajos. Para qué compañía trabajaba. Cuánto ganaba. Si percibía tantos por ciento sobre presupuestos de obras. Que qué opinaba de la penetración de multinacionales extranjeras en la industria del cemento. Yo le dije que era un ingeniero de puentes y caminos al servicio del Estado y que por lo tanto cobraba un elevado sueldo pero dentro de los límites del alto funcionariado, habida cuenta de que estoy considerado, modestia aparte, uno de los mejores.

—¿No le aclaró Conesal sus intenciones sobre la novela de su mujer?

—La verdad es que no y salí un poco desanimado del encuentro. Por eso no le dije nada a Mercedes, perdón, Alma. Mercedes no soporta que la llamen Mercedes.

—Usted ha dicho que vio antes que su esposa a Conesal. Luego ella le contó que le había visto. ¿Qué le transmitió su esposa de esa conversación?

Probablemente diseñaba puentes y caminos velozmente pero mentía con lentitud.

—No recuerdo demasiado bien.

—En eso estoy de acuerdo, porque su mujer parece ser que se vio con Conesal antes que usted y no después.

Salió del sótano de su escasa aunque torturada imaginación.

—He de serles sincero. Yo no sabía que Alma y Lázaro Conesal se habían visto.

—¿Ha leído usted la novela de su esposa concursante al premio?

—Desde luego.

—¿Cómo es posible que la haya leído si esa novela no está escrita?

—¿Qué dice usted, señor mío? ¿Si no está escrita cómo es que...?

—¿Cómo es que su mujer ya ha recibido un anticipo de diez millones?

Mientras el ingeniero ponía en orden alfabético su sistema interior de verdades y señales de alarma, Ramiro cambió de tercio y Carvalho le aplaudió mentalmente. Aquel poli no era tan previsible como se había imaginado.

—¿Dónde le recibió Lázaro Conesal?

—En una suite.

—¿Iba en pijama?

—No. Pero me sorprendió su laxitud e iba vestido de una manera que no indicaba que estuviera a punto de fallar un premio tan importante. La verdad es que quedé muy aturdido, volví al salón y no me atreví a decirle nada a mi mujer sobre el encuentro.

—Ni ella a usted sobre el suyo. Secretos de familia.

La mano de Ramiro señalaba el camino de la puerta al tan alto como cabizbajo ingeniero y de allí brotó como una superestrella del marketing, el fabricante de sanitarios Puig, alegre como unas castañuelas nocturnas, con una ancha sonrisa de dentadura postiza y ademanes de fumador de puros capaz de repartir habanos a todo el mundo. Pero no llevaba puros en las manos venosas que ofreció a sus cuatro contertulios y como un contertulio más se sentó con la sonrisa puesta y la calva canosa al desnudo bajo la luz.

—¿De qué hablaron usted y Lázaro Conesal esta noche?

—Somos amiguitos. Muy amiguitos y quise pegar la hebra como se dice en castellano o *petar la xarrada* como se dice en catalán. Miren ustedes, mi maestro en managerismo fue un gran publicista catalán que se llamaba Estrada Saladich, que nos tenía dicho: Un negociante, contra lo que pueda parecer, es un ser humano y si llegas al ser humano, puedes hacer buenos negocios. ¿Me explico? Yo fui a ver a Lázaro y le dije: Lázaro, cómo estás, *maco*, porque teníamos tanta confianza que yo mezclaba palabras en catalán y él las entendía y se reía mucho. Le había tenido infinidad de veces invitado en mi finca de Llavaneras y era yo quien le había puesto en relación con el círculo más sólido del dinero catalán, no se crean, en Cataluña hay dinero, dinero repartido y sólido, pero en pequeñas cantidades, eso sí, entre gentes muy solventes. Y a Lázaro, aunque se le atribuía una cierta frivolidad financiera, le encantaban los empresarios pequeños, tenaces, sólidos, como yo. A cambio él nos daba información. Mira, Quimet, me dijo en cierta ocasión, la información se distribuye por círculos y esos círculos se van estrechando entre el más amplio que abarca a los que saben pocas cosas y el círculo más pequeño, que abarca a los cuatro o cinco que lo sabemos todo. Pues bien, Quimet, yo lo sé casi todo. Y a eso iba. Hablar con Lázaro era una delicia y estuvimos en plena cháchara mientras la gente aquí abajo venga sufrir y venga especular, si ganará zutano, si ganará mengano. A mí, de verdad, estas reuniones me aburren, a pesar de que yo he leído mucho, mucho en mi juventud. Yo me he leído la trilogía de Gironella sobre la guerra civil, más de cuatro mil páginas, cuatro mil ¿eh?, que pronto está dicho. Pero a mi mujer le encantan estos actos culturales porque ella sí es muy lectora y va a todas las conferencias y conoce a un montón de intelectuales que de vez en cuando me trae a casa y no es que me sepa mal, pero no tengo demasiada conversación con ellos. En general los intelectuales saben pocas cosas interesantes que afecten a la vida normal.

Casi no había respirado mientras hablaba a pesar de su edad, entre los sesenta y cinco y los setenta años, y tras tomar aire se predisponía a continuar cuando Carvalho intervino desde su penumbra.

—¿Qué información especial iba usted a buscar?

—Especial, especial, nada. Hablar por hablar.

Carvalho ganó la zona de la luz y puso cara de pocos amigos.

—¿Qué era tan urgente? ¿Qué era imprescindible que hablaran usted y Conesal esta noche?

—Urgente, urgente, es mucho decir. Lo cierto es que yo a veces he servido de puente entre el empresariado catalán y Conesal u otros hombres del dinero serio de la capital y todo el mundo sabe que la situación política del país es delicada. Sin ir más lejos, la suerte del gobierno socialista depende de los votos de los diputados catalanes de Convergència i Unió y esos votos son muy sensibles a lo que pensamos los empresarios catalanes de la situación política y de la política de alianzas.

—Es decir, que usted esta noche hizo de correo político.

—Yo soy apolítico ¿eh?, pero en cierto sentido sí. Habíamos hablado esta tarde, por teléfono, a última hora. Pero hoy no puedes confiar en los teléfonos, están pinchados o intervenidos vete a saber por qué grupo de espías públicos o privados.

—¿Estaba muy afectado Lázaro Conesal por su conversación con el gobernador del Banco de España?

Tanto Puig como Ramiro contemplaron a Carvalho con respeto.

—Veo que están bien informados. Sí. Fue una entrevista tormentosa, así me lo dijo más o menos en clave cuando le llamé desde el hotel, a punto de salir para este premio y quedamos en hablar de tú a tú, en un aparte. Como así hice.

—Lázaro Conesal estaba con la espada contra la pared.

—Peor.

El señor Puig se había vuelto conciso, sus ojos se habían achicado, su sonrisa ya era escasa y su esqueleto se había revertebrado.

—Y usted le dijo que los empresarios catalanes habían decidido retirar su apoyo al Gobierno, le dio la fecha concreta y él se lo agradeció mucho porque esa información le permitía jugar sus bazas.

—Tal vez sí. A partir de este momento no seré

tan generoso con lo que diga. Aunque hayan grabado mediante circuito televisivo mi entrevista con Conesal, recuerdo muy bien lo que dije y lo que no dije, porque me temía una encerrona típica de Lázaro. Lo grababa todo. Puedo comprometer a otra gente y al Honorable señor presidente del Gobierno de la Generalitat de Cataluña.

—Comprendo su discreción.

—Mi maestro, Estrada Saladich, solía decir: El hombre es esclavo de sus palabras y amo de sus silencios. ¿Me necesitan para algo más?

Carvalho pasó a Ramiro el expediente de la respuesta y éste volvió a encarecer el ritual de costumbre que Puig escuchaba con su sonrisa totalmente recuperada.

—Han sido ustedes muy gentiles. Tengan. Tengan.

Repartió sendas tarjetas de visita a los cuatro restantes pobladores de la habitación y se retiró tras una suave inclinación de chambelán de una corte improbable. Le siguió enérgicamente Ramiro y parlamentó con los guardianes exteriores y con el propio Álvaro. La señora Puig esperaba su turno, pero Ramiro parecía pedir un salto en el programa. Volvió con su verdad secreta y no la comunicó a Carvalho. ¿A quién habría elegido Ramiro como continuador de la lista? Si de él dependiera hubiera reclamado dos nombres, quizá tres, Hormazábal, Sagazarraz, Álvaro Conesal. No le defraudó el policía público. No estaba tan mal la policía pública. El «calvo de oro», el «asesino de la Telefónica», Hormazábal, calculador pero relajado a aquellas horas ya de la madrugada. Las dos exactamente. Sí, era socio de Conesal en algunos negocios, pero también tenía sus propias expectativas financieras y estaba en curso una separación de intereses motivada por dificultades previsibles en la situación estratégica de Conesal.

—¿Me lo puede usted traducir al castellano?

—Creo hablar en castellano, aunque quizá no en castellano policial.

—Eso será.

—En cambio suele entenderme el jefe superior de policía, con el que comparto campo de golf y conversación.

—Los jefes, sobre todo los jefes políticos, suelen ser más listos que los subordinados y juegan mucho mejor al golf.

Admirable, pensó Carvalho y le envió un aplauso mental a Ramiro.

—Bien. Lázaro tenía un grave problema de relación con el Banco de España. Era un estratega formidable, pero tal vez para tiempos más estables. En plena liquidación de la filosofía triunfalista de un Gobierno amedrentado por los escándalos de corrupción, el Banco de España no podía tolerarle un agujero de más de quinientos mil millones de pesetas en la entidad bancaria que regentaba.

—Usted es corresponsable de ese agujero.

—Ya no. Esta mañana, mientras jugábamos a squash, le he comunicado que me he ido desprendiendo de los lazos que me unían con su entidad financiera.

—Usted veía venir la catástrofe.

—Digamos que tenía menos motivos para autoengañarme que Lázaro. En cualquier caso él disponía de una capacidad de reacción personal, es un hombre riquísimo, pero habría de pasar por malos ratos porque el Gobierno no estaba dispuesto a hacer la vista gorda una vez más. No puede hacerlo.

—En la entrevista que tuvieron, Lázaro Conesal le reprochó el que le hubiera abandonado.

—Más o menos.

—Pero eso ya le constaba. ¿Qué más le reprochó después del encuentro con el gobernador del Banco de España?

—Estaba convencido de que parte de la información en poder del gobernador se debía a mis filtraciones. Craso error. El Gobierno tiene su propio sistema de escuchas y Lázaro debía saberlo porque él dispone de topos dentro de los servicios secretos oficiales. Incluso es posible que usted esté rodeado de topos dentro del cuerpo superior de policía.

Ramiro estudiaba a Hormazábal. El policía había aprendido a sostenerle la mirada, a fingirse tan entero como aquel ricacho de mierda y alcanzó un tono de voz tranquilo cuando preguntó:

—¿Qué tipo de amenaza le formuló Lázaro Conesal? ¿Qué sabía de usted?

—Nada que yo no tuviera bajo control.

El «calvo de oro» había salido del círculo del acoso y ponía un pie ante los del paseante Ramiro, obligándole a dar un paso atrás y ponerse a la defensiva.

—Usted comprenderá que cuando yo muevo un alfil pongo a cubierto al rey y a la reina.

—Pero él le amenazó.

—Digamos que me advirtió.

—¿Cómo acabó el encuentro?

—Civilizadamente. Me dio un plazo de una semana para liquidar todos nuestros vínculos. Yo le comuniqué que ya todo estaba en curso y apenas necesitaba tres días.

—No envidio sus vidas, no señor. Han de estar agotados, constantemente entre la excitación y la depresión. ¿Toma usted algún reconstituyente? ¿Alguna medicación?

—Una aspirina infantil todos los días y deporte. La aspirina infantil es un vasodilatador formidable. Eso es todo.

—¿Era Conesal tan austero como usted?

—No. Conesal no era austero en nada. Era un ansioso. Tuvo una etapa de cocainómano, aunque últimamente lo había dejado.

—¿Tomaba algún sustitutivo?

—Lo desconozco. No éramos íntimos.

Esperó Ramiro a que el «calvo de oro» se fuera para buscar compañía y consejo junto a Carvalho.

—Es imposible. Es imposible que un hombre tan astuto, receloso, informado como el Lázaro Conesal que nos describen no estuviera al tanto de las maniobras de su principal socio. No entiendo demasiado de estas marañas, Carvalho, pero ¿cómo es posible que en tres días se deshaga toda una trama de negocios comunes?

Carvalho asintió corresponsable de aquel razonamiento, pero ya entraba la señora Puig que no se correspondía a lo que Ramiro había imaginado tras la metáfora «la mujer del fabricante de retretes». La madurez de la señora Puig se deshacía en anuncio de vejez a pesar del evidente esfuerzo por conservarse bien y por vestirse como una vamp de película de Hollywood revival de los años cincuenta, la última década que produjo modelos de vamp.

—He de agradecerles el poder vivir una experiencia tan interesante. Esto es un interrogatorio, ¿no? A mi hijo Josep Maria le hicieron uno a comienzos de los años setenta, cuando estaba en la universidad y militaba con los marxistas leninistas. Fue terrible, pero muy emocionante. No habla mucho de aquella experiencia pero más de una vez me ha confesado que le sirvió de mucho. «A la verdad por el error», es su lema y ahora es el brazo derecho de su padre en los negocios y además un hombre interesado por todo, que quizá algún día pueda meterse en política, presidir la patronal. ¡Qué sé yo! Me encanta la gente joven y eso que mi hijo ya está por encima de los cuarenta, aunque me ven a mí y, ¿verdad que no se lo creen? Sean amables, por favor.

—Desde luego, señora.

—Asombroso, señora.

—Desde luego.

Se sumaron los dos subalternos a la iniciativa de Ramiro y sólo Carvalho permaneció en silencio aunque adoptó una expresión amable por si la dama le miraba. Le miró.

—Usted esta noche se vio con Lázaro Conesal.

—¡Dios mío! ¡Me han descubierto!

Rió cantarinamente y miró maliciosamente a todos los presentes.

—Adivina, adivinanza, ¿qué buscaba la señora Puig en la suite privada del señor Conesal? Caballeros, porque ustedes son unos caballeros, ¿y mi reputación?

Ramiro no contestó, pero mantuvo la seriedad en su rostro como un referente para que la señora Puig lo tomara en cuenta.

—Bien, comprendo que a estas horas de la noche no estén para bromas. Fui a ver a Lázaro para pedirle una recomendación, así de sencillo. Yo creo que sería de justicia que ganara el premio un eminente escritor catalán, Sagalés, un joven escritor genial, minoritario, que tal vez sólo podemos leer muy pocos, pero muy selectos lectores. Miren, y está mal que lo diga yo que pertenezco a una familia de industriales y comerciantes desde el siglo pasado, pero en Literatura y Arte lo bueno es lo minoritario. Hace muchos años, cuando García Márquez publicó *Cien años de soledad* lo leí y me maravilló. ¡Qué prodigio! Pero unos meses después me enteré de que había vendido trescientos mil ejemplares. Tate. Si le leen trescientas mil personas ya no puede ser tan bueno. Y eso que conozco a Gabo y le he guisado más de una vez un *arròs amb fesols i naps,* un plato valenciano que le encanta.

—¿Qué le contestó Conesal?

—Debía de estar de mal humor o de demasiado buen humor, porque a veces los extremos se tocan. Me dijo, ¿Sagalés? ¡Ah, ese chico cuyos protagonistas tardan veinte páginas en subir una escalera! Me pareció una *poca soltada,* qué quieren que les diga.

—¿Una *poca soltada*? ¿Qué quiere decir eso?

—Una chorrada —tradujo Carvalho desde su penumbra.

—¿Es usted catalán?

—Vivo y trabajo en Cataluña.

—Entonces es usted catalán y se lo digo yo que me llamo Borrell de primer apellido y Riudetons de segundo y mi marido Puig Llagostera y todo así hasta el siglo yo qué sé.

—¿No le dijo nada más Conesal?

—La verdad es que lo encontré algo desatento, él que siempre era un amor de persona, con prisas para no sé qué y sorprendentemente desastrado. Otra *poca soltada.* ¿Cómo se puede fallar un premio con el aspecto aquel tan horrible que tenía?

Y ya desde la puerta quiso contestar su propia pregunta, pero no se le ocurrió nada y se llevó la pregunta sin respuesta. A Carvalho empezaban a sonarle demasiados ruidos a lo largo del interrogatorio.

—Me gustaría debatir su interés por saber si estaba o no en pijama Lázaro Conesal. Comprendo que hay un antes y un después del pijama, aunque también se puede suponer un numerito de Conesal. Algunos le solicitaron audiencia, pero otros fueron requeridos por él. Bastaría fijar un horario y hasta ahora no lo hemos hecho.

—Hasta que no lo fije el forense no es posible utilizar ese antes y después del pijama. Algo llevaba en la cabeza Conesal con respecto al premio.

—Un premio del que no consta ningún original y en el que sí nos consta que financió una no presentación.

—Respete mi método, Carvalho. Yo voy interrogando y me suministran las piezas de un puzzle. Algunas piezas sobran y poco a poco voy haciendo la selección. Hoy quiero coger a los testigos en fresco. Mañana, Dios dirá.

Respetó Carvalho que fuera convocado Andrés Manzaneque, pálida flor anocturnada, marchita la rosa fulard en su garganta y ojeras moradas por el martirio de una ansiedad evidente en sus manos sudorosas y en perpetuo vuelo. En efecto. Se había presentado al premio respetando una cláusula privada que le exigió la escritora Marga Segurola: garantizar ante notario que sólo existía una prueba impresa de la obra y un disquete que se entregaba al mismo tiempo.

—Pero yo aún escribo con una Olivetti manual. Hay una relación rítmica entre el pensar y el escribir que puede traicionar el instrumento mecánico. Un procesador de textos es demasiado rápido y luego el ejercicio de corregir deviene perverso, distanciado, como si estuvieras esculpiendo una obra ajena.

—Usted se encontró con Lázaro Conesal en su suite. ¿Acaso le reclamó él?

—No. No pude resistir la impaciencia. Pasaban las horas. No se sabía nada. Salí para cazar alguna noticia y una florista me dijo que el estado mayor del premio estaba en la planta veintiséis. Allí me fui y casi por casualidad di con la suite donde permanecía Conesal.

Se le estranguló la voz y se llevó una mano primero al pecho y luego a los ojos.

—Perdonen que me emocione pero fue un encuentro tan humano...

La palabra humano provocó un cierto desmayo muscular en Ramiro, pero se rehízo inmediatamente.

—El señor Conesal estaba muy triste. Se estaba tomando una bebida que no pude identificar, pero no era la primera. Me dijo que era la noche más triste de su vida y utilizó una metáfora que me llegó al corazón: Manzaneque, puedo escribir los versos más tristes esta noche. ¿Comprenden? Es difícil que ustedes conozcan la procedencia de esta cita.

—*Veinte poemas de amor y una canción desesperada*, de Pablo Neruda —sentenció Ramiro y no pudo evitar buscar con los ojos la aquiescencia de Carvalho. La tuvo.

—Fue uno de los primeros libros que quemé en mi chimenea.

Carvalho consiguió concentrar la atención de todos.

—Es mi vicio. Quemo libros.

—¿Cómo es posible? ¿Cómo se puede quemar un libro?

—Primero lo destrozo y luego lo quemo.

Era algo más que desprecio lo que expresaba la mueca de Manzaneque y los demás trataban de resituarse en el mundo y en la habitación.

—Dejemos de lado las aficiones del detective Carvalho y cuéntenos los términos de su participación en el premio y de su conversación con el señor Conesal.

—Fui invitado a presentarme al premio. Yo ya tenía casi acabada una novela sobre el desencanto de la generación X vivido por un joven poeta de mi edad que decide dejar un lugar seguro en la vida cultural de su ciudad natal e irse a Madrid. Allí cae en la cultura del bacalao y las tribus urbanas, pero no lo vive desde ese desasimiento y contraliteratura de un Loriga o un Mañas o un Grasa. Yo respeto la tradición literaria, la herencia lingüística y aunque mi novela es de corte realista descarnado, reivindico el patrimonio de la lengua también para la generación X.

—Usted entregó esa novela.

—La remití por un mensajero a las señas indicadas y esperé acontecimientos. Hace un par de días supe que se me citaba a este acto e induje que yo era finalista, pero a lo largo de la noche la frialdad de la gente, el hecho de que no circulara ni un rumor me angustió primero, me deprimió después y finalmente provoqué el encuentro con Conesal. Miren. Ya no me importa ganar el premio o no. Todo lo vale ese maravilloso acto de sinceración que me ha salvado del suicidio, porque esta noche yo he estado a punto de tirarme desde el piso más alto de este edificio. Se lo he comunicado a Conesal y me ha dicho una cosa maravillosa, maravillosa. ¿A que te dan el premio Cervantes o el Nobel antes de que cumplas setenta años? ¿No crees que vale la pena cumplirlos? No. No ha sido por el premio, pero ese efecto distanciador de la promesa de futuro, de la esperanza de futuro, del futuro como esperanza, me ha devuelto el ánimo.

—¿Le dijo algo de su novela el señor Conesal?

—Mi novela se titula *Reflexiones de Robinson ante un bacalao* y Conesal se ha limitado a decirme que le ha parecido una espléndida tensión dialéctica entre dos momias: la de Robinson, el joven que llega a Madrid, Robinson Borgia para ser más exactos y la del bacalao salado, metáfora de la cultura del bacalao de la generación X, esa que vive entre las ruinas de la inteligencia que jamás tuvo, en Costa Polvoranca. Cabal. ¡Qué percepción! De eso se trataba. Los dos a remojo de noche y de lágrimas, Robinson y el bacalao.

—¿Le dio esperanzas?

—Me dio el Cervantes —respondió Manzaneque iluminado, altivo, con los ojos llenos de lágrimas de gozo y generosidad. Ramiro no sabía a dónde mirarle y continuó el interrogatorio de lado.

—¿Le ha sorprendido algo en su diálogo con Conesal?

—Me ha sorprendido el amor.

—Claro. Es lógico. Pero le ha dicho algo el señor Conesal que pudiera traducir un estado de ánimo inusual, temor, angustia, amenaza. ¿Iba en pijama?

—No me di cuenta. Creo que no. Sólo le diré que cuando me he ido le he besado la mano.

—Eso es todo. Puede marcharse.

El amante del whisky penetró con una parsimonia controlada, evaporado el whisky sin dejar otra huella que el enrojecimiento del blanco de los ojos. Explicó en seguida el motivo de su evidente satisfacción.

—Un hijo de puta menos. Si cada día desapareciera un hijo de puta de la envergadura de Lázaro Conesal, este país mejoraría mucho. Los pequeños hijos de puta no cuentan. Los que cuentan son esos que están en condiciones de hundir a los demás, sean quienes fueren.

—¿Con ese estado de ánimo se prestó a venir a la fiesta?

—He venido a poner esto.

Lo que parecía un vientre impropiamente abultado en aquel cuerpo magro se adelgazó en una décima de segundo, el tiempo que tardó Sagazarraz en sacar una salchicha de tela que fue desplegando sobre el suelo de la habitación. Una pancarta lo ocupó totalmente y podía leerse: *Lázaro Conesal es el enemigo público número uno*. Las letras parecían dibujadas por un profesional. El naviero las contemplaba satisfecho y asumía que los demás también, a pesar de que Carvalho le demostraba una cierta conmiseración que no tardó en comprobar.

—Muy mal ha de estar el capitalismo español para que vayan ustedes poniéndose pancartas.

—Sabía que esta pancarta le haría mucho daño esta noche. Hoy quería enseñar el rostro de mecenas y yo iba a joderlo vivo.

Ramiro indicó con un gesto que enrollara la pancarta y luego se la entregó a uno de sus auxiliares.

—Ya no va a necesitarla.

—No. Ni ese traidor tampoco. Ha hundido el negocio de los Sagazarraz después de todo lo que hicimos por él, sobre todo mi padre. Cuando le conocí no pasaba de ser un abogadillo que trataba de ser abogado técnico del Estado y estudiaba un master en Düsseldorf. Yo también seguía el mismo curso y me deslumbró, hasta el punto de que se lo recomendé a mi padre y allí empezó la carrera del brillante Lázaro Conesal, tramitando pedidos internacionales de nuestros barcos congeladores. Luego montó una serie de empresas de comercialización basadas en nuestros productos y en nuestro crédito, hasta que se sintió seguro de sí mismo y ya con la red montada se dedicó a la importación de mercancía de la competencia. Utilizó sus chalaneos políticos para importaciones ya de por sí en el límite de la legalidad y que luego la superaban plenamente con la complicidad de gentes de la administración perfectamente untadas.

—¿Cuándo sucedió eso?

—A fines de los años setenta.

—Han pasado casi veinte años. ¿Pretendía usted un ajuste de cuentas?

—El hombre es el único animal que tropieza dos y tres y trescientas veces en la misma piedra. Hace unos cinco años volvimos a encontrarnos en una regata. Él concurría con su yate y yo iba en el barco de unos amigos conserveros. Tenía una personalidad envolvente cuando quería y me echó los tejos. Luego comprendí que lo había hecho porque conocía la delicada situación de mi empresa, que no podía abordar el proceso de renovación de flota y de concentración que está exigiendo una competencia salvaje en la explotación de la pesca. Me hizo una oferta de ensueño: respaldaba un plan de renovación de utillaje y de absorción de navieras pequeñas con problemas, mediante créditos concedidos por un banco panameño en el que tenía una participación cualitativa. Es decir, el paquete de acciones que condicionaba un determinado bloque de poder frente a otro. Hicimos la operación y hace seis meses, cuando creíamos estar en la salida del túnel, resulta que el banco panameño ha quebrado, no tenemos dinero para hacer frente a los créditos y Conesal no sólo ya no tenía nada que ver con el banco sino que nos consta que nos metió en esta operación para hundirnos, en cambalache con otros navieros para eliminarnos como competencia. Tuvimos unas palabras hace dos semanas y me contestó cínicamente que si yo era tonto en 1978, ¿por qué habría de dejar de serlo en 1995? Me he pasado todo el día tratando de hablar con él, de encontrar una solución. No ha sido posible. Por fin me he decidido a lo de la pancarta. Quería tenderla en el momento en que Lázaro fuera a comunicar el fallo, pero ese momento no llegaba nunca.

—Y entonces usted fue a por Lázaro Conesal.

—¿Quién le ha dicho a usted eso? Yo no sabía dónde estaba. Además llevaba encima un colocón que me impedía pensar más allá de mi vientre abultado por la pancarta.

—Pero usted salió del comedor, según consta en los detectores pertinentes y trató de ver a Lázaro Conesal.

Fingía la estupefacción o estaba estupefacto.

—Yo sólo quería colgar la pancarta en el piso de arriba, colgando sobre el hall, para que todo el mundo la viera al salir del acto, pero esta mierda de arquitectura moderna no colaboró. No había manera de atar la pancarta a lado alguno y regresé al salón dispuesto a armarme de paciencia. Fue entonces cuando empezó a circular el rumor de que había pasado algo.

—¿No rebasó usted el primer piso cuando salió para poner la pancarta?

—No recuerdo bien. Creo que vagabundeé algo. Tal vez subí algún piso más, pero luego me centré en el primero porque era desde donde la pancarta era legible. La hemos hecho en familia. Mi mujer. Mis hijos y yo.

—Demasiado bien hecha.

—La chica estudia diseño gráfico. —Estalló en sollozos.

—Ha de superar esta depresión. Usted sabe muy bien que Conesal era un depresivo y tomaba medicación. Prozac creo que se llama el medicamento.

A Sagazarraz la observación de Ramiro le pareció surrealista.

—Yo me automedico con las mejores reservas de whisky del mundo.

Y salió de la estancia sin pedir permiso a los policías. Ramiro pensaba en voz alta:

—Estos tiburones disponen de sicarios para todo. Para espiar a sus enemigos. Para dar una paliza a alguien que se cruza en su camino. Para almacenar dossiers y sin embargo se reúnen en familia para hacer una pancarta, como si jugaran al palé o rezaran el Santo Rosario, pero ¿habráse visto?

—Realmente permanecemos muy lejos de los objetivos de modernidad. Han cambiado los estuches de las cosas, pero las cosas siguen siendo prácticamente las mismas.

Estaban tan de acuerdo Ramiro y Carvalho que parecía el final feliz de una película imposible y que además aún no había terminado. Como si fuera un lanzador mecánico de bolas para un entrenamiento de tenis o de béisbol, Álvaro ya les había metido en la habitación la sacristana, por los muchos latinajos que Carvalho le había detectado. Mona d'Ormesson tenía ganas de acabar cuanto antes, desdeñosa de que una conversación con policías pudiera establecer un vínculo de comunicación.

—Sí. Subí a ver a Lázaro. No tenía otro motivo que interesarme por la disposición de algunos asistentes al acto para suscribir una fundación que llevo entre manos.

—¿Benéfica?

—No. Cultural. Creo que hay una laguna muy importante en la cultura española y es el conocimiento de la generación de 1936 que ha quedado sepultada bajo el prestigio y la mitología de la del 27. Escritores tan notables como Barea, Vivancos, Rosales, Sender, Max Aub, de los dos bandos de la contienda civil, no tienen su generación y si en España un escritor no entra en una generación no existe. Lázaro era muy receptivo a estas ideas y admiraba mucho a un escritor prácticamente olvidado, Max Aub. Hablamos sobre Max Aub.

—Precisamente esta noche hablaron sobre un tal Max Aub.

—Sí. También sobre mis estudios sobre la materia órfica. Pero preferentemente sobre Max Aub.

La voz de Carvalho pasó a primer plano:

—¿Recuerda usted algún fragmento concreto de la conversación?

—¿Acaso es usted un especialista en Max Aub?

—No. Pero soy un especialista en conversaciones.

El enojo se convirtió en dos cejas dibujadas y arqueadas sobre los ojos exactamente redondos de la sacristana.

—Le he recordado que en la sala estaba el duque de Alba, ex jesuita, Aguirre de nombre cuando vestía de paisano, y como ya teníamos lo del 36 y a Max Aub entre manos, nos hemos solazado rememorando un fragmento de *La gallina ciega* de Max Aub, ese libro documento sobre su regreso a España, todavía la España de Franco y sus encuentros con la sociedad civil y cultural antifranquista o afranquista. Especialmente una conversación que sostiene con un joven jesuita progresista, partidario del padre Arrupe, que le dice: No se puede ser sacerdote si no se es hombre.

Sacristana tenía que ser.

—Es más. Ese sacerdote le cita a un cura guerrillero, a Camilo Torres, y hace una descripción de lo que debe ser un sacerdote que a Max Aub, deliciosamente y con esa mala leche que le caracteriza, le parece la descripción de un comisario político. De risa. Y Lázaro se reía con ganas. Mona, me dijo, yo quiero ser el comisario político de la Teología de la Explotación. Lázaro tenía mucho *esprit*.

—¿Iba en pijama Lázaro Conesal?

—¿Cómo iba a ir en pijama si estaba a punto de fallar el premio literario?

—¿Qué le hace pensar que tuviera el premio decidido?

—Me enseñó unas notas cabalísticas y un círculo que encerraba una palabra.

—¿Qué palabra?

—Ouroboros.

Era consciente del efecto desestabilizador de su palabra. Estaba radiante ante el desconcierto que presumía y les daba tiempo para que se recuperaran y acudieran en peregrinación reconociendo su ignorancia de funcionarios lerdos, necesitados de que ella les desvaneciese el enigma. Pero Ramiro se sacó del bolsillo de la chaqueta un papel doblado y se lo tendió.

—¿Era éste?

—Sí, éste era el papel. Aquí puede leer que pone lo que le he dicho: Ouroboros.

—¿Una charada?

Ramiro había rebuscado una palabra a su juicio importante, tan importante como ouroboros. ¡Charada!

—De eso nada. Una charada es un acertijo consistente en adivinar una palabra descomponiéndola en partes que forman por sí solas otras palabras.

Ouroboros es una palabra preciosa que traduce el mito de la serpiente que se muerde la cola y que encerrada sobre sí misma simboliza un ciclo de la evolución. Da la idea de movimiento, continuidad, autofecundación, perpetuo retorno. O también el encuentro fatal de los contrarios, el Bien y el Mal, para constituir el círculo de la vida. El día y la noche. El yin y el yang. El cielo y la tierra, relacionable con Urano el dios del cielo a partir del cual pudo engendrarse la tierra.

—Ouroboros. ¿Es una palabra gallega?

Chasqueó Mona la lengua contra los dientes y el paladar superior en prueba de desestimación y con voluntad de humillar a Ramiro.

—De gallega nada. Es una palabra de raíces griegas, *ouro*, que quiere decir, 'cola' en griego, recogida en el *Codex Marcianus* del siglo segundo después de Cristo y algunos especialistas en simbología la presentan como la variante emblemática de Mercurio o de Hermes, los dioses dúplex, de la doble conducta.

—Ouroboros. Ya tenemos ganador. O quizá Conesal había escrito la palabreja en un momento de euforia. ¿Le notó usted exultante? ¿Se había tomado su dosis diaria de Prozac?

—Él no sé. Yo sí.

Se explayó sarcásticamente Ramiro cuando Mona abandonó el lugar.

—La única serpiente que se muerde la cola es esta tía. Imaginaos casados con una mujer así.

—O que te salga así la suegra.

Rieron los policías tratando de relajarse, pero Carvalho no les aplaudió la gracia, sino que permanecía concentrado, tratando de penetrar en aquel círculo que unía los contrarios, como el Bien y el Mal y los continuaba, los concatenaba. Algo había querido decir Conesal con aquella elección de la palabra y el símbolo Ouroboros y se mantuvo en esta reflexión cuando la silla la ocupó el vendedor de diccionarios que confesó llamarse Julián Sánchez Blesa, ser el mejor vendedor del hemisferio occidental español, no sólo de Editorial Helios, su empresa, y ser natural de una pedanía cercana a Brihuega, por lo que tenía muy buena entrada con don Lázaro.

—¿Tan buena entrada como para facilitarle esto?

Ramiro le tendía el informe sobre Helios, S. A. y luego lo hojeó ante la reserva del vendedor, mostrándole los índices de ventas y tendencias del mercado del libro, para terminar señalándole la conseja que figuraba en la portada: Informe Confidencial. Al mejor vendedor de libros del hemisferio occidental español le temblaban las manos cuando tomó el informe, lo examinó y lo devolvió con el temblor aún más evidente.

—Yo no le di ningún informe a don Lázaro. Fue un encuentro de paisanos y de hombres de negocios porque he recibido un pedido de quinientas colecciones de libros de la editorial para la que trabajo, a un precio razonable, porque don Lázaro quiere enriquecer las bibliotecas de sus oficinas, tanto de las bancarias como de otros negocios que tiene.

—Había que hablar de eso hoy.

—Se amontonaban las horas. Me aburría. Me ha tocado una mesa de esnobs, sentía claustrofobia y me he dicho, ¿por qué no vas a ver al paisano?

—¿Por qué le invitó precisamente a usted?

Julián reconoció terreno seguro y se le paralizaron las manos y los codos que le ayudaban a mesarse la cara, el pelo, la nariz, el cogote.

—En mi editorial recibimos diferentes invitaciones, una por sección y la que llega a la de vendedores del hemisferio occidental suelo aprovecharla yo. Siempre. Hoy y cualquier otro día porque me van bien para relacionarme con escritores, editores, otros vendedores. Esta salsa a mí me favorece, me da ideas, me inspira campañas y argumentos de venta. Además, el presidente de mi editorial no contempla con buenos ojos los movimientos de Conesal hacia el mundo cultural, no quería aparecer esta noche ni tampoco que lo hiciera ningún representante de los sectores literarios y administrativos. De hecho yo soy el representante de Editorial Helios a todos los efectos.

Ramiro volvió a poner en las manos de Julián el informe y el temblor volvió a salir de su escondite.

—Abra la carpeta, por favor, y lea lo que pone en la primera página.

El vendedor se sacó las gafas que llevaba en el bolsillo superior de la chaqueta y leyó.

—«Para la estrategia de opa agresiva contra el grupo Helios.» Eso dice.

—Usted trabaja para el grupo Helios.

—Cierto.

—¿Qué resultado daría un análisis comparativo de estas notas manuscritas y su letra, señor Sánchez?

—Probablemente mi letra se parezca a ésta, aunque la mía es más descuidada. En cualquier caso no tengo por qué aceptar que yo le di ese informe a Lázaro Conesal.

—Usted visita a Lázaro Conesal. Alguien le mata y a continuación descubrimos en el lugar del crimen una carpeta que afecta a su editorial, con una nota manuscrita en una letra que se asemeja a la suya como una gota de agua a otra gota de agua. ¿Le parece absurda esta relación causa y efecto?

Ponía ojos astutos el vendedor y se había encerrado en su concha de galápago curtido en miles de visitas domiciliarias: «Tengo la solución para el problema del atraso escolar de su hijo. ¿Y cómo sabe usted que mi hijo tiene atraso escolar? Lo que importa es que yo tengo la solución, señora, ¿conoce usted la existencia de la *Gran Enciclopedia Temática Helios*?»

—No estoy aquí para responder a esa pregunta. No sé de qué causas ni de qué efectos me habla. Mucha gente puede demostrar que me unían lazos de paisanaje y podríamos decir que de amistad con Lázaro Conesal. El señor Conesal quería introducirse en el mundo editorial, más allá del dinero que ya había metido en publicaciones y cadenas de radio y televisión. Lo lógico es que se asesore por un experto. Yo soy el mejor vendedor de libros del hemisferio occidental español. Ahí sí hay una relación causa y efecto.

—¿Estaba Editorial Helios amenazada por una opa agresiva ejercida por el señor Conesal o algo por el estilo?

—No me consta. Opa agresiva imposible porque la editorial no cotiza en Bolsa. Pero es conocido que la editorial ha asumido demasiados riesgos de crecimiento y se habla de que está negociando un balón de oxígeno de inversionistas extranjeros. Sería lamentable que un importante grupo editorial español se viera penetrado por capital extranjero. No digo nada que no pueda leerse hoy mismo en el diario de información económica *Cinco Días*.

—Y si se metía Conesal todo quedaba en casa, ¿es ése su criterio?

—El de Conesal, sin duda, el mío me lo reservo.

Carvalho no quería alterar los avances de recomposición del puzzle tal como la tramaba Ramiro, pero todo le parecía excesivamente rutinario, se dejaba a los interrogados demasiado territorio personal donde poder mover sus recelos a la defensiva. Incluso una persona tan evidentemente segura de sí misma como Marga Segurola dejaba la cara ante ellos y se parapetaba tras una línea de seguridad desde la que contestaba vaguedades. En efecto, había acudido a una llamada de Conesal porque en cierto sentido ella era la responsable del montaje de la noche.

—Lázaro me había pedido consejo sobre la composición de los invitados. Se temía, como así ocurrió, un boicot de los editores y que este boicot arrastrara a los escritores de cada cuadra. No hay demasiados escritores nativos que repartirse. Apenas una docena son realmente comerciales y apenas cinco o seis, noticia. Lázaro lo tenía muy claro: quiero un escritor que sea noticia y que sea comercial, porque el público desea que cien millones de pesetas vayan a parar a un consagrado. Yo no era de la misma opinión.

—Supongo que de todo esto hablaron antes de esta noche. ¿Por qué entonces la solicitud de la entrevista?

—No veía claro ganador.

No parecía decir la verdad pero la percepción de Carvalho no parecía ser la de Ramiro que dio por buena la respuesta.

—¿Usted veía claro ganador?

—Ustedes sabrán quién ha ganado. Habrán hablado con el jurado.

—Tenemos una ligera idea.

La mujer salió de su línea defensiva. Las dos tetas anchas parecían dos pulmones situados por encima de la pechera de encaje de su vestido azul. Carvalho recordó de pronto un fragmento de la conversación entre Marga y Altamirano captado al comienzo de la noche.

—Usted podría ser la ganadora.

Toda la atención y la ansiedad respiratoria de Marga se revolvió hacia Carvalho.

—¿Podría serlo? ¿Eso es todo? ¿Acaso Lázaro cambió de opinión?

No le importaba ir demasiado lejos, porque creía que ese viaje la llevaba a ser la ganadora del primer premio Venice y casi todo le estaba permitido.

—¿No pensaba concedérselo cuando se vieron?

Ramiro había tomado el relevo de Carvalho. Su rostro incoloro, inodoro e insípido empezaba a inquietar a Marga pero ya estaba dando un salto mortal en el aire y no podía volver atrás.

—No. Me llamó para decirme que no me lo daba. Que encontraba la novela inmotivada. Que estaba muy bien escrita, cargada de buena literatura, pero que le parecía ya leída, una buena novela sobre el adiós a la infancia. ¿Cuántas buenas novelas se han escrito sobre el adiós a la infancia? Yo no estaba de acuerdo, pero él tenía la sartén por el mango. Me irritaba un poco el papel de juez supremo desde la seguridad que le daba que la novela fuera mía pero los cien millones suyos.

Carvalho reveló en el laboratorio de su memoria otro fragmento de la conversación entre Marga y el crítico.

—¿Necesitaba usted vender su obra por cien millones de pesetas? ¿No es una contradicción con respecto a lo que piensa sobre la relación entre dinero y buena literatura?

—Esa relación es comprobable en los demás. No tiene por qué serlo en mi caso. Yo le ofrecía mi carrera. Si ganaba perdería mi papel de Sibila literaria, esa reconfortante sensación de sentirme la Gertrudis Stein de varias generaciones.

—¿Llegó a ser violenta la conversación que sostuvieron?

—Conesal no se ponía nunca violento con los intelectuales. No lo necesitaba. Trató de comprarme. Me dijo que si no me daban el premio sabría cómo recompensarme. Y así quedó la cosa. Salí de la suite pensando que el premio no sería mío, pero ahora...

—No se haga ilusiones. Nada indica que usted pueda ganar, ni todo lo contrario.

—¡El muy hijo de puta ha sido muy capaz de dársela a ese académico insoportable!

—¿Se refiere usted al premio Nobel?

—Pensó en darle el premio al Nobel realmente existente, pero cuando le hizo la oferta le contestó que él sólo se presentaba a premios literarios dotados con doscientos millones de pesetas. Que ésa era su tarifa para premios de millonarios y medio millón para inaugurar mesas de billar. A Lázaro le hizo mucha gracia pero lo descartó. Consideró la posibilidad de prestigiar el premio y dárselo a otro académico. Conocía bastante bien a Mudarra Daoiz, uno de los académicos que había tocado para hacerse con un sillón de la Real Academia, más adelante. Lázaro tenía una gran ambición en el terreno intelectual institucional y estaba a un paso de que le nombraran miembro de la Real Academia de Ciencias Morales y Políticas.

Ramiro se sacó del bolsillo un frasco de Prozac que Carvalho no tenía inventariado. Se lo mostró a Marga.

—¿Gusta?

—¿Me invita a Prozac, como quien invita a un porro?

—Creo que es un estimulante de moda.

Ramiro sacó una cápsula, la sopesó en la palma de una mano y la lanzó bruscamente al interior de su boca abierta. Carvalho pestañeó pero Marga Segurola no.

—Con que académico de Ciencias Morales y Políticas.

La pregunta que se imponía no la podía contestar Marga Segurola. Ella esperaba la prolongación del interrogatorio, pero Ramiro pidió que pasara el académico Mudarra Daoiz y la mujer tuvo que dejar su puesto. Lívido y de habla lenta el académico informó que estaba al borde de la lipotimia porque muchas habían sido las emociones de la noche y no eran horas de acumularlas.

—Me pueden dar las tantas de la noche en mi laboratorio de palabras y ensueños, pero no en situaciones tan tensas, más allá de la vida, instalados en la muerte evidente de Lázaro Conesal. ¡Tanto infortunio!

Otro que hablaba en verso. Carvalho se sentía empantanado en tantas palabras.

—Hay serios indicios, señor Mudarra, de que usted podía haber ganado el premio esta noche.

—Podía, es cierto. Pero yo no envié mis naves a luchar contra estos elementos. Me he pasado toda mi vida escribiendo sobre la obra de los demás, detalladamente, detallistamente y al mismo tiempo escribía mi novela, la novela, desde la inocencia creadora del primer novelista y desde la sabiduría del último novelista. Era mi primera novela después de haber desguazado cientos, seleccionadas entre las más perfectas. ¿Quién como yo para conseguir ese ensamblaje entre lo primero y lo último?

—¿Ouroboros?

Pero la intuición de Ramiro no se corroboró.

—¿Qué dice usted?

—Ouroboros. Un símbolo. El de la continuidad.

—Quizá no me he expresado bien. Traté de exponerle al señor Conesal mi punto de vista sobre la conveniencia de que concediera el premio a alguien que representaba el sentido de la inmortalidad, un académico, un académico en el sentido real, de los pies a la cabeza. Pero probablemente el señor Conesal tenía puesta la intención en un ganador que conviniera a sus estrategias múltiples.

—¿Sospecha que diera el premio a alguien por conveniencia estratégica? ¿Estrategia política? ¿Económica?

—Se lo diré sin ambages. Creo que se lo quería dar a un catalán y no pienso decirle nada más. No puede obligarme a revelar lo que es una intuición, no una sospecha.

—Una intuición basada en algo.

—Claro.

—En algo que le dijo Conesal o que usted vio. ¿Llevaba pijama el señor Conesal?

—En efecto. Una curiosa manera de predisponerse a comunicar el fallo del premio mejor dotado de la literatura universal.

—Tal vez nos ahorraría usted muchas molestias a los demás y a usted mismo si clarificase lo que vio u oyó durante su encuentro con el señor Conesal.

—Se dice el pecado pero no el pecador. Por lo que vi puedo asegurarle que el señor Conesal estaba siendo la víctima, propicia, por cierto, de algo parecido al tráfico de influencias.

—Señor Daoiz, está usted a media frase de decirnos todo lo que sabe.

Suspiró el académico especialista en diminutivos en la prosa barroca y alejó de sí el aire, la ansiedad, la discreción.

—Una mujer estaba con él y Lázaro iba en pijama. No vi quién era pero vi la silueta de una mujer desnuda en la alcoba, a contraluz probablemente de la luz de la mesilla de noche.

—¿No vio quién era?

Dijo que no con los ojos, la boca firmemente cerrada, los brazos bruscamente cruzados sobre su pecho y se retiró tan débilmente como había llegado. Ramiro miraba y remiraba la lista de metáforas de Carvalho, como si dudara con la carta a quedarse. Beba Leclerq. Rubia y ojerosa, un poco ensanchada por la madrugada, en un dulce punto de maceración que hizo pestañear a Carvalho e impuso un elevado respeto masculino en la sala. Con la voz algo quebrada, Ramiro le expresó su pesar por la pregunta que se veía obligado a hacer, pero cuando la hizo la voz se había vuelto de acero.

—¿Son ciertas las insinuaciones de las revistas del corazón sobre los lazos sentimentales que la unían con Lázaro Conesal?

Beba cruzó las piernas y los ojos masculinos se volvieron cazadores por si se repetían secuencias cinematográficas o de desplegable de revista carnosa. Pero a Beba Leclerq le habían enseñado a cruzar las piernas desde que alcanzó la pubertad y las encabalgó provocando un sonido de tacto de precisión entre los dos muslos enfundados por las medias.

—Forma parte de mi vida privada y debo proteger mi intimidad. Soy una mujer casada. Tengo dos hijas adolescentes que este año participarán en el Baile de las Debutantes de Sevilla. ¿Usted cree que yo voy a entregarle, por las buenas, mi reputación?

—Usted se entrevistó esta noche con Conesal en su suite privada. ¿Acaso era usted una novelista candidata al premio?

—No. Ni siquiera escribo un diario.

—¿Qué motivo tan urgente le llevó a verse con Conesal en una circunstancia tan poco adecuada como el fallo de un premio literario?

—Éste.

Entre dos de sus dedos carnosos pero largos, culminados por dos uñas tan perfectas que parecían postizas, Beba tendía un papel de aspecto doblado y redoblado, como si encerrara un mensaje imposible de descifrar. Ramiro lo leyó y sin inmutarse lo dejó a media distancia entre Carvalho y el mecanógrafo, para que lo leyera el detective y tomara nota el policía subalterno: «Tus relaciones con Lázaro Conesal serán probadas ante tu marido. Recuerda. Hotel Tres Reyes. Basilea. Continuará.»

—¿Es un falso testimonio?

—Ni siquiera es un testimonio. Es una insidia. Una insidia que sólo ha podido salir del grupo que rodea a Lázaro. Es lo que he intentado meterle en la cabeza. Si hubiera sido una cosa de periodistas o lo hubieran publicado o el dueño de la revista nos hubiera vendido el favor de su silencio al precio que puede pagar Lázaro. Si esta insidia fuera fruto de una conspiración política con los servicios secretos por medio, la persona por acosar es Lázaro. Esta nota es una agresión personal a mí. Si se divulga soy yo la víctima. A Lázaro le aplaudirán y le pondrán una muesca más en su pistola de financiero que lo conquista todo, incluso a la mujer de Pomares & Ferguson, destacado miembro numerario del Opus Dei y posible candidato a la alcaldía de Jerez por el Partido Popular.

Carvalho asomó la voz:

—Ha dicho usted que había intentado meter en la cabeza del difunto señor Conesal la verdadera finalidad de esta nota. Que lo había intentado, ¿sin conseguirlo?

—La verdad es que no me hizo mucho caso.

—Por ejemplo, esta mañana él no quiso recibirla.

Beba no se dejó impresionar por el inesperado conocimiento de Carvalho y se replanteó el cruce de piernas con la misma precisión anterior.

—Ni ayer tampoco. Ni antes de ayer. Ni... Por eso he querido pillarle hoy.

—¿Cómo se desarrolló la entrevista?

—Difícil porque yo me puse histérica ante su cerrazón. No le importaba el asunto. Estaba muy preocupado por otras cosas y dijo algo que me impresionó: Están a punto de meterme en la cárcel, tratan de hundir todo lo que he levantado y tú me vienes con un problema de cuernos de película española de los años cincuenta que está moviendo la resentida de mi mujer. ¿No te das cuenta de que el anónimo te lo ha enviado ella?

Reapareció Ramiro:

—¿Qué le contestó usted?

—Que aunque fuera cosa de su mujer se trataba de una película española de los años noventa, de fin de milenio casi y que él y yo éramos los protagonistas. El odio de su mujer era temible. Tal vez compensaba lo mucho que le había querido y lo mucho que le había dado a Lázaro, desde que él empezó especulando con la poca o mucha fortuna de la familia de su mujer y con los Sagazarraz. Tanto a la familia de Milagros, los Jiménez Fresno, como a los Sagazarraz los ha dejado para el arrastre.

—Usted y su marido frecuentaban al matrimonio Conesal, es cosa sabida a causa de la prensa del corazón. Por lo tanto ustedes se conocían bien.

—Dentro de lo que cabe. Se trata de un conocimiento convencional basado en un vocabulario de doscientas o trescientas palabras.

—Puede saberse si usted y Conesal estuvieron alguna vez al mismo tiempo en el hotel Los Tres Reyes de Basilea. Ha pasado algo, señora. Han matado a un hombre y lo han hecho basándose en un conocimiento de sus costumbres, de lo que bebía, de lo que comía, de lo que tomaba para hacer frente a la presión que soportaba. ¿También usted toma Prozac?

—Mi marido, sí. Yo no soy depresiva.

—¿Tomaba Lázaro Conesal Prozac?

—Yo qué sé.

—¿Llevaba puesto el pijama Lázaro Conesal cuando se vieron esta noche?

El desconcierto había caído sobre Beba de repente, como si se le hubiera roto una línea interior de resistencia. Ramiro señaló una esquina del techo donde Beba pudo apreciar una minicámara de TV que podía estar captando lo que hablaban. Confusa e indignada aún recibió otra agresión moral de Ramiro:

—Todo el hotel está lleno de cámaras de televisión.

Beba suspiró rabiosa pero resignada.

—Bien. Sí. Llevaba pijama, pero puedo asegurarle que no se lo quitó, si es eso lo que le interesa.

—Tal vez no se lo quitó ante su presencia, pero hay evidencias de que tuvo relaciones sexuales poco antes de morir. ¿Sospechó usted la estancia de otra mujer durante su discusión en la habitación?

—Ni vi a esa mujer ni sospeché que pudiera estar allí mujer alguna.

Sito Pomares Ferguson caminaba como un torero irlandés rubicundo y con unos quilos de más. En cambio se sentó como un fardo, se llevó las manos a la cara y se echó a llorar. Respetó Ramiro sus sollozos e incluso el silencio que siguió, sin que el bodeguero retirara entonces las manos de la cara. Decía algo para sí, como una salmodia obsesiva y finalmente se sacó las manos de la cara y todos pudieron oír:

—Dios mío, ¿por qué me has abandonado?

Contempló a los cuatro pobladores de su calvario con una mirada comprensiva. Cristiana, pensó Carvalho.

—No pretendo que me comprendan. La incomprensión es providencial para que nuestro sacrificio sea más profundo. Oculto.

Ramiro no estuvo a la altura de la grandeza de Pomares Ferguson.

—Comprendo, y siento utilizar esta palabra, que usted quiera reservarse parte de su sacrificio para enriquecer su alma. Pero necesito que no lo oculte del todo. ¿Qué sacrificio ofreció a Lázaro Conesal esta noche?

—Fui a sacarle el diablo de dentro, pero no se rían, no se trata de exorcismos, sino de oponerle el testimonio de mi tranquilidad de espíritu. Me habían llegado rumores de unas supuestas relaciones de mi mujer con él y quise decirle tres cosas bien dichas. Que me daba pena que un hijo de Dios se pervirtiera, pero mucho más que lo hiciera desde la tibieza y la irresponsabilidad mundana. Te ofrezco, Lázaro, le dije, mi dignidad dc marido a cambio de que reconsideres tu actitud, salves tu alma y nosotros nuestro matrimonio.

—¿Qué le contestó Conesal?

—Se echó a reír.

—¿Y cómo reaccionó usted?

De nuevo se compungía Pomares aunque Ferguson trataba de recomponerlo, pero no pudo y estalló en sollozos mientras proclamaba entrecortadamente:

—¡Me cagué en todos sus muertos!

Evidentemente, juzgó Carvalho, aquel hombre proyecta el desequilibrio de su apellido compuesto a la inestable relación entre la forma y el fondo de su espiritualidad.

—Mis propósitos de apostolado interesado se vinieron abajo. No sé vencerme. El Fundador me habría contestado: ¿Acaso pusiste los medios? Estaba en juego mi honor, es cierto, pero ¿y el honor de Dios?

Cabeceó Ramiro demostrando una total convergencia con la pregunta que se hacía el bodeguero.

—En cualquier caso usted es un hombre que ha dado una prueba de entereza admirable. No sé qué hubiera hecho yo en su lugar. Lo confieso. Usted es una persona, por lo que sé, depresiva, que tiene que recurrir a los antidepresivos, como Conesal. Esto les unía.

—Sí. Lo habíamos comentado en alguna ocasión.

—Es decir, habían tenido un alto nivel de confianza.

—Así es. Hasta que descubrí lo que descubrí.

—La supuesta infidelidad...

—No. Nada de eso. Lo que incitó a cortar mis relaciones con Conesal fue su intento de penetración en mi empresa mediante la compra de las acciones de mi hermana Tota. Llegué a tiempo de impedirlo y me disgustó mucho que lo hubiera intentado sin comunicármelo, como si se hubiera aprovechado de nuestra relación para enterarse de dónde teníamos el talón de Aquiles. Mi hermana es una desgraciada que entra y sale de procesos de desprogramación de sectarismo religioso. Ni eso respetó Lázaro Conesal.

—No podemos pedir a todas las personas la misma estatura moral.

Ya se iba, recuperado el andar de lidia, cuando se volvió quiso dejar alguna luz en el ambiente.

—¿Otra caída?... ¡Qué caída! ¿Desesperarte? No: humillarte y acudir, por María, a tu Madre, el Amor Misericordioso de Jesús. Un miserere y ¡arriba ese corazón!

Costó desvanecer los vapores ligeros del miserere pero Álvaro Conesal había solicitado entrar para comunicarles que uno de los retenidos, el editor Fernández Tutor, había tenido un ataque de nervios y podía repetirse de no darle prioridad en el interrogatorio.

—Prepárense para el espectáculo.

Fernández Tutor había perdido el sitio de la corbata, de la raya del peinado, incluso había perdido la mirada y la medida de la voz, aunque trataba de contenerse y dominar la situación por el procedimiento de no tirarse al suelo que era lo que le pedía el cuerpo.

—¿Hasta cuándo, señores? ¿Hasta cuándo? ¡Tengo claustrofobia! No soporto ni un minuto más esta situación.

—Lamentamos mucho lo ocurrido, señor Fernández.

—Si me llama Fernández no sabré que soy yo. Me he llamado toda la vida Fernández Tutor.

—Disculpe, señor Fernández Tutor y tratemos de ser lo más breves posible. Váyase. Pero no al salón. Váyase a su casa. A usted no le necesitamos para una puñetera mierda.

Fernández Tutor estaba desconcertado y fue sustituyendo el ataque de nervios por el de indignación.

—Así que me paso aquí las horas más mortíferas de mi vida y todo para nada. ¡Ah, no! ¡Eso sería demasiado fácil!

No era amable el tono de voz de Ramiro.

—¿Prefiere entonces declarar?

—Claro. Inmediatamente. Breve pero inmediatamente.

—Bien. ¿A causa de qué se entrevistaron usted y Conesal esta noche?

—Soy editor de libros singulares, raros, mimados en todo el proceso de elaboración y estaba preparando colecciones selectas para el señor Conesal, que tenía un gusto exquisito y quería obsequiar a clientes o enriquecer el acervo de las bibliotecas de sus centros financieros y comerciales. Todo estaba un poco en el aire. Circulaban rumores sobre dificultades económicas terribles y me angustié.

—Después de la entrevista, ¿continuó angustiado?

—El señor Conesal me dijo: «Fernando, ponte a bien con los que van a ganar las próximas elecciones generales porque necesitarás subvenciones. Yo continúo en mi empeño, pero he de empezar a tomar posiciones. Descuida, lo nuestro sería lo último que dejaría caer.» Eso me dijo.

—Es decir, sí pero no, no pero sí.

—Exactamente.

—¿Que representaría para usted una pérdida de este proyecto?

—La ruina.

Tenía la gestualidad en desbandada pero había reunido la suficiente entereza para confesar la raíz de su angustia y algo parecido a una nube de agua asomó a sus ojos mientras la nuez de Adán subía y bajaba como un émbolo. Ramiro le invitó a marcharse con una excesiva amabilidad y así hizo el editor mediante unos pasos de punta a talón que trataban de transmitir la imagen de un aplomo excesivo para la situación. Suspiró Ramiro.

—No soporto los hombres descompuestos. —Comprobó de reojo el efecto de sus palabras. Añadió—: Tampoco soporto a las mujeres descompuestas.

A salvo de cualquier acusación de sexismo trató de relajarse mediante movimientos gimnásticos de anciano chino. Los dos policías se miraron socarrones pero nada exteriorizaron. Carvalho era implacable contra la gimnasia pero tolerante con los gimnastas.

—Hace un calor insufrible, pero no creo que sea por culpa de la calefacción. Las palabras calientan el aire.

Se llevó las manos a la boca a manera de amplificador y gritó:

—¡Marchando otro buitre! ¡Regueiro Souza!

Pero cuando Regueiro Souza se instaló en la silla el ambiente recuperó parte del hielo perdido desde la marcha de Hormazábal. El recién llegado les obsequiaba con la frialdad del que se dejaba interrogar por subalternos para ayudarles a cumplir con los deberes de subalternidad.

—Digamos que fui a ver a Lázaro porque apenas me había querido recibir durante el día, en una fase de despegue personal y de negocios que yo no tenía por qué tolerar. Además me interesaba por la suerte de una novela presentada, de un amigo mío, de hecho es una novela que yo le he inspirado, porque me gusta fabular a partir de las vidas que vivo y que viven los demás, incluso las que los demás viven en mí. ¿Quieren que les cuente el argumento?

Ramiro no expresó ningún entusiasmo pero se solidarizó con la tajante afirmación de Carvalho.

—Sí.

—Pues adelante.

—Es una novela sobre el mundo de los negocios. Entre banqueros y negociantes de rapiña, según el título que nos dedicó el señor Ekaizer. Una de esas aves de rapiña quiere desprenderse de su socio porque ya no le interesa en la etapa de crecimiento que vive en este momento. El rapiñero suele utilizar los dossiers sobre la vida privada de sus enemigos para chantajearles y dejarlos vampirizados en las cunetas de las autopistas de la modernidad. Consigue un dossier en el que se demuestra que su socio vive una doble vida sexual, esposo amantísimo y sin escándalos durante el día y homosexual de noche o durante los viajes al extranjero. Cuando más dura es la extorsión, el carroñero descubre que su propio hijo es uno de los amores del bisexual hombre de negocios y tiene que actuar en consecuencia. El chantaje se vuelve contra él y se suicida. Mi argumento entusiasmó a mi amigo novelista, escribió la novela, la presentó y yo quería saber si tenía alguna posibilidad de ganar.

Carvalho se trasladó a la zona de luz y Ramiro le dejó tiempo y espacio.

—El arte imita a la realidad.

Regueiro Souza asintió.

—¿Sus relaciones amorosas se parecen a las de la novela que usted ha inspirado?

—¿Se refiere usted a mis relaciones amorosas?

—Sí. A las reales. No a las noveladas.

—No sé si se da cuenta de lo que acaba de decir.

—Me doy cuenta.

—Si pone usted nombres posibles a los personajes de nuestra novela, ¿se da cuenta del resultado?

—Me doy cuenta.

—¿Pretende usted ir tan lejos como su ayudante?

Ramiro estaba en plena operación de poner nombres reales a los personajes de la novela imaginada, pero Regueiro le frustró poniéndose en pie.

—A partir de este momento considero que debo negarme a declarar nada, a no ser que se explicite mi condición de retenido y yo pueda reclamar la presencia de mi abogado.

Le dejó ir Ramiro con un ademán pero la voz de Carvalho le detuvo:

—Sólo quisiéramos que facilitara mínimamente la investigación con un dato.

—Soy todo oídos.

—¿Podría indicarnos el nombre del novelista concursante al que usted encargó la novela?

Regueiro sonreía de oreja a oreja cuando dejó el nombre en el aire.

—Ariel Remesal.

—Es de suponer que la novela la conozcan usted, Ariel Remesal y don Álvaro. ¿Alguien más?

Regueiro seguía dándoles la espalda y avanzaba parsimoniosamente para ganar la puerta.

—Se la di a leer a Milagros, la señora Conesal.

Ramiro le persiguió aceleradamente, le puso una mano en el hombro y le obligó a darle la cara con brusquedad.

—Prefiero que las personas me hablen con la cara no con el culo. ¿Por qué se la dio a leer a la señora Conesal?

—Quería que interesara en su lectura a su marido.

El rostro no sólo estaba maquillado, sino que era de una materia impenetrable. El policía le soltó el hombro y compuso un gesto de asco que tampoco inmutó al financiero. Fue sustituido por Ariel Remesal quien no se sorprendió cuando Ramiro le preguntó por su novela. Parecía alertado por Regueiro Souza y reveló que se presentaba con el seudónimo Ayax y el título *Telémaco*, aunque trató de minimizar el papel de Regueiro en el tratamiento de su novela.

—Es y no es un encargo. El argumento muy embrionario, apenas quince líneas, lo redactó él, pero mi trabajo ha consistido en convertir quince líneas de resumen argumental en una arquitectura narrativa de casi cuatrocientas páginas. Y no se trata esta vez de una escritura morosa, basada en la liberación de la masa verbal, para utilizar una paráfrasis de la liberación de la masa pictórica tal como proponía Kandinski. No. Es una escritura proteínica, proteína pura porque implica dar información sobre el poder del dinero que ha ocupado muy poco espacio en la literatura española. Somos tan primitivos que nos ha interesado literariamente el poder religioso o el político o el militar, pero el dinero, ¿qué lugar ocupa en la literatura española?

Carvalho tenía respuesta:

—Hay una excelente zarzuela dedicada al dinero.

—¿Puede saberse cuál?

—*Los gavilanes*. La historia de un indiano que vuelve a su pueblo y trata de conquistar el amor de una zagala gracias a su dinero. El indiano es el barítono. Afortunadamente el tenor es un idealista y desprecia su oro y se lleva a la chica al grito de guerra de: *Soy joven y enamorado / nadie hay más rico que yo / no se compra con dinero / la juventud y el amor.*

No soportaba bien la ingerencia Ariel Remesal y pidió con la mirada mudas explicaciones sobre la intervención del que consideraba un subordinado del inspector. Como Ramiro no le contestara e incluso parecía cavilar sobre el sentido profundo de la romanza del tenor de *Los gavilanes*, el escritor se enfrentó a Carvalho.

—Las zarzuelas son estúpidas. El reflejo sentimental y canoro de una España agraria. En esos versos que usted ha recitado hay más mentiras que palabras.

—No se lo discuto.

—Yo he escrito una novela sobre la encarnación del poder financiero, encarnación, es decir, lo he plasmado en criaturas de carne y hueso, con todas sus contradicciones.

—¿Ouroboros?

La intervención de Ramiro tampoco fue del agrado del escritor. No le gustaba que le interrumpieran.

—¿Qué dice usted?

—Es el símbolo de la continuidad, del pez que se muerde la cola o la serpiente que se muerde la cola.

—Si usted lo dice...

—Bien. Agradecemos todos, a estas horas de la madrugada, las disgresiones relajantes como esa zarzuela, pero estamos saturados de tiempo y ya quedan pocas personas en nuestra lista. ¿Sabe usted a qué lista me refiero?

—Tratándose de un diálogo con la policía no puede ser otra que la lista de sospechosos.

—No. Nada de eso. La lista de las personas que tuvieron contacto personal esta noche con Lázaro

Conesal. No se trata de inculpar a nadie, sino de ir creando un banco de información que pueda darnos una componente aproximada sobre lo ocurrido. Por ejemplo, ¿usted fue quien tuvo la iniciativa de ver a Conesal o fue al revés?

—Fui yo, por consejo del señor Regueiro Souza. Acababa de hablar con Lázaro y me dijo: Sube a verle que la cosa camina por el filo. No me dijo de qué filo, pero supuse que era el de la navaja. Normalmente estas frases hechas siempre son las mismas. Si me hubiera dicho: la cosa camina por el borde, lo hubiera interpretado como el borde del precipicio. Lógicamente.

—Lógicamente.

—Así es que me fui arriba. Allí estaba Conesal bebiendo y leyendo. Solo. Ni rastro de jurado. Ni rastro de premio. Además iba muy desastrado. Desconcertante. Le pregunté: ¿Oye? Pero ¿es que vais a dejar desierto el premio? Sonrió desde una cierta astucia y me contestó: Nada de eso. Pero ni siquiera lo que leía era un original, más bien parecía un informe de algo. Yo esperaba que abordara el tema de mi novela pero estuvo hablando de esto y aquello y me fui desmoralizando. Finalmente era yo el que tenía ganas de marcharme y él no se opuso, pero antes de salir me preguntó algo enigmático. Ariel, me dijo, la historia que cuentas en tu novela, ¿sabes a qué personajes reales encubre? Francamente yo no lo sabía. En ese sentido era responsabilidad de Regueiro Souza por ejemplo que la presión moral girara en torno a un chantaje por homosexualidad. Entonces empecé a atar cabos.

—¿Ya los ha acabado de atar?

Si a Ariel Remesal le había caído mal la primera intervención zarzuelera de Carvalho ahora le caía mal todo el personaje.

—¿Y si fuera así?

Carvalho pidió permiso a Ramiro para intervenir. El policía estaba cansado y se frotaba la cara con las manos, como si quisiera borrarse las facciones con un cierto odio. Sorprendentemente, Ramiro tenía facciones. De un manotazo, dio a Carvalho entrada de solista.

—Si fuera así, su novela podría ser leída como un instrumento de extorsión. Sospecho que el señor Conesal le advirtió de esta circunstancia y supongo que tuvieron una reunión movida.

—Si esto se convierte en un interrogatorio me lo tomo con todas sus consecuencias y sólo hablaré en presencia de mi abogado.

Ramiro le dejó marchar y empezó a dar vueltas por la habitación.

—Últimamente nos duran poco los entrevistados. O estoy cansado o me parece absurdo el sistema.

—Sabemos muchas cosas que no sabíamos y sólo nos quedan cuatro. Sánchez Bolín, el amante de los retretes, la borracha melancólica y el hijo de su padre.

—Sea.

Sánchez Bolín tenía los pies cansados de dar tantas vueltas por el salón recogiendo histerias y cábalas ajenas, tragándose las propias, así como se había tragado ingentes cantidades de pan con tomate que había repartido generosamente entre toda la clientela y personal de hotel tan posmoderno. También tenía los ojos y los oídos cansados, la atención fatigada, por lo que se dejó caer en el sillón como si fuera una patria.

—¿Qué le dice a usted la palabra Ouroboros?

—Es una de las infinitas palabras que no me dicen absolutamente nada.

—¿Se había presentado usted al premio Lázaro Conesal?

—Sí. Me he presentado bajo seudónimo con una novela de título provisional, *Las tribulaciones de un ruso en China*. Mi seudónimo, Mateo Morral.

—Usted es un escritor consagrado y por lo tanto no se habrá presentado a este premio a tontas y a locas.

—Usted lo ha dicho. Por eso me he presentado bajo seudónimo.

—¿Necesitaba usted el premio? ¿Por satisfacción personal?, ¿por dinero?

—Evidentemente, por dinero. Estoy en una edad difícil en la que me supone un escritor rico e indestructible, pero quizá por eso pronto se me retirará el favor del público que hablará mucho de mí pero me leerá cada vez menos, hasta mi muerte. Luego, probablemente en torno al 2015 o el 2020, alguien me redescubrirá y mis herederos recibirán sustanciosos derechos de autor, pero yo ahora debo afrontar la decadencia en las mejores condiciones. Los derechos de autor que he percibido son muy notables pero las cuentas están pronto hechas. Suponga usted que yo vendo cien mil ejemplares de una novela a unas tres mil pesetas, operación de la que yo percibo por término medio el diez por ciento. Con esa excepcional venta yo puedo ganar unos treinta millones de los que el fisco se me queda la mitad y para escribir esa novela y percibir sus beneficios globales yo paso tres, cuatro, cinco años. Repártalo usted por mensualidades.

Como Ramiro no se decidía a repartirlos por mensualidades, Sánchez Bolín se puso a hacer cálculos mentales.

—Seamos generosos con los lectores. Treinta

millones que se quedan en quince, a repartir en treinta y seis meses, es decir, en tres años. Sale una media de quinientas mil pesetas al mes, lo que da para vivir con dignidad, pero no para disponer de los ahorros suficientes para que una enfermera terminal te limpie el culo con una sonrisa en los labios y te diga: señor Sánchez Bolín, hace un hermoso día, los pajaritos cantan y las nubes se levantan.

—Pues si supiera usted lo que gano yo al mes...

—Pero usted por su mentalidad, por su supuesta mentalidad, se habrá rodeado de un entorno familiar convencional y no es éste mi caso. Yo soy solterón.

—Sí, pero a veces he pensado. ¿Qué va a ser de ti cuando no puedas trabajar? ¿Cuando no puedas valerte por ti mismo? Y además, debido a mi oficio, presencio la miseria humana y compruebo que los más miserables son los que más se enriquecen.

—Usted lo ha dicho. Igual le pasa a un escritor que contempla cómo puede hacer rico o pobre a un personaje y él se queda, las más de las veces, a dos velas.

—Eso no es justo.

Todo el mundo estaba de acuerdo en que no era justo y hasta los subalternos hacían sus cálculos sobre los quinquenios que constaban en su haber y la jubilación previsible.

—Además, en mi caso, acaba de entrar un nuevo manager editorial que se llama *Terminator* Belmazán que ha declarado la guerra biológica a todos los relacionados con la editorial que tengan una memoria histórica diferente a la suya. Para él la literatura española empieza el día en que él controla las cifras de ventas y devoluciones de la editorial.

—Pues si conociera usted a los jefes de personal que nos meten los del Ministerio del Interior... No tienen tampoco memoria histórica.

Carvalho, sabedor de lo que le gustaba a Sánchez Bolín era provocar situaciones al borde del absurdo, recordó los motivos de su asistencia.

—¿Le reveló el señor Conesal si usted era el ganador?

—Todo lo contrario. Me llamó y me dijo que no ganaba, pero me ofreció un contrato fenomenal para escribir una autobiografía de él. Es decir, de hacerme pasar por Lázaro Conesal y redactar mi supuesta autobiografía. Nunca he hecho una cosa así, pero la oferta era tentadora.

—Usted que ha fabulado tantas novelas policíacas...

—No es exactamente mi género pero se acerca.

—Bien. De todo lo que se ha especulado, rumoreado, de todo lo que ustedes ya habrán dilucidado en el salón, ¿qué conclusiones se derivan? ¿Quién podría ser el asesino?

—Me cuesta mucho encontrar a los asesinos en la vida real. En las novelas siempre sé quién es el asesino, como sé también que siempre es el mismo.

—¿Quién?

—El autor.

Aunque a Carvalho la respuesta le dejó caviloso, Ramiro la pasó por alto y ya recuperado de su angustia biológica y económica regresó a la investigación.

—Supongo que por tratarse de usted el señor Conesal le dio la negativa muy amablemente.

—Por tratarse de mí y de cualquiera. Conesal, no es que le haya tratado mucho, pero siempre era un hombre amable y razonablemente culto.

—¿Qué quiere decir razonablemente culto?

—Lo suficientemente culto como para conocer el nombre de las cosas inútiles y lo suficientemente práctico para hacerse rico a pesar de la cultura y de saber el nombre de las cosas inútiles.

—¿No observó usted nada que fuera sorprendente en el señor Conesal o en su entorno?

—La tristeza. El señor Conesal estaba hondamente triste y el premio parecía no importarle. Iba desaliñado. Yo tuve incluso una impresión más sorprendente. Como si no supiera quién iba a ganar el premio y como si no le interesara decidirlo. Al menos en aquel momento.

Así como Sánchez Bolín conservaba el sistema nervioso relajado, Oriol Sagalés mantenía el suyo como un árbol erguido pero tenso y una lengua demasiado empapada por el regusto del alcohol. Arqueó su ceja preferida y se predispuso a demostrar lo obvio, que era mucho más inteligente que quienes le interrogaban, aunque le inquietaba la presencia entre la penumbra de fondo de aquel experto en whiskies que había conocido en los servicios.

—Así como los fámulos del sistema, los periodistas, suelen acogerse al secreto profesional, permítame que yo me acoja a lo mismo. Si me he presentado al premio o no es cosa mía.

El policía mecanógrafo tendió el papel del fax a Ramiro y el inspector lo leyó con una cierta desgana.

—Oriol Sagalés. Tiene usted un curioso antecedente delictivo. Usted agredió en la librería Áncora y Delfín de Barcelona a un cliente y pretextó que la agresión se debía al hecho de que estaba comprando un libro titulado *Lucernario en Lucerna,* del que es autor usted mismo. Según consta en esta nota usted dijo que el autor es el único propietario de la obra y que cualquier aspirante a lector en realidad era un intruso en la propiedad ajena y un imbécil que trataba de vampirizar la inteligencia del autor.

—Exactamente. Yo vi cómo aquel indudable analfabeto compraba mi novela y al acercarse a caja preguntaba: ¿Está bien? ¿Me divertirá? Y aún habría podido aceptar tamaña usura mental, pero es que a continuación informó: Si no tengo un libro en las manos no puedo dormirme. Fui hacia él. Le advertí lealmente: Voy a pegarle dos hostias, señor mío. Y se las pegué.

—¿Y el agredido?

—Tenía una fuerza barriobajera y sin elegancia. Trató de pegarme una patada en los cojones y como no lo consiguiera me la dio en la espinilla. No sé por qué da usted tanta importancia a esa peripecia.

—Es sorprendente que un escritor tan exigente con respecto a lo que escribe y a quien le lee, se presente a un premio literario como éste.

—La plana mayor de la más quintaesenciada literatura española se ha presentado a esa horterada que es el Planeta, desde Juan Benet a Mario Vargas Llosa y ésos son nombres conocidos, pero me consta que se han presentado bajo seudónimo novelistas opuestos por el vértice a la filosofía del premio y de la editorial. Yo, de haberme presentado, lo habría hecho al más hortera de los horteras, es decir, al más caro. Ya me vendo barato cuando escribo necrológicas. ¿Quiere que le componga una necrológica?

—¿A santo de qué?

—¿Cuál es su gracia?

—Antonio Ramiro, inspector del Cuerpo Superior de Policía.

—Ha fallecido Antonio Ramiro, inspector jefe del Cuerpo Superior de Policía que supo conservar el desorden gracias a la ley. Su afligida esposa, hijos, familiares agradecen los testimonios de pésame aportados por toda clase de policías y chorizos de variada condición...

—Pégale una patada en los huevos, Tonio —recomendó uno de los policías comparsas hasta entonces silencioso, pero el propio Ramiro le instó a que siguiera en silencio mientras observaba a Sagalés como si le viera por primera vez.

—¿De qué habló con el señor Conesal esta noche?

—¿He de deducir que me han espiado?

—Este hotel está lleno de circuitos cerrados de televisión.

La palidez de Sagalés tenía tres dimensiones e incluso le pesaba en la cara hundiéndole las mejillas y las arrugas junto a los labios. Carvalho opinó:

—Debería usted leer más novelas policíacas.

—En las de Conan Doyle, que son las que me gustan, no hay circuitos cerrados de televisión. —Se puso la ceja en ristre y pasó al ataque—. Bien. Si lo saben todo podrán comprender que mi conversación con Conesal no fue demasiado agradable. Le dije que puesto que se follaba a mi mujer y yo no, lo menos que podía hacer era darme el premio.

—¿Qué relación tenía su mujer con Lázaro Conesal?

—Pregúntenselo a ella. Yo hablo por mí.

Un temblor en los párpados y los viajes que los ojos trataban de emprender para salirse ora por la derecha, ora por la izquierda fue descendiendo desde la cara a las manos pequeñas, aunque los dedos fueran largos y delgados, blancos, casi transparentes, una mano mal crecida.

—Su mujer también estuvo con Conesal.

—Me lo temía.

—¿No lo sabía?

Sagalés ya tenía las dos cejas en posición de vértices y de pronto se levantó del sillón para proclamar:

—Quiero confesarlo todo. Si necesitan un asesino de Lázaro Conesal, aquí lo tienen. Oriol Sagalés.

LÁZARO CONESAL salió del ascensor y se encaminó hacia su suite. Le pesaba la cartera. Le dolía el hombro. El pecho, donde una sustancia gaseosa pero que sin duda sabría a sal pugnaba por salir. La palabra intervención le ocupaba el cerebro, pero todo su cuerpo se orientaba hacia la finalidad de la noche: tomar una decisión sobre el premio de novela Venice. El gobernador del Banco de España le había tendido el documento en el que debía estampar su firma, enterado y recibí por el que quedaba sustituida provisionalmente la dirección del Consejo de Administración del banco y se designaban nuevos administradores. Si hasta entonces había desbordado al gobernador a base de argumentos y sentido del humor, el papel a firmar le situaba en el territorio del silencio, de lo inapelable. Se había preparado durante dos años para este momento y sabía cómo responder en las semanas sucesivas, pero de momento debía prepararse para cambiar de imagen y aparecer como el vencedor acorralado y desautorizado. El sistema le había dicho, negro eras y negro volverás a ser y en cuanto ganó coche sus oídos se cerraron para la argumentación esperanzada de los abogados y sus manos exigieron el teléfono móvil. El presidente del Gobierno no estaba. El Rey no estaba. Para desconcierto de sus abogados, llamó al Papa y Su Santidad no podía ponerse. Tampoco Jacques Delors el que había sido presidente de la Comunidad Europea. ¿A quién más no podría comunicarle que acababa de suspender uno de los exámenes más determinantes de su vida? A la ONU.

—Remedios, déme el teléfono privado de Butros Gali, el Secretario General de la ONU.

—¿A quién se refiere usted, don Lázaro?

Fue el momento escogido por el abogado para ponerle la mano sobre el brazo que sostenía el teléfono y decirle:

—Vuelve a España, Lázaro. A Madrid. A este coche. Enfríate.

—¿Más todavía?

Pero le pidió a su secretaria que no llamara a Butros Gali, desconectó el teléfono y se refugió en el muelle respaldo del Bentley como si fuera un colchón, una patria, para cerrar los ojos y vivir entregado y confiado entre coordenadas propicias.

—Me están acorralando. Y tratan de hacerme creer que soy yo mismo el que me acorralo, la serpiente que ha acabado mordiéndose la cola estúpidamente. Ouroboros. Probablemente le dé el premio a una novela que se ha presentado bajo seudónimo y titulada *Ouroboros*, me gustó mucho cuando la comencé porque hacía una clarísima transposición de un premio literario que el autor suponía se parecería al mío. Ya estaba interesado por la trama cuando decidí dejarla para el final e ir eliminando las que no me gustaban. Esta noche, cuando llegue al Venice me dedicaré a terminar de leer *Ouroboros*. ¿Sabes qué quiere decir?

—No.

—Es el símbolo del círculo cerrado, que puede entenderse como continuidad fatal o como fluido que pasa por todo lo que vive intercomunicándolo.

Me lo explicó una de mis asesoras, Mona d'Ormesson que es muy letrada, muy pedante, muy simbolista. Quizá yo sea un círculo definitivamente cerrado, pero no vacío. Este círculo está lleno y dispongo en él de informaciones como para dejar a toda la clase dominante, política y económica en la más puta miseria. Voy a poner un ventilador ante toda la mierda que conozco y aquí no se salva ni Dios, ni siquiera ese estúpido gobernador del Banco de España que obra al diktat de todas las mafias del poder y los señores del dinero. Estos socialistas de pacotilla se cagan ante los señores del dinero. He conseguido ser lo que quería ser para que ahora venga esa colección completa de derrotados a llevarme con ellos a su tumba política. Cuando pierdan el poder no serán nada y en cambio yo me reharé de esta puñalada por la espalda y bailaré sobre sus esqueletos de cabrones. Dentro de unos meses, cuando ganen las derechas, toda esa gentecilla aupada sobre los tacones postizos del poder político serán cesantes, miserables cesantes que deberán volver a su mediocre existencia anterior y muchos de ellos ni eso. Entonces los iré recogiendo con una pala mecánica y los tiraré al vertedero más asqueroso de Madrid o les iré metiendo billetes de cinco mil pesetas en la boca hasta que revienten y los saquen por el culo. ¿Con quién se creen que tratan? ¿Con un chivo expiatorio que quieren exhibir para demostrar que han abandonado las prácticas de corrupción? ¡Fijaos si somos honestos que hemos inmolado al financiero símbolo del capitalismo especulativo, Lázaro Conesal! Quieren llevarme a rastras con una cuerda atada a mi cuello para escarnio de las masas. Quieren dar carnaza a la chusma para salvarse ellos del linchamiento. No saben lo que les espera. Los tengo más fichados que al Lute y sé incluso si follan con preservativo o si se las menea un chimpancé.

El abogado fingía mirar el paisaje madrileño atardecido y sólo cuando las palabras eran demasiado crudas apretaba los ojos como si quisiera preservarlos de las imágenes que le entraban por las orejas. Conesal pasó entonces a la fase de dar instrucciones y el abogado aliviado fue tomando apuntes. Las citas a los socios afectados, los recursos previsibles quedaban en sus manos, pero Lázaro Conesal iba a poner en marcha aquella misma noche «El Radioyente».

—¿No es prematuro que empieces con «El Radioyente»?

—Tus recursos leguleyos sólo nos permitirán ganar tiempo. En cuanto veamos que realmente vienen a por mí y no se contentan con las medidas expropiadoras se van a dar cuenta de lo que vale un peine. «El Radioyente» debe tenerlo todo preparado. Por otra parte quiero hacer trizas a Hormazábal y a Regueiro Souza. Sobre todo a Regueiro que me está extorsionando de cintura para abajo.

—¿Qué quiere decir de cintura para abajo?

Cortó la curiosidad del abogado y le encareció que asumiera las consecuencias de una inmediata cita con «El Radioyente».

—En su calidad de jefe de seguridad y de personal puede hacer lo que le venga en gana. Quiero verle en mi habitación dentro de una hora.

—¿A quién? —preguntó Álvaro, que se había incorporado al grupo.

—«El Radioyente.»

—¿Un invitado?

—Eso es.

—Estuvimos repasando uno por uno los invitados.

—Pues no lo repasamos bien, Álvaro. Es un problema menor. Acostúmbrate a no malgastar ni palabras ni inteligencia con problemas menores.

—¿Cómo ha ido lo del gobernador?

—Fatal.

—¿No puedes explicármelo?

—Primero necesito explicármelo a mí mismo.

Y se metió en el ascensor dejando a Álvaro tenso pero con aquel rostro de hielo del que siempre hablaba su madre.

—Alvarito cuando peor se lo está pasando se mete en el iglú y se vuelve de hielo.

A medida que el ascensor le subía, más a solas se quedaba Lázaro con su angustia y ya en la suite, no sabía por dónde empezar. El Premio. Todo premio tiene un jurado y el jurado lógicamente ya debía estar reunido, cerrado a cal y canto, deliberante sin ninguna presión exterior, ni siquiera la de Lázaro Conesal, según habían pregonado los medios de comunicación y según repetirían mañana cuando fuera primera página el nombre del ganador y el título de la novela. A quince metros de su suite estaba la de los jurados y a ella se dirigió Conesal empuñando la llave maestra. Al abrir, los jurados fueron constatados en una fotofija que les describía expertos en llevarse canapés de caviar y salmón marinado a la boca, con una precisión de animales omnívoros de cóctel que les permitía capturar la presa a medio camino entre el sutil vuelo del brazo y el adelantamiento depredador del hocico, sin descomponer el gesto de personajes inteligentes, conscientes de que hemos venido a este mundo a hacer cosas más serias que comer canapés y beber champán Cristal Roederer.

—Hombre, Lázaro, dichosos los ojos. Nos has de informar sobre si fallamos el Nadal o el premio Loewe de poesía.

Zumbón estaba Bastenier el presidente del jurado, pero había cierta acritud, el reproche de Floreal Requesens, el prestigiado redactor de un Atlas de cuya sustancia Conesal no se acordaba.

—A medida que pasan las horas percibo en mayor mesura la incongruencia de formar parte de un jurado que ni siquiera sabe quién se presenta al premio.

—¿Les han pasado los resúmenes de las obras finalistas y la valoración crítica?

—Eso sí.

—Aténganse a ello y ya tendrán qué contestar a los periodistas cuando les pregunten si ha sido muy dificultosa la elección. Además, al día siguiente, el único que interesa es el ganador.

Floreal no estaba conforme.

—Si son ciertos los rumores sobre los autores que se han presentado será inevitable hablar de los que no hayan ganado. Este premio será más famoso por los que no hayan ganado.

Conesal se encogió de hombros.

—Todo premio se concede contra alguien o contra algo.

De uno de los bolsillos interiores de su americana sacó tantos sobres como miembros del jurado y los fue entregando uno a uno, sin atender el gesto de extrañeza con el que todos asumían el pago de sus servicios, del que ya tenían constancia pero que tomaban con dedos ágiles y el cerebro distante: ¿Qué hace usted? No sé si debo. ¡Ah! Pero ¿esto se paga? Algunos llevaban la teatralidad hasta el punto de rechazar el sobre levemente pero si Lázaro hacía el gesto de devolverlo a su lugar de origen lanzaban las manos como garras para apoderarse del estipendio, sin que los ojos testimoniaran avaricia. La avaricia iba por dentro, desde la íntima convicción de que el pagano era un ladrón de guante blanco, con la fortuna cimentada sobre un millón de muertos.

—Francamente, Lázaro. Nos aturde cobrar por no actuar de jurados.

—Tomadlo como una situación literaria —contestó Conesal a Bastenier y antes de dejarles con sus canapés y sus copas de champán, les recordó—: Cuando tenga decidido el ganador, seréis los primeros en saberlo. Hemos hablado repetidamente de la especial lógica de este premio. De mi lógica. No creo humillaros. Sabíais a qué jugabais.

—Por descontado, señor Conesal —le tranquilizó otro jurado que ya había metido el ojo por la ranura que sus dedos conseguían establecer en el sobre abierto.

—Todo acto cultural tiene su liturgia —dijo Lázaro al salir y les cerró la puerta desde fuera.

Anduvo los escasos metros que le separaban de sus aposentos, pero antes de meterse en ellos se asomó a la cristalera que perpetuaba el acantilado alzado desde el hall forestal. Empezaban a llegar algunos invitados y a vista de pájaro era imposible distinguirlos, salvo por el bracear o por la carencia de brazos. Los que avanzaban abriéndose camino con los brazos eran sin duda sus compañeros de camada y los que no sabían dónde poner las manos y generalmente las ocultaban en los bolsillos eran los intelectuales. Desde las alturas todos aquellos seres le parecían de su propiedad, convocados a una finalidad de la que él era el dueño absoluto, hasta un premio Nobel se había prestado a adornar su premio, un premio de Lázaro Conesal, el hijo de un fondista de Brihuega, de la mejor fonda de Brihuega, eso sí, y quizá de sus alrededores. ¡Briocenses! ¡Brihuegos! ¡Briocenses! ¡Todos! ¡Contemplad cómo maneja el mundo desde la cumbre de su pirámide de cristal el hijo del Inocencio y la Fermina! ¡Aquel joven estudiante que durante los veranos trabajaba de contable en las canteras de yeso y acabó dueño de todas las constructoras del lugar y de buena parte de la provincia de Guadalajara! Lo único importante que había pasado en Brihuega eran las batallas de la guerra de Secesión y de la Guerra Civil y el nacimiento de Lázaro Conesal.

Permaneció en su observatorio con la frente y las palmas de las manos adheridas al frío cristal, desoyendo la llamada interior de encerrarse a preparar el desenlace del premio, interesado por los andares de los recién llegados, por el juego de la adivinación de quién era cada andar. Y se dio cuenta que uno de aquellos andares pertenecía a Altamirano que ganaba el ascensor sin duda para remontarse y volver a presionarle. Lázaro Conesal se apartó del cristal y comprobó que el pretendido Altamirano venía a por él, retrocedió hasta la puerta de la suite, se metió dentro y oscureció la habitación. Se tendió en el sofá del living con el brazo doblado sobre los ojos y sonrió satisfecho cuando Altamirano ante la puerta realizó toda clase de llamadas.

—¿Lázaro? ¿Estás ahí?

Sí, estoy aquí tío plasta, pero no para ti. Todo lo que teníamos que decirnos ya está dicho. De pronto sonó una nueva voz más allá de la puerta.

—¿Qué está usted haciendo aquí?

Era la voz de Sánchez Ariño, de «Dillinger», y Conesal reparó en el tono amedrentado de la respuesta de Altamirano.

—Buscaba al señor Conesal.

—Si no le contesta es que no está. Además, yo voy a entrar en la habitación para unas diligencias.

—Lo siento.

—Si ya lo ha sentido del todo, váyase.

—Oiga, no es para ponerse así. ¿Quién es usted?

—El que puede decirle que se vaya.

Pasaron dos o tres minutos y Sánchez Ariño llamó con los nudillos y pronunció su nombre en voz queda.

—Don Lázaro, soy yo.

Conesal abrió la puerta.

—Le he alejado un moscón.

—Bien hecho.

Sánchez Ariño permaneció en el umbral sin atreverse a entrar, porque Conesal no había encendido la luz y había recuperado la posición horizontal sobre el sofá.

—Pase. Pase y cierre la puerta.

Así lo hizo el jefe de seguridad y permaneció en la penumbra hasta que sus ojos se acostumbraron a distinguir los volúmenes y sobre todo el de su yaciente patrón.

—Siéntese si distingue una silla o lo que sea, pero no encienda la luz. Lo que hemos de hablar prefiero hacerlo a oscuras.

—Estoy bien de pie, don Lázaro.

—Sea. De esto no ha de enterarse nadie, ni siquiera mi hijo. Álvaro desconoce las funciones reales que usted ejerce en mi organigrama. Necesito que usted deje de ser Sánchez Ariño y vuelva a ser «Dillinger» en los años en que estuvo adscrito a los Servicios de Información y le llamaban «El Radioyente». Recuerde que almacenamos montones de dossiers de los que ustedes componían a través de las escuchas y de los seguimientos de políticos, financieros, periodistas, escuchas y seguimientos de cintura para arriba y de cintura para abajo.

—Lo tengo todo a buen recaudo, don Lázaro.

—Pues ha llegado el momento de filtrarlo. Monte usted una operación de camuflaje para que los dossiers, tal como yo los seleccione, lleguen a los medios de comunicación según el plan establecido en su día.

—Lo tengo todo en clave, don Lázaro. En veinticuatro horas lo puedo tener todo a punto y los enlaces en cuarenta y ocho.

—Pues eso era todo. Bueno. Todo no. Quiero basura, mucha basura sobre Regueiro Souza. Caiga quien caiga. Quiero que salgan todos sus líos de pederasta y muy fotografiado. Quiero que toda España recuerde esa cara de mona quemada.

—¿Se encuentra usted mal, don Lázaro?

—¿Por qué lo dice?

—Lo veo muy en caliente, don Lázaro, y usted no es así.

—Mal no es la palabra. Gracias por su interés. Váyase.

—¿Quiere que le monte un servicio de seguridad en la puerta?

—No. Son muy pocos los que conocen la función de esta suite y he de bajar en seguida para recibir al presidente de la Comunidad Autónoma y a la señora ministra de Cultura.

Cuando «Dillinger» o «El Radioyente» se hubo marchado, Conesal recuperó la horizontal y la luz, pero la revelación de los objetos y de él mismo entre ellos le acentuó la depresión. Volvió a apagar la luz, a encenderla definitivamente y se fue hacia un sol burlón de hojalata situado a media pared que una vez desplazado dejó a la vista la puerta de una caja fuerte. Pulsó la combinación y la puerta se abrió como un tapón que liberara la presión ejercida por un montón de folios desde el interior, ni siquiera apilados regularmente. Cogió los papeles con las dos manos, leyó la primera hoja donde constaba el seudónimo del autor y el título provisional: *Ouroboros* y se disponía a sentarse en compañía del original cuando sonó el teléfono: La señora ministra estaba a punto de llegar, acompañada del todavía presidente de la Comunidad Autónoma de Madrid, Joaquín Leguina. Conesal se cambió de traje, recuperó una cierta compostura ante el espejo de un gran cuarto de baño lleno de bombillitas de camerino de superestrella y se fue hacia el ascensor para ganar el hall y la puerta donde apenas se apostaban periodistas y cámaras de televisión para captar la llegada de un presidente de la Comunidad Autónoma que acababa de perder las elecciones y de una ministra que las perdería en la próxima convocatoria de elecciones generales. Acogió a Leguina con inteligencia y respeto, debido a su condición de intelectual y a la ministra con la efusión que ella misma le demostró al besarle las dos mejillas.

—Es usted el ministro más guapo que conozco.

—Pues no habla demasiado en mi favor.

La ministra reía con franqueza y Leguina ponía cara de circunstancias. Les hizo los honores hasta la mesa, pasó por encima de una mirada dura de su mujer y dejó a las autoridades bajo el cobijo de Álvaro.

—Aunque te dejo bien acompañada, ministra. Mi hijo Álvaro. Acaba de salir del MIT y necesita una guía espiritual cultural mediterránea, como tú, ministra. Recuerda, Álvaro, que la silla es prestada y en cuanto se emita el fallo, tú a tu sitio y yo al mío.

—He ganado con el cambio. Los hijos de los hombres guapos son aún más guapos que sus padres.

—Los hijos de los hombres ricos en cambio tenemos menos dinero.

No le gustaba que Álvaro se hiciera el pobre porque nunca lo había sido, no lo era y nunca lo sería, pero debía desaparecer de la sala y recuperar su mismidad, molestada porque le seguía de cerca el detective privado contratado por Álvaro y de cuyo nombre no conseguía acordarse. Milagros le retuvo por una manga.

—He tratado de localizarte.

—Quien te oiga va a pensar que no dormimos juntos.

—Regueiro me ha hecho llegar una novela horrible. Está en juego el porvenir de nuestro hijo.

—Podía haberlo pensado él antes.

—¿No vas a hacer nada?

—Naufragio por naufragio me preocupa más el mío.

Hormazábal le salió al paso.

—Y de lo nuestro, ¿qué?

—¿Tú crees que es el momento?

Otros se cruzaron en su camino felicitándole o pidiéndole información sobre el ganador.

—¿Queréis conversación o saber el nombre del ganador? El jurado está reunido y me espera.

El detective privado se quedó en la puerta y Conesal se metió por el amplio pasillo de las boutiques dormidas camino de los ascensores del hall. Pero al pie del ascensor le esperaba el falso barman negro, Simplemente José, el hombre para todo.

—Quisiera hablar con usted sobre lo de mi hermana.

—Yo, no. Su hermana es una mujer adulta y ya le he dado toda clase de respaldos.

—Pero ella no quiere abortar.

—Es su problema.

El ascensor asolado era un refugio seguro que le llevaba a la añorada suite donde se esperaba a sí mismo, irritado por la obligatoriedad del teatro que había debido representar. Se quitó la corbata, los zapatos, la chaqueta y se tumbó de nuevo en el tresillo en busca de una postura que le permitiera reconocer a gusto su propio volumen y cuando ya la había encontrado percibió otra llamada en la puerta. Si era Altamirano otra vez le pillaba más entero y con ganas de echarle esta vez con su propia voz y manera. Pero en la puerta no estaba Altamirano sino una escritora con la que se había entrevistado hacía meses forzado por la presión de Marga Segurola: «Es la ganadora que te conviene, porque es el valor más antitético, tu otra cara de la luna. Figúrate, un ama de casa que escribe en sus ratos libres novelas que son casi pornográficas, pero de una gran dignidad de escritura.» Allí estaba aquella madre de familia escritora, con una pose de protagonista de novela de Gran Hotel, llena de vidas cruzadas y encuentros imposibles.

—Querido señor Conesal. ¿Soy inoportuna? No. ¿Podría concederme unos minutos?

Le abrió la posibilidad de apoderarse de la estancia y ella la aprovechó para dejarse caer grande y ancha sobre el sofá y taparse la cara con una mano para contener un sollozo. Pero se sobrepuso inmediatamente y ofreció los ojos húmedos pero valientes a la mirada desorientada de Conesal que realmente no sabía dónde mirar, ni dónde mirarla.

—Quisiera que usted me relevara el compromiso contraído.

—Perdone, pero no recuerdo.

—Usted me rogó que no me presentara al premio y me dio un anticipo a cambio. Lo interpreté como una genialidad por su parte, entonces, pero poco a poco me ha ido pareciendo una humillación.

—A los escritores más importantes de la Historia de la Literatura se les hubiera hecho un favor pagándoles para que no escribieran según qué cosas.

—Pero es que yo no le he hecho caso y he escrito mi novela. No. No es un título vacío entre las finalistas. Mi novela existe. Y es tan excelente, estoy tan contenta con ella, que puedo hacerle un favor por el simple hecho de que la considere como ganadora.

Si no interpretara el papel de escritora desparramada bajo el peso de su creatividad probablemente Conesal no se habría exasperado lo suficiente para preguntarle:

—Estoy calibrando qué favores podría usted hacerme a mí, señora. Y no acierto.

—Mi carrera literaria es limpia, sin concesiones. Nadie va a suponer que ha habido un cambalache. Mis novelas son productos auténticos, como mis hijos.

—Preferiría que me enseñara usted la fotografía de sus hijos que sin duda llevará en ese bolsito de mano.

—Tal como lo ha dicho usted suena a grosería.

—No sé por qué, ni siquiera le he propuesto que se acostase conmigo.

Se había puesto en pie movida por energías imprevistas y encendida abanicó la cara de Conesal con una mano abierta.

—Hubiera recibido una respuesta taxativa: No.

—Menos mal.

Entonces fueron sollozos como estampidos húmedos los que salieron de aquel cuerpo de walkiria ajada, previos a una carrerilla que la llevaba al infinito exterior donde se cruzó con un hombrón que parecía estar al acecho tras de la puerta.

—¿Cómo se atreve a hablarle así a mi mujer? Todo su dinero me lo paso por el sobaco. Es usted un grosero.

Era uno de esos varones preñadores y con mucha barba, de acusado mentón y tipo apolíneo.

—Váyase antes de que mi servicio de seguridad le saque a patadas. Mamarracho.

Aunque era más alto que Conesal se aupó sobre las puntillas para alzarse amenazador.

—No está usted hablando con un don Nadie. Yo soy un ingeniero de puentes y caminos.

—¿Cuánto gana al día? ¿A la hora? ¿Al minuto? ¿Sabe usted cuánto gano yo al segundo? Tanto que no puedo perderlo hablando con un novelista consorte. ¡Largo!

La indignación de Conesal se había convertido en furia que le hizo abalanzarse sobre el primer cenicero que encontró y lo lanzó con todo el impulso de su cuerpo contra el ingeniero de puentes y caminos. Se retiró el ingeniero sin cambiar el paso y Conesal se quedó dueño del campo, pero agitado y con ganas de cambiar de actitud y de piel. Se quitó la chaqueta, el corbatín, los zapatos, a manotazos. Recuperó el original de la caja fuerte y se dirigió al dormitorio con el fajo de folios en las manos y abrió un frigorífico excesivo para una suite de hotel. Se sirvió dos botellines de whisky con hielo y bebió la mitad del contenido del vaso de un solo trago. Recuperaba la normalidad cuando sonó el teléfono. Le pedía audiencia el señor Puig.

—Pásele el teléfono, por favor. ¿Quimet? De qué va la cosa. Bueno. Sube.

Contempló el fajo de folios y volvió al living para meterlo en la caja de caudales solar. Silbó una melodía y paseó a lo largo y ancho de las dos estancias, considerándolas un solo espacio, a zancadas cada vez más amplias y enérgicas hasta que le detuvo la llamada a la puerta. Quimet Puig era todo manos y ¿Qué tal? con las vocales abiertas hasta el infinito y su cordialidad de vendedor.

—¡Qué fiesta, chico, tú, es demasiado! Todo lo que montas es colosal, colosal.

—¿Una copa?

—No quiero más copas, tú, que luego vienen los sustos de la presión y mi mujer está a la que salta. No le gusta ser viuda, tú, qué quieres que te diga, con lo que me gustaría a mí ser viuda y rica.

Ya estaban sentados y la pierna de Conesal montada sobre la otra se movía incontrolada como dando patadas a la distancia que le separaba de Puig que divagaba sobre los invitados y sobre una entrevista que había tenido por la mañana con los Valls Taberner.

—Los dos a la vez, ¿eh? He podido con los dos a la vez.

—Quimet. Perdona, pero todavía he de ultimar lo del premio y me gustaría saber...

—Perdona, chico, es tanta la alegría que me da hablar contigo que se me había ido el santo. Bien. Tú sabes mejor que yo que la situación política está mal y que el Gobierno se aguanta por los votos de Pujol, por los catalanes, como vosotros decís. Yo estoy en condiciones de decirte casi la fecha en que se va a producir la ruptura y los socialistas no tendrán más remedio que convocar elecciones anticipadas. —No era todo el discurso preparado, pero Conesal siguió expectante, sin incitarle a que continuara—. Tú tampoco estás en un buen momento.

Conesal asintió con la cabeza.

—Pero yo soy de los que confían en tu capacidad de recuperación. Mira, chico, para serte sincero. Esta mañana los Valls Taberner no daban ni veinte duros por tu suerte y yo les he dicho: los que creáis que Conesal está muerto y enterrado os vais a quedar con un palmo de narices cuando comprobéis la buena salud que tiene ese cadáver. Así mismo se lo he dicho. Tal como te lo estoy diciendo, tú. —Conesal se lo agradeció mediante una sonrisa y un lento, melancólico cierre de ojos—. Me gustaría saber cómo quedan nuestras cositas, *maco*. Todo eso que teníamos entre manos.

Conesal le enseñó las manos.

—Eso queda fuera del capítulo de la intervención del Banco de España.

Puig parpadeó lo suficiente como para que Conesal supiera que desconocía la intervención.

—¿Habrá intervención?

—La habrá. Pero yo ya había puesto a salvo todo lo de la inversión hotelera de Cabo Sur y allí te están esperando miles y miles de agujeritos para que tú instales tus retretes.

—No es que desconfiara de ello, Lázaro, *maco*, pero vivimos tiempos difíciles y las apariencias engañan más que nunca. Para acelerar los trámites yo te he traído este compromiso escrito avalado por un acta notarial, porque hasta ahora todo eran palabras y nuestra amistad, seguro, quedará, pero las palabras son palabras.

Se sacó varios folios de una inusitada faldriquera que llevaba en el interior de su esmoquin lila.

—Lo firmaré con tu pluma, si me la dejas.

—Me cuesta más dejarte la pluma que la mujer.

A pesar de la aparente distensión, Puig no quitó ojo a la rúbrica de Conesal. Le entregó una copia del documento y se metió las restantes en el bolsillo de gala.

—Mira, me gusta Madrid porque siempre que vengo hago un buen negocio.

—¿Decías algo sobre la fecha exacta de ruptura?

—El 17 de julio, si Dios quiere.

—Creo que Dios querrá.

Conesal se sumió en cálculos mentales ante la mirada beatífica y casi cariñosa de Puig, S. A.

—No paras de pensar, Lázaro, es que no paras.

—Lo sabes de buena fuente.

—La fuente.

—¿Del propio Pujol?

Puig asintió. Se incorporó y posó su mano en la rodilla de la pierna levantisca del otro.

—Te dejo, chico, y cálmate. Ésta es tu noche. Esta noche serás como el Rey de Suecia. En cuanto a lo de las elecciones anticipadas, tú ya sabes que yo formo parte del círculo de empresarios de confianza de Pujol y hace tiempo que se lo decíamos: manda a hacer puñetas a los socialistas, Jordi, que ya ni te sirven ni nos sirven para nada. Ésos son unos muertos y unos gafes. No saben ni hacer trampas.

Ya a solas, Conesal recupera el original y consigue sumergirse en una lectura sesgada, cada página leída en diagonal, deteniéndose cuando le sorprenden alguna situación o frase. Pero no están dispuestos a dejarle a solas y esta vez es la voz de Hormazábal la que le impone la necesidad de verle inmediatamente.

—¿Por qué?

—Por razones obvias. Creo que todavía somos socios.

—Si tú lo dices... Sube.

Y Hormazábal se apodera del living y no le quita ojo al montón de folios que yace sobre una mesita de centro.

—¿Todavía leyendo?

—Leer una novela es lo más previsible que hay. Lees página sí y página no hasta la cincuenta. Luego te lees el final y vas avanzando la lectura, dos páginas sí, dos páginas no, para retomar el final. Ya está.

—Toda una teoría. Pero no es de novelas de lo que quiero hablarte. Corren ya informaciones, más que rumores, sobre el batacazo que te va a dar el Banco de España. Creo que es una información que deberías compartir con tu socio.

—Sospecho que esa información la dominas mejor tú que yo. El gobernador se ha demostrado tan conocedor de mis actividades que sólo gente muy próxima a mí podría haberle informado.

—¿He de ser yo, precisamente?

—¿Por qué no? Regueiro Souza, por ejemplo, se cae conmigo y con los socialistas. Pero tú te has salvado a tiempo. ¿Qué te han dado? Tengo una gran curiosidad por conocer el precio de mi cabeza, ¿qué te han dado a cambio?

—Los trueques nunca son tan nítidos. Tu cabeza ya no le importa nada a nadie y tu capacidad de maniobra tú mismo la has autoanulado pasándote de listo. Creo que te has creído un hombre de negocios de película o de novela.

—¿Te crees a salvo? En veinticuatro horas te puedo dejar para el arrastre.

Hormazábal ríe con discreta contención y prosigue el duelo de mordeduras visuales con Conesal.

—Si te refieres a tus famosos dossiers, los que pudieran afectarme, los tengo neutralizados.

Ahora es Conesal quien sonríe abiertamente,

pero los ojos de Hormazábal no vacilan, presienten un farol.

—¿Seguro?

—¿Qué?

—¿Que tienes mis dossiers neutralizados?

—Seguro.

—¿También el asunto de la ruina de tu cuñado, del hermano de tu mujer? ¿Cómo le sentaría a Alicia la evidencia de que su propio marido envió a la mierda y al suicidio a su hermano?

Hormazábal ha puesto la cara impenetrable y piensa. De momento no necesita responder con rapidez, pero Conesal es consciente de que tiene un buen bocado entre los dientes.

—Y si no te importa la que pueda armarte Alicia, ¿qué pensarán tus hijos que idolatraban a su tío?

Es un suspiro a presión lo que Hormazábal deja en la habitación al iniciar la marcha, dar la espalda a su socio y de cara a la puerta preguntar:

—Mis hijos tienen la inteligencia fría. Todos los jóvenes inteligentes de hoy tienen la inteligencia fría. Es una hornada. Pero, en cualquier caso. ¿Es negociable?

—Hoy no. Mañana será otro día. En cualquier caso arréglate como puedas, pero en una semana quiero ver tu nombre borrado de todos los documentos que todavía nos unen.

—Lo de mi nombre es fácil. Tú lo tienes más difícil. ¿De cuántos documentos te gustaría borrar el nombre?

¿De cuántos documentos le gustaría borrar el nombre? De ninguno. Le gustaba asumir su condición de vencedor acorralado y finalmente triunfador cuando todo el mundo quedara salpicado y la venganza de Lázaro Conesal pasara a la historia de las catástrofes morales del país. Una firma en un documento le separaba de un proceso lógico que empezaba a parecerle anticuado, necesariamente sustituible por la agresividad sin retorno. Le habían forzado pero se sentía a gusto en el nuevo papel. La novela que tenía entre las manos se convertía en una entidad abstracta irreal y empezó a tomar notas sobre cosas por hacer, junto a otros referentes a pasajes de la lectura. Escribió *Ouroboros* y rodeó la palabra con un círculo, pero a la puerta llamaba cualquiera y ahora se presentaba escotada, arrugada, policrómica, encantadora, la señora Puig.

—Dos minutitos, Lázaro, dos minutitos.

Pero fue un cuarto de hora de explicación de las virtudes de la novela de su protegido, un tal Sagalés, una novela que no se podía leer en diagonal porque siempre te parecía estar en la misma secuencia.

—Es una novela en la que los personajes tardan veinte páginas en subir una escalera y cuando orinan parece como si tuvieran próstata literaria.

No le había gustado el comentario a la Sociedad Anónima de Puig y tal como vino se fue entre caracoleos, supuestas complicidades, afinidades compartidas. Decididamente no seguía leyendo la novela y la depositó otra vez en la caja fuerte antes de contestar al teléfono. ¿Andrés Manzaneque? ¿Y ése quién es? Pero la situación empezaba a divertirle y animó alegremente al recepcionista.

—Que suba y a partir de este momento, hasta las doce en punto de la noche, que suba quien lo pida.

Manzaneque iba disfrazado de un escritor que le sonaba, le sonaba como escritor y como maricón inglés paridor de frases oportunas: Lo más profundo del hombre es la piel, por ejemplo. Manzaneque era más cursi que un guante. Cursi garabateó sobre la hoja llena de anotaciones y bebió su segundo whisky doble al tiempo que le ofrecía algo al joven.

—Esta noche sólo podría beber ambrosía.

—Puedo escribir los versos más tristes esta noche —respondió Conesal dispuesto a enfangarse en lo cursi y ya le esperaba el adolescente sensible con los ojos cerrados bajo el flequillo y los labios rosados que musitaron con voz de locutora de radio:

—Sucede que me canso de ser hombre.

—¿Y cómo es eso?

—También es un verso precioso de Neruda. Usted está triste. Yo también. Esta noche puede ser una gran noche. Me muero de impaciencia por saber si los reflectores proclamarán mi nombre: Andrés Manzaneque y el título de mi novela *Reflexiones de Robinson ante un bacalao*, ése es el título real, aunque usted la habrá leído con el título de presentación al premio: *La indefensión*.

—En efecto, así que usted es el autor de *La indefensión*. Está usted indefenso. Yo, también. Todos estamos indefensos.

—Nacemos indefensos —dijo Manzaneque con los ojos llenos de lágrimas.

—Morimos indefensos —cerró el círculo Conesal y respiró a fondo para sacarse del pecho la sensación de insoportabilidad de la situación, pero Manzaneque recibió el aire de aquel suspiro como la sustancia misma de la angustia.

—No puedo decirle nada, Andrés, querido. La deliberación del jurado es lenta, ardua. Sí puedo decirle una cosa. De poder decidir yo el ganador, me gustaría que fuera como usted.

Y Manzaneque se ha levantado y consigue asir la punta de los dedos de una de las manos de Conesal y se la besa, sin humedad, un beso seco y breve que no implica posesión, sino el roce de una caricia delicada.

—Ganar es lo de menos. Lo importante es haberle conocido. Esta noche pensaba suicidarme. Saltar desde lo más alto de este hotel sobre las calaveras de los invitados.

—¡Suicidarse pudiendo ganar el Cervantes en el próximo milenio!

Manzaneque le cogió una mano otra vez, se la besó sonoramente esta vez, la retuvo entre las suyas y nada dijo como despedida. Gilipollas, pensó Conesal en cuanto le perdió de vista, pero no se rió de él como se había prometido mentalmente, tal vez porque ya tenía en la puerta a Mona d'Ormesson que hablaba, hablaba sobre la necesidad de que él le recomendase sobre seguro quiénes podían cotizar en una Fundación sobre la generación de 1936, un proyecto perseguidor que la D'Ormesson exhibía cada vez que se veían.

—A propósito, Lázaro. ¿Qué te parece financiar un revival Max Aub? Se vuelve a hablar de Max Aub y creo que sería una excelente ocasión esta noche para anunciarlo. Además, fíjate que coincidencia, en la sala está el duque de Alba, ex jesuita y recuerda aquel fragmento tan precioso de *La gallina ciega*, cuando van a ver a Max Aub distintos intelectuales y uno de ellos, un jesuita, se presenta como una avanzadilla de la Teología de la Liberación. Genial la escena y me recuerda aquella máxima de Ovidio: *Quod nunc ratio est, impetus ante fuit*. Lo que ahora es razón, antes fue impulso. Te tengo que hablar mucho, mucho, mucho de mis trabajos sobre la materia órfica en los poemas primitivos ingleses. Me tienes muy abandonada, Lázaro. A ver, ¿qué has apuntado en ese papelito?

Mona recogió la hoja llena de apuntes y sus ojos se fueron hacia la palabra *Ouroboros* rodeada de un círculo.

—*Ouroboros*. Fantástico. ¿Te inclinas por esta novela? Ya te dije que el título tiene una significación simbólica suprema. ¿Por qué no abres la plica con vapor de agua? El seudónimo del autor también es prometedor: *El barón d'Orcy*.

—No me interesa saber quién la ha escrito.

—Pero tendrás que revelar el nombre. Un premio literario de verdad se concede con seguridad. Siempre se conocen los nombres importantes que esconden las plicas.

—Ya llegará su momento.

En cuanto Mona se marchó con sus andares de modelo algo fondona, Conesal llamó por teléfono y pidió la presencia de Julián Sánchez Blesa. El hombre llegó con la afilada nariz oliendo a derecha e izquierda, como si temiera una encerrona y dejó una carpeta sobre la mesa del living.

—No me parecía el lugar más adecuado.

—¿Eres el único representante de tu editorial?

—Entre los directivos sí.

—¿Un vendedor de libros es un directivo?

—Controlo toda la zona occidental de ventas.

—¿Qué te parece el momento para hacer una oferta de compra?

—La producción para librerías flojea porque hay mucha competencia, pero las ventas domiciliarias de libros gordos y caros, eso es un fortín. Te puedes beneficiar de las luchas internas por el poder y de lo que tú hayas podido enterarte por tu cuenta.

—Lo suficiente como para poder mover una pieza hacia el jaque. ¿Cómo se llama ese falso jaque que lo parece y que no es el mate?

—El ajedrez no es lo mío. Lázaro, por lo que más quieras, sé discreto. Temo que se sepa que tu informe lo he hecho yo.

—¿Te gustaría ser el jefe de ventas de un Gran Grupo Multimedia Lázaro Conesal?

—Coño, Lázaro. Qué cosas preguntas.

—Pero un grupo multimedia multinacional, capaz de proyectarse sobre varios países al mismo tiempo, de plantearse Europa y América como un mercado inmediato.

—Lo de América olvídalo de momento.

—En cada país latinoamericano, por más pobre que sea, empieza a haber un millón de ricos.

—Esos ricos no compran libros.

—Ya tengo el pie metido en diarios, cadenas de radio, televisión. Todo el poder se va a quedar sin cara si yo quiero quitársela. ¿Qué es el poder hoy día sin imagen?

—Tú sabrás, Lázaro. Pero no me comprometas. Me puedo ir a la calle.

—¿Qué ganas al año?

—Oscila. Treinta, treinta y cinco millones.

—Dinero de bolsillo. Si te despiden, yo te contrato y ese dinero que ganas al año lo das para obras de caridad.

—Lo sé, paisano, pero tú eres un jugador. Recuerdo las timbas de dominó en el figón de tu abuelo.

Conesal tomó el teléfono y pidió a su interlocutor que subiera Marga Segurola, luego se volvió hacia Julián falsamente interesado por la conversación.

—Tenías mala suerte. Siempre te tocaba el seis doble.

Siempre le tocaba el seis doble y al jovencillo Julián se le afilaba la cara y la ficha se convertía en negro objeto de manoseo que Lázaro controlaba para irle impidiendo el paso. Le vio marchar encorvado, no por el peso de la culpa, sino porque todos los Sánchez Blesa habían ido siempre encorvados, genéticamente condicionados por generaciones de cobijadores de cepas, los mejores de la comarca, requeridos incluso desde Valladolid y otros cultivos de la Ribera del Duero.

Marga Segurola no llegó encorvada, pero parecía una chapa sobre la moqueta, anhelante y extrañamente tímida.

—Te he llamado, Marga, porque creía que tenía un compromiso adquirido contigo.

—Que me dirías personalmente, antes de anunciar el fallo, si me dabas o no el premio.

—No te lo doy. Pero voy a compensarte. Tú y Altamirano me habéis ayudado mucho a este montaje y quiero que me asesores de ahora en adelante para abrirme camino en el mundo intelectual. Quiero montar un salón, a la manera francesa de comienzos del siglo diecinueve. Quiero que los intelectuales vengan a comer caviar, a beberse las mejores cosechas de champán y un día a la semana abriré mis salones para que los estudiantes de pintura puedan admirar mi colección de Arte. He leído en un libro que en la Rusia zarista había dos grandes coleccionistas que así lo hacían y cuando ganó la revolución cedieron sus obras a los museos públicos. Al Ermitage, por ejemplo.

—Uno lo hizo de buen grado porque era un rico de izquierdas. Se llamaba Mozorov.

—Un rico de izquierdas. ¡Qué horterada!

—Lázaro, ¿a quién le vas a dar el premio? Piensa que este premio puede nacer muerto si el ganador no lo llena. Llenar un premio de cien millones de pesetas no es tan fácil.

—Sea quien fuere el ganador no será el mismo después de haber ganado cien millones de pesetas y se paseará por el mundo envuelto por la mejor aura, la que emite el oro.

—Yo además soy una mujer. Un valor añadido que daría que hablar.

—Tú eres rica, Marga.

—¿Ahora vas a discriminar por la riqueza? ¿Le vas a dar el premio a un novelista de Caritas?

—Ya tienes el poder literario, ¿además quieres la Literatura?

—Yo sé cómo se escribe, Lázaro, y la mayor parte de escritores, no.

—Tú entras en mis planes, pero tu novela, no.

La noche prometía y la puerta a la otredad del Venice se había convertido en un horizonte lejano por el que se acercarían muchos forasteros en demanda de la gloria literaria o de la limpieza de honor como la que le exigía el señorito de Jerez, Pomares & Ferguson, con los brazos separados del cuerpo, las piernas abiertas, para aumentar su envergadura de supermán blando.

—Lázaro, vengo a salvar mi honor y tu alma.

Conesal no temía los ataques de cuernos. No era el primero que afrontaba en la vida y se limitó a esperar acontecimientos más allá del monólogo de Sito Pomares.

—Te ofrezco, Lázaro, mi dignidad de marido a cambio de que reconsideres tu actitud, salves tu alma y nosotros nuestro matrimonio.

Le pareció tan cómico que se echó a reír. Pomares apretó los dientes, hinchó las venas del cuello, cerró los puños hasta blanquear sus nudillos y gritó histéricamente:

—¡Basta! ¡Me cago en tus muertos, joputa!

Pero estaba roto por su propia histeria. Conesal

le dejó en el living, se encerró en el dormitorio y se tumbó en una *chaise longue* situada junto a una mesilla y una lámpara de pie para hojear el informe sobre el grupo Editorial Helios. Estaba alerta a la reacción de Pomares y oyó sus pasos alejándose pero no el de la puerta al cerrarse. La habría dejado abierta como en un acto de estúpida venganza. Para Lázaro bien abierta estaba, de par en par a lo que quisiera concederle la noche petitoria, la larga cola de los monstruos letraheridos. Y no le dio tiempo a solazarse con la situación porque el editor Fernández Tutor preguntaba ¿con permiso? ¿estás ahí, Lázaro? ¿puedes recibirme? Pero no esperó respuesta y apareció de pronto en el dormitorio como un huésped que se hubiera equivocado de habitación, de hotel, de día y allí se le cayó la audacia del cuerpo porque casi le temblaba la mirada cuando pedía disculpas.

—Lo siento, Lázaro. No sé si debía. Estaba la puerta abierta.

—No debías, pero ya que estás aquí, habla. ¿También tú quieres saber el nombre del ganador? ¿También tú te has presentado al premio?

—No, Lázaro, ya conoces cuán distante estoy de la vanidad de escribir. Mi propósito es salvar la cultura literaria en peligro por el canibalismo del mercado. Ya me conoces. Y de eso se trata. Tal vez te pille en un mal momento, Lázaro, pero quería decirte que podías contar conmigo, en estos momentos, precisamente en estos momentos.

—¿De qué momentos se trata?

—No quiero meterme donde no me llaman, pero se habla de tus dificultades económicas, de ese acoso innoble, innoble, Lázaro, lo digo aquí y donde sea necesario, al que te someten estos bastardos para salvar su propio culo.

—Gracias. Lo tendré en cuenta.

—Te hablo con el corazón en la mano. Nuestros proyectos editoriales, ¿recuerdas? Ahora son lo de menos. Supongo.

—Supones bien.

—Me partes por la mitad. Había puesto en este proyecto todo mi patrimonio, pero lo primero es lo primero.

—Yo de ti me pegaría al nuevo poder. Tal vez tengan ambiciones culturalistas, sin duda, las tienen. El poder necesita la cultura como las sepulturas las siemprevivas. Seguro que un proyecto como el tuyo...

—Como el nuestro, Lázaro, como el nuestro.

—Bien. Como el nuestro. Seguro que les interesa. Yo no me cierro de banda pero tienes toda la razón. No es el momento.

—No es el momento. Lo comprendo.

Pero no se iba. Y hacía pucheros. Y lloraba. Y los sollozos no le dejaban hablar con la respiración controlada.

—Para ti es calderilla. Para mí es la ruina.

—¿Y la belleza del intento? Tú mismo me has dicho muchas veces que la realización de cualquier sueño envilece el sueño. Tómatelo como un sueño incumplido y precisamente por ello maravilloso.

Se llevó consigo el sueño roto. Conesal estaba eufórico. La rotura de convenciones que le habían parecido fundamentales le producía una sensación de liberación. Podía hacer lo que quisiera. Pasar de Mr. Hyde al Dr. Jeckyll y viceversa sin pócimas ni motivos aparentes, ya no debía disimular ante nadie el profundo desprecio que sentía contra todos los que se consideraban alguien a base de ningunearle. Ni siquiera tenía por qué disimular que Regueiro Souza le repugnaba, le producía malestar físico que se hubiera introducido en su habitáculo con una mirada socarrona.

—¿Has leído ya la novela *Telémaco*?

—Lo suficiente para no considerarla.

—Haces mal, es de Arielito Remesal, un novelista seguro, de los que ya tienen su público. Además cuenta una historia verdadera de alta corrupción del dinero y el sexo.

—Me ha parecido una estupidez desde la página once.

—¿Y la doce?

—Ya no he continuado.

—Te la tendrás que tragar, Lázaro, como yo he tenido que tragarme la campaña de desprestigio con la que me has mantenido a raya o a tus pies durante estos últimos diez años. Eres un carroñero y acabarás comiendo tu propia carroña.

—Te voy a hundir, Celso, te voy a hundir.

—¿En qué sustancia? ¿En la miseria? Cuando se publique la novela de Remesal tú te hundirás en una sustancia peor. En tu propia mierda. —Y ya se iba cuando consideró que todavía no lo había dicho todo—. Le he dejado leer la novela a tu mujer. Tal vez ella pueda hacerte entrar en razón. Convencerte de que pases de la página doce.

—A todos los efectos, caiga quien caiga, nunca pasaré de la página doce y ándate con cuidado.

Lejos, lejos ya y ojalá que para siempre, la silueta perversa, amariconada y maligna de Regueiro Souza, Conesal decidió centrarse en la preparación de la ceremonia del Premio: «Señoras y señores, conceder un premio literario es mucho más que lanzar el nombre de un autor o proponer la lectura de un libro privilegiado. Significa escoger una acción creativa y ponerla en movimiento hacia sus receptores. En cierto sentido es participar en la misma creación. Si he dotado este premio con una cantidad inusitada no es porque considere que la creatividad tiene precio, sino porque sólo aquella creatividad que tiene precio se instala en el cerebro y en el corazón de la humanidad consumista. Muchas veces se ha dicho que el dinero no tiene corazón ni patria. Yo quiero que el dinero tenga corazón, cerebro y patria. El corazón que le lleva a procurar felicidad, el cerebro que le conduce a fomentar su propia necesidad y la patria de los inteligentes... ¡La Inteligencia!» Pero antes debía atar los cabos sueltos y pidió que subiera Sánchez Bolín, el escritor inasequible al desaliento que al decir de Altamirano se había pasado toda la vida persiguiendo la Literatura, sin que Altamirano se comprometiera sobre si la había alcanzado. Sánchez Bolín llegó con la corbata descentrada, los pantalones demasiado cortos porque había engordado y debía cambiar de altura del cinturón o de pantalones. Se subía las gafas con un dedo en busca de un lugar óptimo que no había encontrado desde que se puso gafas por primera vez. ¿Cuándo? Probablemente antes de la guerra. Antes de la guerra de Corea.

—La admiración que siento por usted me fuerza a comunicarle personalmente que aunque su novela me parece de las más estimables, no va a ser la ganadora. Por descontado que en ningún caso voy a revelar el secreto de su plica.

—Haga lo que quiera. Todo el mundo sabe que me he presentado. De hecho, ¿quién no se ha presentado? Todas las tribus se han presentado: los realistas, los ensimismados, los policíacos, los minimalistas, los umbilicales, los de la ruta del bacalao. Incluso se han presentado los que nunca se presentan.

—¿Necesitaba usted el dinero?

—Usted es la única persona que puede preguntarle a alguien si necesita cien millones de pesetas.

—Puede ganarlos de otra manera. ¿Qué le parece una novela titulada *Autobiografía de Lázaro Conesal*?

—Excelente título.

—Cien millones de pesetas y le doy una información, se lo aseguro, que nadie más puede darle.

—¿Debería dejarle bien a usted?

—Me basta con que me deje interesante y algo misterioso.

—Eso es fácil. Pero no podría aceptarlo si debiera dejarle como un personaje positivo. Usted no es un héroe positivo.

—Siempre queda el recurso del Dr. Jeckyll y Mr. Hyde.

—En eso soy un experto.

—¿Acepta?

—Cien millones de pesetas es una cantidad muy estimable, pero si usted le resta el diez por ciento de derechos de mi agente literario y el cincuenta y seis por ciento que me quita Hacienda, se me queda en muchísimo menos que la mitad. Por esa cantidad yo puedo escribir una novela de éxito con los personajes que quiera, no con usted.

—Serán cien millones limpios. Aparte el tanto por ciento de su agente y los impuestos.

—Lo consultaré con mi agente. Señor Conesal, no me tome por un escritor pesetero, pero es que estoy en esa edad tonta en la que se me supone un escritor instalado, casi rico, del que incluso la crítica habla bien, pero por cansancio, sin demasiado entusiasmo, como se habla bien de algo demasiado obvio. Puedo pasar por una época dura en la que se me retire el favor del público, que sin duda me será devuelto cuando me muera, pero no inmediatamente. Los escritores tenaces solemos pasar unas postrimerías en el purgatorio y luego nos resucitan los redactores de tesis doctorales o los hispanistas o los especialistas en ediciones críticas. Lo que nos va muy bien es que se cree una pequeña industria a nuestra costa a base de doctorandos, simposios, subvenciones para una revisión. No creo que a mi costa se consiga una industria vindicatoria póstuma a lo García Lorca, Joyce o Proust, para no hablar de esos chicos tan comentados como Shakespeare o Cervantes que tuvieron la inmensa suerte de vivir una Edad de Oro y eso es casi la garantía de eternidad. En cambio ya veremos quién lee, lo que se dice leer, al plasta de Joyce dentro de cincuenta años, cuando los lectores del futuro se muestren más descreídos que los de hoy. Nunca más se leerá con veneración y por lo tanto nunca más se escribirá con veneración. Por otra parte me ha salido un nuevo manager editorial, un Terminator, *Terminator* Belmazán, completamente convencido de que no hay escritor que treinta años dure y yo ya voy para cuarenta años de escrituras.

—Le contrato para nuestra novela y le hago la vida imposible a ese advenedizo, «Terminator». Si usted quiere compro la editorial y le echo a la calle.

—*Terminator* Belmazán es el nombre de guerra y huida con el que se le conoce en las editoriales.

Se iba rumiando la tentadora oferta después de haber imaginado ya algunas aproximaciones.

—¿Qué le parece si empiezo así la novela: «Me llamáis Lázaro Conesal desde hace demasiado tiempo...»

Pero le había quedado alguna duda enquistada y la expresó ya con medio cuerpo en el pasillo.

—¿Qué piensa hacerle a «Terminator»? ¿No irá usted a matarlo?

—Hay muchas maneras de matar.

—Es que si le despide de mi editorial le contratarán en otra.

—Tendré en cuenta el detalle.

Parecía marcharse satisfecho y Conesal se tumbó en la *chaise longue* del dormitorio hojeando el informe sobre el grupo Helios y jugueteando con la hoja donde había garabateado Ouroboros, a la espera de la próxima visita sorpresa. Del sombrero de copa del Venice salían fantasmas variopintos, convocados o voluntarios como Oriol Sagalés que entró en la habitación sin mirarle, como si no valiera la pena mirarle y farfulló palabras en un tono ofensivo que él le obligó a repetir.

—No he entendido lo que me ha dicho.

—Que ya que se folla a mi mujer podría darme el premio.

Conesal consideró que debía cambiar de actitud. Se levantó, se acercó a Sagalés y le lanzó un puñetazo que al ladear el otro la cabeza le dio en la oreja. El escritor dio un salto atrás y al ganar distancia compuso la defensa según el boxeo más ortodoxo, pero Conesal se lo tomó como una payasada y salió del dormitorio desentendiéndose de él. Dedujo que se había marchado por el silencio que le llegaba, pero cuando se asomó desde el dormitorio, Sagalés seguía allí, cabizbajo, con las piernas abiertas, las espaldas cargadas, los puños cerrados, el flequillo de envejecido joven colgándole sobre los ojos. Pasó a su lado rumbo a la puerta. Sabía dónde iba pero no se lo quería decir a nadie. Lázaro Conesal había empuñado el teléfono y Sagalés le dijo con la boca torcida:

—No llames a tus policías. No te voy a tocar. El médico me ha prohibido tocar mierda.

Pero Conesal empleaba el teléfono para pedir que rogaran a la señora Sagalés que subiera a verle. Laura llegó urgente, dramática, propicia. Se le abrazó y se besaron resucitando la gestualidad de una antigua pasión.

—Tu marido acaba de salir.

Laura se apartó de su cuerpo. Lo examinó a distancia como detectando las huellas del encuentro.

—¿Qué te ha hecho? Borracho es muy violento.

—Me he permitido pegarle un puñetazo.

Conesal apresó con sus labios la boca de la mujer sin permitirle opinar sobre lo que había ocurrido y ella se entregó a la caricia y después dejó que las manos del hombre le apresaran todo lo que sobresalía de su cuerpo, como si tratara de amasarla y recomponerla a su medida.

—Espera. Espera.

Pero él la empujaba hacia el dormitorio y le retiró el abrazo para dejarla caer sobre la cama mientras empezaba a desnudarse. Laura había reptado sobre el cubrecama para sentarse contra el respaldo y abrazar sus piernas dobladas con los brazos. Desde allí gritó:

—¡Espera! ¡Lázaro! ¡Espera!

Conesal estaba desnudo, pero la voz de la mujer le detuvo y le hizo sentirse ridículo. Se acostó a su lado mirando al techo, con un brazo como almohada y el otro alargando la mano que le permitiera cubrirse el sexo. No se atrevía a mirarla, pero sabía que ella le estaba contemplando con la antigua ternura y no tardaría en acariciarle el cabello como siempre y en decirle que siempre había sido un ansioso.

—Todo lo quieres en seguida.

—¿En seguida? Han pasado veinte años de lo nuestro. ¿Cómo puedes soportar a ese imbécil?

—He invertido demasiado en él. Tiempo. Dinero. Cariño. Compasión. Pero estoy harta. ¿Recuerdas lo que me pediste hace dos años, cuando me citaste en Bruselas?

—¿Fue en Bruselas?

Ella le pegó un bofetón suave.

—No seas grosero. Sabes perfectamente que fue en Bruselas. Entonces me llamabas de vez en cuando y me decías: Señora, tiene usted un billete en la terminal aérea con la clave... La espero el lunes doce en... Bruselas, Dakar, Colombo... ¡Llegué a ir a Colombo! Pero fue en Bruselas donde me pediste que me quedara contigo.

—Y tú me dijiste que él no podría soportarlo, que era como un niño, que se mataría.

—Entonces me importaba mucho.

—¿Ahora?

Ella no se dio tiempo a contestar y se desnudó diestramente para luego pasar sobre el cuerpo del hombre y besarle pequeñamente desde los ojos hasta los pies, dejando en el pene un roce que lo puso en erección y a ella alegre.

—¡Eres el de siempre!

—Soy Ouroboros, el mito de la serpiente que se muerde la cola, de la continuidad. Hoy me han dicho que la cultura del pelotazo y la economía especulativa se había acabado y que aquel huevo había generado serpientes como yo, pero que yo era una serpiente que acabaría mordiéndose la cola. El que así me hablaba era un mandado del gobernador del Banco de España, que desconoce el mito de Ouroboros, la serpiente que se muerde la cola, el símbolo de la continuidad. Aparentemente me estaba diciendo que en mi fin está mi principio, pero en realidad me devolvía a mis orígenes. Tanto morder a los demás para finalmente morder mi propia cola.

—¿Lo de la serpiente es una insinuación fálica?

Cabalgó su pubis sobre el pene erecto hasta decidirse a ser penetrada y se movió la mujer hasta el agotamiento, para caer rendidas sus humedades sobre las del hombre que la acogió como si se le desplomara encima una patria. Lázaro le acariciaba los cabellos, sobre la aprehensión de descubrir que tenía las raíces canosas, mal teñidas. Habló a la oreja de la mujer, quedamente:

—He tenido un día horrible. Vienen a por mí.

—He leído cosas.

—Voy a morir matando.

—¿Qué hablas de morir?

El rostro de ella estaba sobre el suyo, emergiendo de los cabellos desordenados, con el rímel corrido y los labios maltratados por los besos y los mordiscos.

—¿Mantienes lo que me pediste en Bruselas?

Tardó demasiado tiempo en contestar, el suficiente para que ella desmontara y se dejara caer a su lado.

—Retiro la pregunta.

—Claro que lo mantengo.

Pero tampoco el tono de voz era el que hubiera deseado y cuando se predisponía a ser más convincente le llegó una voz insidiosa desde la entrada.

—¿Don Lázaro? —Tras la voz unos pasos y otra pregunta—. ¿Molesto?

Conesal cogió precipitadamente un pijama de debajo de la almohada y se lo puso a la patacoja mientras clamaba:

—¡Un momento!

Lo tuvo justo para calzarse los zapatos y llegar a la puerta separadora del dormitorio del living justo para detener el avance de Mudarra Daoiz. El académico estiró el cuello para tratar de distinguir mejor la silueta de la mujer a contraluz que trataba de protegerse con el cubrecama.

—Teníamos una conversación pendiente, don Lázaro.

—Pero hombre, precisamente ahora...

—He tenido una idea que creo brillante y que puede solucionar el problema que sin duda le aturde. Todo premio tiene un imaginario. Decimos Goncourt, Planeta, Nadal y nos imaginamos una serie de componentes que connotan el premio. De la primera concesión del premio Venice depende el imaginario futuro. ¿Qué espera la gente?

—Lo ignoro.

—Un show. Un triunfador show. Un escritor consagrado al que usted habrá comprado por cien millones de pesetas. Yo creo que mi candidatura es justamente lo contrario. ¿Qué soy yo? La Academia. El representante del templo de la literatura. Un científico de las palabras, de la historia de las palabras. Premiarme significa ligar para siempre el imaginario del premio a La Literatura, con mayúsculas.

—La suerte está echada, señor Daoiz.

—¿Ya hay ganador?

—No es usted aunque reconozco los méritos de su novela.

Respiró profundamente el académico y se llevó una mano al corazón.

—¿Es usted cardiópata?

—No puedo asegurarlo, pero últimamente esta vieja máquina no marcha acorde con mis deseos.

—Hoy día el corazón es sólo un problema de fontanería. Yo tomo una aspirina infantil todos los días porque es un excelente vasodilatador que no causa molestias estomacales.

—Todo el mundo toma aspirinas últimamente. ¿Ha de ser infantil, precisamente?

—Son las más inocentes.

—Tendré en cuenta su consejo.

Despidió al académico hasta la puerta, pero no consiguió que se fuera inmediatamente.

—A propósito, está muy adelantado, don Lázaro, el proyecto de nombrarle Doctor Honoris Causa en la universidad en la que ejerzo. El rector contempla con entusiasmo tal posibilidad.

—Dígale que sabré corresponderle y atenderé con suma urgencia su petición de un Laboratorio Mediático.

—Don Lázaro. Los medios de comunicación se han convertido en la única realidad posible y todos vivimos dependientes de sus sombras, como los personajes del *Mito de la caverna* de Platón.

—Un referente muy oportuno.

Al asomarse al pasillo para verificar la marcha de Daoiz, creyó ver una falda acampanada de mujer que se retiraba buscando la ocultación. Quedó en el umbral esperando que se confirmara su visión y en cuanto el académico fue carne de ascensor, Beba Leclerq brotó de entre las sombras iluminada por sus joyas y su espléndida rubiez. Correteó sobre sus altos tacones para impedir que el hombre le cerrara la puerta, pero Conesal la dejó abierta y se contentó con meterse en el living para comprobar que estaba cerrada la comunicación con el dormitorio donde presumía la progresiva irritación acosada de Laura.

—Te he perseguido días y días. Eres un inconsciente. Mira.

Le tendía un papel redoblado que Conesal rechazó, pero que ella leyó en voz alta:

—Alguien lo sabe todo. Conoce incluso nuestro encuentro en el hotel Tres Reyes de Basilea.

—Podías habérmelo comunicado por teléfono.

—Me has dicho mil veces que tienes los teléfonos pinchados. Has de hacer algo.

Conesal aceptó el papel, lo desdobló y tras leer el contenido se lo devolvió a Beba.

—Es prematuro. Debe enseñar mejor las cartas. Además, intuyo quién puede ser.

—¿Quién?

—Mi mujer. Está menopáusica y me reprocha todo lo que le pasa, incluso la menopausia. Y si no es ella, cualquiera de la competencia profesional o política. Madrid es una ciudad infestada de informadores y yo tengo una instalación detectora de posibles escuchas que me hayan instalado. Aquí ni siquiera tolero que me observen desde mi propio circuito cerrado de televisión. No hagas caso del anónimo. Parece de película española de los años cincuenta.

—Si es de tu mujer más bien sería una película de los noventa. Pero imagina que Sito se entera.

—Sito está enterado. Ha venido a pedirme que me arrepienta.

Beba tenía que caerse en alguna parte y depositó todas sus esperanzas en el sofá del tresillo, pero Conesal le cerró el paso.

—Beba. He de vestirme y bajar a comunicar el nombre del ganador. Aplacemos esta conversación hasta mañana o hasta nunca. Tu Sito ya lo sabe, ¿qué puedes temer?

—¿Y mis hijas? ¿Cómo voy a mirar a la cara de mis hijas?

Mientras tanto ocultó su propia cara entre las manos y así salió seguida del silencio de Conesal que parecía impulsar su huida. Regresó el hombre al dormitorio donde Laura ya estaba vestida.

—¿Te vas?

Ella lloraba y siguió llorando mientras ganaba la salida.

—¿Qué te pasa?

—El hotel Tres Reyes de Basilea. Por lo visto te encanta el hotel. A mí también me citaste allí.

—Laura.

Conesal la retuvo y ella se dejó abrazar.

—Nos hemos acercado y alejado a lo largo de más de treinta años. ¿Vas a tener celos? ¿Tengo yo derecho a tenerlos?

Ella asintió en silencio y se marchaba a pesar de que Conesal le retenía una mano.

—¿No querías pedirme algo para tu marido?

Ofendida y humillada, la mirada y la boca de Laura.

—¿Por quién me tomas y por quién le tomas? Realmente eres la serpiente que se muerde la cola.

¿Hubiera querido retenerla? ¿Quién no teme perder lo que ya no ama? ¿Dónde lo había leído y convertido en su vacuna sentimental? Ya a solas consultó el reloj y se lanzó urgencias a sí mismo.

—Pero ¿a qué estás esperando?

Dudaba sobre el paso inmediato a dar, se sentía sucio dentro del pijama humedecido en la bragueta y maquinalmente cogió el informe sobre el grupo Helios como si fuera a premiarlo y al darse cuenta de su acto equívoco, regresó al living en pos de la caja fuerte. Alguien llamaba a la puerta y al abrirse allí estaba Ariel Remesal lleno de ojos.

—¿Vas a dejar el premio desierto? ¿Es ése el ganador?

Le señalaba el informe que aún llevaba en la mano mientras se colaba en la habitación.

—¿Dónde están los originales? ¿Y el jurado? ¿Has leído mi novela?

—Lo suficiente.

—Preferible que la publicaras tú, ¿no? Así la gente no podría especular sobre los personajes. Nadie iba a tirar piedras sobre su propio tejado y mucho menos tú.

—Desde luego.

—¿Y lo dices así? No te afecta la historia.

—Ariel, por favor, vete.

—Regueiro me ha dicho que me esperabas.

—Te ha mentido.

—Tú y él os acordaréis de ésta.

Y se marchó como un gángster de las literaturas periféricas. Al fin solo. Conesal se sentía fatigado y volvió al dormitorio en busca del estimulante para sus cansancios. Las cuatro pastillas de Prozac eran como un fetiche. Se las tomara a la hora que se las tomase del día. Siempre antes de las derrotas y las victorias presentidas. Pero no estaba en la mesilla de noche el frasco habitual. Ni tampoco en el botiquín del cuarto de baño. Ni sobre la repisa que respaldaba los lavabos. Cogió el teléfono y marcó el número del bar.

—¿Lazarillo? Te has olvidado de reponerme el frasco de Prozac. Sube en seguida.

La borracha melancólica tenía el blanco de los ojos llenos de topos de sangre, sudadas las raíces de los cabellos vencidos sobre los ojos, volcado el escote, martirizados los brazos anchos de tanto amasárselos con las manos. Miraba hacia los cuatro lados de la habitación como sorprendida de haber sido atrapada, pero desde la resignación de una persona a la que se le ha caído la noche y la vida encima. Laura Ordeix Segura, nacida en Valencia, profesora de Estadística en la Universidad de Barcelona, casada con Oriol Sagalés desde 1975.

—El año en que murió Franco, sí.

Nada ni nadie le había exigido la coincidencia pero ella había querido comunicarla.

—Yo soy mayor que mi marido. Siete años, creo. Siete años. Antes no se notaba. Ahora un poco. O mucho, mucho, ¿verdad?

En efecto, había acudido a ver a Lázaro Conesal porque él se lo había pedido y si no se lo hubiera pedido también habría ido a hablar con él.

—Tuvimos una relación amorosa al final de los años sesenta, de hecho incluso hablamos de vivir juntos pero él se marchó a Alemania y a Estados Unidos para sus masters y sus cosas y yo no tuve valor de dejar a mis padres solos. Eran agricultores acomodados, muy mayores y yo su única hija.

Cuando volvió aprovechábamos cualquier circunstancia para vernos o cuando yo viajaba a Madrid, escasamente o cuando él pasaba por Barcelona. No. Nunca llegó a conocer a Oriol. Era nuestra relación. Yo tampoco trataba de compartir los recuerdos de mi marido, su vida privada, bastante he hecho ayudándole a escribir y a sobrevivir. Mi marido es la gran esperanza blanca de la joven literatura española, pero y pronto tendrá cincuenta años, creo. Nunca sé las edades de los demás. Sólo conozco la mía exactamente. Cincuenta y dos años. Dos más que Lázaro Conesal. Es mi sino. Ser mayor que los hombres que me atraen.

—¿De qué manera ha ayudado a escribir y a vivir a su marido?

Laura se echó la melena hacia atrás, quería tener los ojos y la boca al descubierto cuando dijera:

—Desde pasarle primero a máquina y ahora al ordenador sus manuscritos hasta venderme todas las tierras que me dejaron mis padres para que él pudiera dedicarse únicamente a escribir. Es un hombre de talento, de mucho talento, pero es como un niño malcriado que se cree merecidamente el centro del mundo. Ni siquiera ha querido que tuviéramos hijos. Dice que él es mi hijo. Hace años me hacía gracia, pero a partir del momento en que cumplí cincuenta años, ninguna.

—¿Sabía usted que se había presentado al premio Venice?

—Sí.

—¿Habló usted a Lázaro de la candidatura de su marido?

Suspiró profundamente y quiso dar impresión de la máxima veracidad por el procedimiento de abrir los ojos hasta desorbitarlos y silabear espaciadamente las palabras.

—No. Oriol llegó a pedirme que lo hiciera. Estaba nerviosísimo y cargado de mala conciencia. ¡Él, que tanto había denostado los premios literarios! Me hacía reproches a mí, como si yo me hubiera arruinado por mi culpa y ahora tuviéramos apuros económicos porque no he sabido conservar el patrimonio de mis padres. Se tomaba concursar a este premio como un atraco anarquista a un banco y no le importaba ningún procedimiento, ni siquiera que estuviera por medio mi antigua historia con Lázaro. Le constaba que Lázaro seguía sintiendo algo por mí y no se planteaba si yo le correspondía. Es como un niño que instrumentaliza todo lo que le rodea para conseguir el éxito. Un perverso polimórfico, que en ciertos aspectos no ha llegado a la edad de la razón. ¿Por qué les ha dicho que él mató a Lázaro Conesal? ¿No se hacen esta pregunta? Dudo que lo haya matado, pero esta noche quiere salir de este lugar como un triunfador, si no obtiene el premio, lo conseguirá asesinando al hombre más temido y más odiado de España. Fabulará que ha actuado como Judith ante Holofernes o como Charlotte Corday ante Marat.

—Usted se vio con Conesal y dice que no le pidió que premiara a su marido.

—No. Yo le dije a Oriol que sí, que se lo pedí, pero no lo hice. No podía empezar a hacer trueques con Conesal y él ni siquiera se refirió a que mi marido fuera concurrente. Le encontré angustiado, tristísimo, en demanda de ayuda, como tratando de reconstruir el clima de aquellos años en que éramos inocentes. Todo se le estaba hundiendo. «Soy la serpiente que se muerde la cola, Laura.» El símbolo de la serpiente que se muerde la cola aparecía una y otra vez. Según parece se le había ocurrido por la tarde durante una reunión de altura que había tenido con el gobernador del Banco de España en la que le había comunicado que quedaba intervenida la Banca Conesal. Pasaba de la fiereza a la depresión.

—¿Eso ha sido todo?

—Casi todo.

—Siento tener que hacerle una pregunta que pertenece a su privacidad, señora, pero el giro que ha dado a los hechos la autoacusación de su marido puede llevarla a un examen médico embarazoso.

—¿De qué se trata?

—¿Hizo usted el amor con Lázaro Conesal?

—Sí.

—¿Se lo dijo a su marido?

—Sí, pero no le expliqué el verdadero sentido de lo que había hecho. Oriol tenía mala conciencia porque creía que me había utilizado para ganar el premio y de esa mala conciencia pasó a la irritación y a suponer que yo era capaz de acostarme por los cien millones de pesetas del premio. Entonces exploté y le dije que sí, que por su culpa me había acostado con Lázaro, que era un macarrón, un miserable macarrón en la vida y en la literatura.

Carvalho hizo una valoración a la alta de aquella mujer y comprendió que Lázaro Conesal se hubiera metido en ella como en una patria.

—Hicimos el amor, bueno, él. Estaba compulsivo y además fuimos interrumpidos por una serie de pedigüeños del premio. Tuvo que ponerse un pijama que había bajo la almohada para no salir desnudo.

—Usted conocía la costumbre de Lázaro Conesal de tomar estimulantes.

—Le he visto tomar toda clase de estimulantes

y en el pasado no hacía el amor sin que los dos tomáramos dos rayas de coca cada uno.

—Ahora tomaba un fármaco legal e inocente que se llama Prozac.

—En efecto. Durante dos encuentros que tuvimos el año pasado ya se había habituado y me cantó sus excelencias. Me dijo que había una serie de productos y marcas *sine qua non* para ser un moderno y uno de ellos era el Prozac.

—Usted pasó al dormitorio y por lo tanto pudo ver la caja de Prozac sobre la mesilla de noche.

—No recuerdo ninguna caja de Prozac. No creo que la hubiera. Y me acordaría porque en una mesilla está el teléfono ocupándola casi totalmente y en la otra dejé mis joyas.

—¿No había ninguna caja de estimulantes en el dormitorio del señor Conesal?

—No. No creo.

Ramiro interrumpió de pronto el interrogatorio y se fue hacia la puerta. Hablaba enérgicamente con el policía portero y se quedó allí hasta que trajeron a Sagalés enmarcado entre dos policías diríase que gemelos y aleros de baloncesto. Laura se echó a llorar cuando vio a su marido y tenía los ojos cerrados por las lágrimas y los cabellos cuando Ramiro le preguntó a Sagalés:

—¿Cómo asesinó al señor Conesal?

—Le envenené.

Ramiro no parecía afectado por la revelación.

—¿Le puso arsénico en el café?

—No. Le metí un tóxico en las cápsulas de Prozac que solía tomar todos los días.

Laura lloraba a voz tendida y Ramiro puso cara de haber encontrado al asesino. Pero la voz de Carvalho rompió el ambiente de conformismo que había rodeado al presunto reo.

—¿De qué veneno llenó las cápsulas?

—¿De qué veneno? ¿Eso importa? De veneno. Del más fuerte que encontré.

—¿Dónde? ¿En qué farmacia lo compró?

—Tengo una familia muy diversa y no carezco de primos que poseen laboratorios farmacéuticos. Los Sagalés Bel, rama carnal con nosotros, los Sagalés Dotras. Los venenos curan o matan, no lo olviden.

—¿Qué veneno, señor Sagalés?

—¡Y yo qué sé!

Ramiro le pidió a Laura que siguiera los pasos de su marido pero le prohibía cruzar una palabra con él.

—Está en curso la orden judicial de detención y usted ya puede movilizarse buscándole un abogado.

Sagalés rechazó el intento de abrazo de su mujer y salió acompañado por dos policías de paisano como salían de su celda los condenados por el Terror camino de la guillotina. Laura le seguía como una Dolorosa. Ramiro se revolvió hacia Carvalho e interpretó su mueca escéptica.

—¿No cree que haya sido él? ¿Y el detalle del Prozac? ¿Cómo es posible que no estuviera la caja en la mesilla de noche?

—Tal vez lo haya hecho, o tal vez su mujer le relatara las costumbres de Conesal y pensara lo mismo que pensó el asesino, pero que no lo materializara. ¿Por qué no nos supo decir el nombre del veneno?

—Imagine que el señor Sagalés quiere cometer el asesinato y acude a sus primos con la excusa de una visita informal. ¿Y esto qué es? Un veneno muy fuerte que puede matar a un elefante. Pues ya está. Aprovecha cualquier descuido para agenciarse una porción y adelante.

—Cierto. Podría haber sucedido así. Pero no deja de ser un error técnico desconocer el nombre del veneno que utilizas. Además queda una importante cuestión. O la sustitución del frasco del Prozac verdadero por el falso la realizaron él o su mujer Laura o, ¿cómo hizo llegar ese botellín tóxico a la mesilla de noche y cómo le quitó a Conesal el Prozac auténtico?

—La señora Sagalés ha dicho que allí no había ninguna caja. Claro que pudo haberla traído después su marido o puede mentir ella. Pero esa caja debió llegar con la suficiente naturalidad como para que Lázaro Conesal se tragara las pastillas sin sospechar.

Los inspectores de la puerta avisaron que había tumulto en el comedor y tras ellos irrumpieron el jefe superior, Leguina y la ministra con cansados rostros negociadores.

—No se puede aguantar por más tiempo a la gente. Le pido por favor que deje marchar a los que no van a ser interrogados. El premio Nobel está arengando a las masas y predica una invasión pacífica de este cuarto.

—Sólo nos falta un testimonio, pero aún puede quedar implicado alguien de los aquí reunidos. No podemos dejarles marchar del lugar de los hechos sin un mínimo de seguridad. Luego las chapuzas me las atribuirían a mí.

—Ramiro, asumo mi responsabilidad en presencia del presidente de la Comunidad Autónoma de Madrid en funciones y de la señora ministra. El jefe de Gobierno exige un memorándum previo para dentro de media hora y para media hora después ya he convocado una rueda de prensa. El hotel está rodeado de las televisiones de medio mundo y de público que se ha enterado de lo sucedido por la radio. Tengo el oído taladrado por los gritos que me han pegado los directores de los diarios que no saben qué decir en las ediciones que están ya imprimiendo. Le doy un cuarto de hora, Ramiro y que caiga sobre mí esta cruz. ¿Quién le queda?

—Álvaro Conesal.

—Voy a avisarle —advirtió Carvalho y salió de la habitación morosamente, sin perderse el litigio entre Ramiro y su jefe.

—No le garantizo que no tenga que hacer algún *flash back*.

—Pero ¿quién se cree usted? ¿Almodóvar?

Carvalho precipitó los pasos cuando salió de la estancia y se acercó al comedor donde las masas se arremolinaban en torno del Nobel.

—¡Dígase si se tercia que todos somos asesinos y como tales quedamos retenidos por la Justicia, pero no se nos toquen los cojones con moratorias que esconden la falta de capacidad de decisión del desgobierno socialista!

Aplaudían hasta los socialistas y los paniaguados del socialismo, mientras Sánchez Bolín intentaba imponer su brindis con la copa de cava alzada.

—¡Por la caída del régimen!

Carvalho rescató a Álvaro. El Nobel era el más aplaudido, pero Álvaro era el más interrogado. Caminó junto al muchacho hacia el interrogatorio, pero le detuvo a unos metros de la puerta.

—Usted es mi cliente y quiero ser honesto con usted. Le espera una pregunta especialmente desagradable.

Álvaro tragó saliva y aplazó un tiempo la respuesta.

—Lo supongo, ¿la novela de Ariel Remesal?

—Sí.

—Iñaki es un hijo de puta.

—¿Eso es todo?
—Casi todo. Supongo que usted ya se habrá enterado de que los sexos no son sólo dos.
—¿No le parecen suficientes?
Álvaro no transmitía irritación, incluso parecían sonreírle los ojos. Carvalho había cumplido y le abrió camino hasta la puerta por la que salía un airado jefe superior de policía y las restantes autoridades. El jefe superior de policía iba repasando en un murmullo las frases que había tramado para tranquilizar al público: «Si han podido esperar una eternidad, ¿no podrán esperar treinta minutos?...» Álvaro atendió el requerimiento de Ramiro y arrugó la nariz porque la habitación olía a humanidad cansada.
—Los acontecimientos se precipitan y debo concluir mi encuesta cuanto antes.
—Realmente los ánimos están muy excitados.
—Usted salió frecuentemente del salón y finalmente se contabiliza una ausencia más amplia, al final de la cual volvió con la noticia, primero retenida, de que había encontrado a su padre muerto.
La cabeza de Álvaro dijo sí.
—Más o menos. Mi padre se sintió mal y tuvo tiempo de llamar al médico. Ahí empezó la cadena de descubrimientos.
—Cuando confirmó la defunción bajó al comedor, se lo dijo confidencialmente al señor Carvalho y a su madre de usted. Bien, conozco, por sus manifestaciones previas, todo lo referente al descubrimiento del cadáver, pero me gustaría saber a través de sus labios tres cosas, sólo tres cosas que me parecen importantes. Primera: ¿conocía usted la causa de la profunda depresión que su padre padecía esta noche?
—Sí. Acababa de tener una entrevista con el go-

bernador del Banco de España y mañana o pasado mañana se sabrá que todo el sector bancario de nuestros negocios ha sido intervenido.

—¿Pudo su padre suicidarse ante el miedo a arruinarse?

Álvaro se echó a reír para sorpresa de los presentes. Carvalho se limitó a cerrar los ojos.

—Mi padre no estaba arruinado. Era demasiado rico para arruinarse. Es demasiado rico para arruinarse.

—Se me ocurre que el número de personas que odiaban a su padre no caben en este salón.

—Apenas si caben en España, sumadas a las que lo idolatran.

—¿Y usted? ¿Le odia? ¿Le idolatra?

—Le odié cuando me tocó odiarle. Ahora me era no sólo indiferente sino inverosímil.

—¿Inverosímil?

—Exactamente. Inverosímil quiere decir poco creíble. Mi padre me parecía poco creíble como padre e incluso su existencia me parecía poco creíble, como si fuera fruto de un guión de cine que me había implicado a mí. Sin ganas. Creo que tenía otras dos preguntas.

—¿Relaciona usted el asesinato con la proclamación del premio?

—Totalmente. Se buscaba un escenario grandioso, multiplicador y éste lo era.

—Pero imagínese que mañana aparece la noticia de su ruina o de lo que sea, ¿no es también un escenario grandioso?

—Probablemente quien lo haya matado desconocía sus problemas económicos o no le importaban.

—¿Alguien parecido a usted? A usted no le importan los problemas económicos de su padre.

—Me afectan, pero no me importan.

Ramiro pestañeó como si estuviera ametrallando a Álvaro Conesal.

—¿Sabe usted lo que acaba de decir? ¿Sabe que de seguir este criterio quedan fuera de sospecha todos los candidatos a asesino por el lado de los negocios o la política?

—No necesariamente, pero es probable.

Ramiro estaba indignado contra todo y contra nada, daba paseos, miraba el reloj, cabeceaba, pero había prometido tres preguntas y sólo había hecho dos.

—¿Quién iba a ganar el premio?

—No lo sé. No me importaba demasiado. Presencié toda clase de tráficos de influencia y algunos trataron incluso de utilizarme a mí. Finalmente cumplí con mi deber, ayudé a montar este show y eso fue todo.

—¿Conocía la novela presentada por Ariel Remesal y encargada por Regueiro Souza?

—La sospechaba.

—¿La sospechaba? ¿Eso es todo?

—La sospechaba. He dicho lo suficiente. No la he leído, pero la sospechaba.

—¿No le molestaba la idea de que esa novela la leyera su padre?

—Soy partidario de la libertad de lectura. Mi padre era un ser vivo con sus propios problemas de supervivencia biológica y mental. Igual que yo. Quizá conociera el contenido de la novela, pero no, no la había leído, de lo contrario me habría hecho algún comentario y además mi padre conocía mi homosexualidad, aunque sin duda no le habría gustado saber que mi primera relación se produjo con Regueiro Souza. Mi padre era tan egocéntrico que lo hubiera interpretado como una agresión sexual a su persona. Mi padre sólo leyó, y no creo que acabara, la novela ganadora, o mejor dicho, la que iba a ganar.

—El señor Regueiro Souza nos ha dicho que entregó una copia de la novela a su madre de usted.

—Celso es muy extravertido. Sobrestimaba el miedo que mi padre podía sentir ante mis vicios privados.

—Su padre murió porque alguien sustituyó el contenido de las cápsulas de Prozac por un veneno fulminante, alguien que pudo incluso hacer la sustitución en otro momento, puesto que su padre llevaba las pastillas encima o las tenía en su domicilio.

—Mi padre disponía de reservas de Prozac en todos los lugares donde previera instalarse, la suite del Venice uno más. Era un problema de intendencia, como los batines de seda o las botellas de whisky.

—Es decir, que esas pastillas sólo pudieron ser manipuladas o sustituidas aquí. Pero ni siquiera es forzoso que esa manipulación o sustitución se hiciera hoy.

—Sí. Ayer mi padre durmió aquí y tomó Prozac de ese mismo frasco. La sustitución debió de hacerse hoy.

—Señor Conesal, he hablado con todos cuantos salieron de este salón para ponerse en contacto con su padre y de todo lo que no entiendo hay algo que me es especialmente inexplicable. Su padre convoca un premio y la noche misma de la concesión no sabe quién va a ganarlo, no se encuentran los originales finalistas y es de prever que haya un ganador. Su padre escribió unas notas enigmáticas y envolvió con un círculo la palabra *Ouroboros*. ¿Qué le dice esta palabra?

—Nada especial, que yo sepa.

Ramiro se encogió de hombros. Álvaro podía marcharse y el jefe superior de policía comunicar que la fiesta había terminado.

—Le comunico que he hecho detener al señor Oriol Sagalés como presunto autor del asesinato. Lo digo porque puede circular en cualquier momento y no quiero que se sorprenda.

El rostro de Álvaro era de escepticismo o de desilusión. Ni Ramiro supo aclararlo, ni Carvalho, que le acompañó de retorno al salón sin esperar ni ofrecer una palabra. El jefe superior de policía se metió en la habitación con sus hombres y Álvaro afrontó el retorno al comedor seguido de Carvalho.

—¿Cómo está la cosa, Álvaro?

La pregunta la había hecho alguien en concreto pero parecía que la habían hecho todos los presentes, menos un extraño orfeón compuesto en torno de la mesa donde permanecía el Nobel realmente existente, que además actuaba de director polifónico secundado por el académico Daoiz y el escritor Sánchez Bolín.

Los estudiantes navarros
cuando van a la posada
lo primero que preguntan
chin pon jódete patrón saca pan y vino,
chorizo y jamón
¡y un porrón!

Que adónde se acuesta el ama.

Leguina se había aflojado la corbata, estaba con los codos desparramados sobre una mesa en la que sólo le hacía compañía la ministra.

—Tengo ganas de que tome posesión de una vez

el nuevo presidente. El poder a veces no corrompe pero te convierte en una esponja, en lo más parecido a una esponja que absorbe lo que le echen. Lo que más deseo en este mundo es recuperar el esqueleto.

La ministra le dedica sonrisas cariñosas consoladoras de cesantes.

—Yo también tengo ganas de volver a mi tierra y vestirme como me dé la gana sin que me miren como a un bicho raro. Aquí en Madrid todas las mujeres visten de beige.

—Es que los valencianos tenéis otro sentido del color.

—Y de la estética, Joaquín. Porque aquel asno que se llamó Unamuno dijo que nos ahogaba la estética, pero es que aquí a todo el mundo le ahoga el requesón. ¡Es que hay una mala leche en Madrid, Leguina!

—¿Qué te gustaría ser cuando fueras mayor?

—Marchante de pintores y viajar mucho. Descubrir nuevos talentos. Vivir un año en Bali.

Leguina contemplaba torvamente a todos los presentes.

—Qué lástima que eso de la revolución sea mentira y no se pueda acabar con tanto chorizo. En España no hay los suficientes trigales para el pan que se necesita para tanto chorizo. Seguro que este lío lo han montado Mario Conde y Pedro J. Ramírez.

—¡Por la caída del régimen!

Elevaba su copa y su brindis un hipercalórico Sánchez Bolín, propuesta que secundaron educadamente Leguina y la ministra, pero que acogió con frialdad el premio Nobel realmente existente.

—No me toque usted a Su Majestad que es alto y rubio y cualquier presidente de la República sería calvo, regordete y tan bajito que levantaría el polvo de los caminos cuando se pegara pedos, como usted.

Mudarra Daoiz prefería continuar la vena canora y desafinaba unas veces atipladamente y otra cual barítono de fondo una versión de Antonio Machado musicada por Serrat.

Caminante no hay camino,
se hace camino al andar.

La única persona viva que le secundaba era su esposa, dotada de mejor voz y entonación, pero el duque de Alba decidió abandonarles acompañado por Mona d'Ormesson, determinado a caminar entre mesas llenas de cadáveres a los que ya no les quedaba ni indignación. Allí estaba Beba Leclerq con la mirada perdida en un lugar del salón que sólo ella veía y su marido contemplaba obsesivamente un vaso como si fuera a embestirlo. Aquel novelista jovencito hablaba por los codos con Marga Segurola, extrañamente receptiva, no así Altamirano que había sacado un libro del bolsillo y lo leía ávidamente ajeno a cuantos chuzos cayeran a su alrededor.

—¿Qué estás leyendo?

Le mostró el libro: *Poesía y Estilo de Pablo Neruda*, Amado Alonso.

—Es una edición vamos a llamarla de bolsillo de Sudamericana del año 66.

—¡1966! Yo entonces era un joven jesuita que estudiaba en Frankfurt y organizaba encuentros entre marxistas y católicos.

—¿Quién recuerda ahora a los grandes humanistas de la República, Amado Alonso, Sánchez Albornoz, Américo Castro, Cansinos Asens, Guillermo de Torre...? En 1936 este país empezó a ser peor para siempre.

—Hay países que nacen para hacer la historia y otros para padecerla.

Mona cogió por el brazo al melancólico duque y apostilló:

—Eso no es de la escuela de Frankfurt, duque, eso es de Nietzsche.

—Sea de Nietzsche o de Perico de los Palotes, es una verdad como un templo. He tenido la santa paciencia de esperar durante los veinte años de la Transición que este país fuera normal, abandonara el cultivo de la perversa diferencia metafísica propiciada por aquel generalote de espíritu miserable. Y no se ha producido el milagro. Modernidad, sí, pero con caspa y sarro.

—Duque, duque, te traiciona tu nostalgia del *ancien régime*.

—Tú lo has dicho, Mona. Deberíamos ponernos de acuerdo para volver a empezar bien la Modernidad. El siglo dieciocho. Después de Carlos tercero, un nuevo impulso ilustrado, un enciclopedismo español. Las revoluciones hay que hacerlas a tiempo y lo peor que le puede ocurrir a una revolución es el destiempo como a la Soviética. Llegó demasiado pronto. La finalidad histórica de la Revolución Soviética sólo será posible en el próximo siglo y condicionada por la necesidad de sobrevivir, de repartir lo que nos dejen a escala planetaria todos estos tiburones planetarios.

—Está vacante la plaza de Lenin, duque.

—*Chi lo sa*.

Pasó el duque ante la mesa de los financieros distantes que no se hablaban y consumían sus bebidas con la melancolía con la que los extravertidos descubren que la realidad no les merece.

—Ése sí que lo tiene bien. Duque consorte, rentas y primera página cuando quiere —comentó Regueiro Souza. Hormazábal localizó con la mirada al objeto de su comentario y sonrió conmiserativamente.

—Estos aristócratas no duran ni veinticinco años. Son puro museo.

El mejor vendedor de libros del hemisferio occidental español trataba de venderle a Sanitarios Puig, S. A. una colección completa de enciclopedias Helios.

—La gente se cree que sólo disponemos del *Diccionario enciclopédico*, pero el concepto de lo enciclopédico va más allá. ¿Sabía usted que disponemos de textos enciclopédicos de la Ciencia, el Arte o la Historia, elaborados a partir de la obra de un millar de premios Nobel?

—¿Tantos premios Nobel hay?

—Un montón. Piense que no sólo están los de Literatura, los más conocidos, sino también los de Ciencias o Economía o la Paz o la Pintura.

—¿Hay premios Nobel de Pintura? —preguntó la señora Puig tan escandalizada como interesada.

—Como si los hubiera. ¿Acaso Picasso no es como un premio Nobel?

—Bajo ese punto de vista, desde luego. ¿Aún tenemos para rato?

El suspiro desesperanzado de la señora Puig se parecía al que emitían Marga Segurola y Alma Pondal, reunidas para sancionar la maldad literaria de los tiempos.

—Cuando yo veo a estos chicos minimalistas que con una novela de ciento cincuenta folios, y ni eso, en los que se limitan a escuchar discos y a transcribir de una manera naturalista una vida tonta y decadente, son jaleados como la esperanza de la literatura española es que me descompongo.

—Marga, contra Franco estábamos mejor. Éramos una sociedad civil con esqueleto crítico, estábamos contra, pero queríamos fervientemente algo, la democracia. Ahora sólo sabemos que no podemos querer nada realmente importante como era acabar con una dictadura.

—Desconocía tus actividades antifranquistas, Alma.

—Mi conciencia era antifranquista pero poca práctica pude hacer porque yo era muy niña, recién salida de las monjas, en seguida casada, traslados de mi marido, los niños, la literatura como consuelo, como inmenso consuelo, ¡qué inmenso consuelo es la literatura!

—¿Recuerdas esa opción que Semprún se plantea en *La Literatura o la Vida*? Para mí no hay opción. ¡La Literatura!

—Tú puedes decirlo porque no tienes hijos, pero si los tuvieras sabrías que la Vida, su vida, la vida de tus hijos es lo más importante y que no puedes vivirla por ellos.

—Sería contraproducente —aclaró el mejor ingeniero de puentes y caminos de España.

—Desde luego, desde luego —concedió Marga y añadió—: No me voy a oponer al criterio de los especialistas. Por cierto, se rumorea que la policía ha retenido a Sagalés, ese joven escritor catalán.

—¿Joven? Pero si es de mi edad.

—Es que tú eres muy joven, Alma. ¡Has hecho tantas cosas en tan poco tiempo!

—Joven o viejo que se lo queden y nos dejen marchar a los demás —opinó el ingeniero con sentido práctico. Pero a Marga aún le restaba una cita literaria.

—Quizá sin saberlo hayamos vivido lo que Aristóteles llama una *anagnorisis*, concepto que Northrop Frye analiza con rigor en *La estructura inflexi-*

ble de la obra literaria. Dice Frye que la *anagnorisis* es el sentido de una continuidad lineal o participación en la acción desde diferentes perspectivas. En los relatos policíacos cuando descubrimos *quién lo hizo*, el punto de *anagnorisis* es la revelación de algo que antes constituía un misterio. El lector conoce ya lo que está a punto de ocurrir, pero desea participar en la terminación del diseño.

El jefe superior de policía volvía al salón rodeado de un séquito grave pero aparentemente satisfecho y consiguió avanzar bajo los reflectores de la televisión y las amenazas de los micrófonos. Los fotógrafos daban empujones a los periodistas de la radio porque les ocultaban la imagen de las personalidades y en torno a la llegada de los policías al lugar donde les aguardaban Leguina y la ministra se organizó un zafarrancho de combate. Leguina y la Alborch parecieron delegar en el jefe superior la responsabilidad del momento y el hombre se fue ufano a por la tarima donde el micrófono esperaba desde hacía seis horas la noticia del ganador del I Premio Venice-Fundación Lázaro Conesal. Esta vez sirvió para que el funcionario proclamara con gran satisfacción que la fiesta había terminado.

—Se han cubierto los objetivos previstos por las fuerzas de seguridad y las autoridades que en todo momento han mantenido el control sobre la situación. Pueden marchar a sus casas.

—En este país todo termina en un parte de guerra —se quejó Sánchez Bolín al primero que encontró. Puig, S. A. se rió mucho por la ocurrencia y trató de saber con quién se jugaba la conversación y los pasos que le devolvían a la normalidad.

—Usted, ¿escribe o trabaja?

Sánchez Bolín miró neutralmente a aquel hombre tan excesivamente encantador, capaz de mantener la sonrisa llena de dentadura y la mano sobre su brazo y le contestó:

—Trabajo.

Había cola y empujones para abandonar cuanto antes el regusto de la fiesta abortada y ya iba de boca en boca la noticia de que el escritor Oriol Sagalés permanecía retenido por la policía. Los tertulianos radiofónicos debían comentar todo lo ocurrido ante los micrófonos de sus respectivas emisoras y apenas les quedaban dos horas para desperezarse y encontrar una argumentación crítica. Pero ¿contra quién?, ¿contra qué? ¿Contra los premios literarios? ¿Contra la estricnina? ¿Contra Sagalés?

—Hablad mal de los socialistas. Tenéis el éxito asegurado. Hablad mal de mí —les ofrecía Leguina retador.

—El crimen puede ser la más completa de las Bellas Artes —opinaba el mejor novelista y poeta gay de las dos Castillas a quien quisiera retener sus opiniones, pero eran tantas las prisas por abandonar el comedor que ya sólo le quedaba como interlocutor el naviero borracho, entre dos cabezadas y dos regüeldos de su perplejo estómago, incapaz de comprender cómo había podido almacenar tanto alcohol desde el mediodía.

—Tienes toda la razón, chico. Sobre todo si no te matan a ti.

—¡Hay tantas maneras de que te maten!

—Sólo hay una, muchacho. Que te maten.

Había nacido una gran amistad y Sagazarraz se puso en pie apoyándose sobre un brazo de Andrés Manzaneque. Así consiguió el naviero de barcos dedicados a la pesca del calamar ponerse en pie, dar los primeros pasos y los segundos utilizando a su joven compañero como muleta. Pero nada más llegar a las puertas del hotel, Sagazarraz se desplomó en lo alto de la escalinata con la exactitud del plomo y de la retaguardia de los fugitivos. Manzaneque repescó a un médico y a *Terminator* Belmazán que acudieron a su llamada. El médico desabrochó el cuello de la camisa del caído, le palpó las venas del cuello, le tomó el pulso. Estaba evidentemente muerto y los tres únicos testigos de lo sucedido reaccionaron profesionalmente. El médico habló de no tocar el cadáver, *Terminator* Belmazán señaló al yaciente como si se lo ofreciera a Manzaneque.

—Ahí tienes un best seller. Te lo ofrezco a ti porque tienes mucho futuro por delante. Te garantizo el premio Almansa.

Fue cuando el mejor novelista y poeta gay de las dos Castillas recuperó de pronto el fragmento de Oscar Wilde que había querido rememorar a lo largo de toda la noche y se lo recitó a Belmazán.

—*Y sin embargo, cada hombre mata lo que ama, sépanlo todos. Unos lo hacen con una mirada de odio. Otros con palabras que acarician. El cobarde con un beso. El valiente con una espada. Unos matan su amor cuando son jóvenes, otros cuando son viejos. Algunos lo estrangulan con las manos del deseo, otros con las del oro, los mejores utilizan un cuchillo, porque así los muertos se enfrían en seguida...*

Álvaro y Carvalho habían esperado la vaciedad total del comedor y lo atravesaron, así como el hall bajo las palmeras dormidas aunque muertas, para buscar refugio en el bar. Fue allí donde Carvalho vio al falso negro con los ojos llenos de telarañas y el tinte amenazado por el sustrato blanco. También estaban las dos mujeres. Una era Carmela que dormitaba en una esquina del sofá que marcaba el perímetro de toda la estancia, con los brazos cruzados sobre el bolso y la boca ligeramente abierta. La otra era la madre de Álvaro que se levantó para abrazarse a su hijo. Estaba conmovida y asustada.

—Álvaro. Tú estás a salvo. Eres lo único importante que me queda.

Él no estaba ni conmovido ni asustado y lo exteriorizó sacándosela de encima con enérgica suavidad. Parecía estar acostumbrada la mujer al distanciamiento de su hijo y volvió a dejarse caer en su asiento jugueteando con la mirada con los pocos asideros que le ofrecía el bar casi vacío.

—No puedo velar a tu padre. Me horroriza ese aspecto, esa horrible muerte, ese horrible cuerpo que le ha quedado. No me parece él.

—Es él, mamá, es él.

—Ha muerto tan horriblemente como ha vivido. Tan horriblemente como era. Sin saberlo. Nunca me pidió todo lo que yo podía darle.

Álvaro se había situado más allá de la barra y estaba sirviéndose, prescindiendo del falso camarero negro en pleno decoloramiento. Carvalho no quiso despertar a Carmela y se acodó en el mostrador para compartir lo que bebiera el muchacho. Ron, tónica, mucho hielo, lima. Estaba bueno y era refrescante. Carvalho distrajo la mirada sobre el camarero y éste le correspondió abriendo desmesuradamente los ojos para exagerar el contraste del blanco de sus ojos.

—¿A qué hora le subió las pastillas de Prozac a don Lázaro?

Los ojos del falso camarero negro se abrieron hasta la desmesura, pero luego se cerraron, como tratando de consultar un reloj mental interior. No se apartaban de los de Carvalho como preguntándole: ¿Por qué te metes en lo que no te importa? ¿Qué te he hecho yo para que me preguntes esto? ¿No te he dado conversación y buen whisky?

—¿No era usted el jefe de intendencia? ¿No era

usted el encargado de que no faltara el whisky ni el Prozac?

—A las once y media aproximadamente. Fue a causa de una llamada interior desde el teléfono directo que el señor Conesal tenía en su suite. Había observado que no estaba allí la caja de Prozac.

—Usted es su proveedor habitual.

—Sí.

Carvalho hizo un gesto como entregándole a Álvaro al culpable, pero al muchacho sólo le quedaba cansancio. Fue Carvalho quien le preguntó al barman:

—¿Por qué? ¿Por qué lo ha hecho? ¿Ha sido por lo de su hermana?

—Por lo de mi hermana, ¿qué?

—Las pastillas contenían veneno.

Los buenos barman deben acoger con frialdad la acusación indirecta de que pueden ser el asesino, pensó Carvalho, pero en el aplomo del falso negro había otro componente que se hizo sonrisa negra. Ahora Simplemente José le hablaba inplacablemente a su señorito:

—La caja de pastillas me la dio su madre, don Álvaro. Me dijo que había notado que su padre no las tenía en la mesilla de noche y me las dio para cuando él las reclamara. Si usted recuerda me acerqué a la mesa durante la cena abandonando mi habitual puesto de trabajo. Su madre me había hecho llamar.

Esta vez Carvalho se separó de la barra y pensó qué debía decir. El cansancio le caía encima como una catarata de relente y madrugada. No debía decir nada. Simplemente despedirse. Le tendió una mano a Álvaro que él le estrechó sin entender por qué se la tendía, ni por qué se la estrechaba.

—Asunto terminado. Me vuelvo a Barcelona. ¿Quién me acompaña al aeropuerto?

Simplemente José se estaba quitando la negritud con un delantal.

—Yo lo haré. El aire fresco me desvelará.

Carvalho removió el cuerpo de Carmela hasta despertarla. De reojo veía todas las heridas de la noche grabadas en el rostro hierático y arrugado de la madre de Álvaro y al muchacho con la cabeza entre las manos y los codos sobre la barra.

—Me llevan al aeropuerto. Vente conmigo, Carmela.

Había cara de susto en el rostro de Carmela, resucitado de entre los sueños.

—¿A qué aeropuerto? ¿Qué pasa?

—¿No recuerdas que nos despedimos en un aeropuerto hace quince años?

Carmela lo recordaba y se dejaba conducir por Carvalho hacia la salida donde se mezclaron con el último reguero de invitados a la desbandada. Se hablaba de un muerto, de dos muertos y vieron partir una ambulancia que Carvalho supuso llevaba los restos de Conesal. Al pie de la escalinata del Venice un coche de la policía esperaba a un huésped, el personaje de la noche y del día, Sagalés, el novelista desairado que asesinó a Conesal por despecho literario y sexual. El inspector Ramiro estaba junto a la portezuela con los brazos cruzados sobre el pecho y al ver que Carvalho y una acompañante femenina se situaban a unos metros, como a la espera de un taxi, hizo una señal amistosa hacia el detective y luego lo pensó mejor y fue a su encuentro.

—Sigo sin entender cómo Sagalés sustituyó el frasco de cápsulas normales por el de las cápsulas adulteradas. A no ser que mienta su mujer cuando dice que el frasco no estaba en la mesilla de la habitación cuando la compartió con Conesal.

—Hágame caso. No se encariñe con el detenido. Le va a durar poco. Déjele vivir por una noche el sueño de ser un falso culpable, el falso culpable más notorio de la Historia de la Literatura Española. Todos estos escritores son iguales. Gente normal que tiene más miedo que los demás a que nadie sepa lo que piensan y lo que sienten. Son exhibicionistas frustrados. Si tuvieran cojones se irían por los parques con la desnudez cubierta por una gabardina y enseñarían sus encantos a las muchachas o a los muchachos en flor. Pero como no se atreven, escriben para seducir. Seguro que dentro de unos años a Sagalés le saldrá una novela sobre lo que hoy le ha ocurrido. Pero mañana por la mañana usted lo verá todo más claro.

—¿Me está usted diciendo que un detenido convicto y confeso no es el culpable?

—Le estoy diciendo que ya es de día.

El Jaguar frenó ante Carmela y Carvalho. Al volante iba el hombre para todo, fresco como una rosa marchita regenerada por una ducha rápida, impecable dentro de su uniforme de chófer almirante suizo y con la piel más blanca que nunca. Cuando Carmela se sintió dentro del coche exclamó:

—¡Guai! ¡Qué cosa más guapa! Debuten. ¿Y adónde me llevas si se puede saber?

—A un avión particular que nos llevará hasta Barcelona. Te invito unos días en mi casa. Esta noche no hemos podido hablar y tenemos una conversación pendiente desde 1980.

—Pero bueno, ¿usted ha oído esto?

El chófer lo había oído pero como si nada.

—O sea que te vas hace quince años. Nos decimos cuatro cosas tristes al pie de un avión de Iberia y vuelves en un avión privado, ¿tuyo?

—No.

—Que ni siquiera es tuyo y me propones que me vaya a Barcelona, como si nuestra despedida hubiera ocurrido hace una hora y yo estuviera en condiciones de cambiar de ciudad, de vida porque te lo pide el cuerpo.

—Se cambia de vida así o no se cambia.

—¿Y aquella novia que tenías? ¿Y tu socio, o lo que fuera?

—Charo me abandonó hace unos tres años. Quizá cuatro. Vive en Andorra. Ha dejado la prostitución y trabaja de recepcionista de hotel. Biscuter trata de emanciparse, de encontrar sus razones para vivir al margen de ser mi ayudante para todo. Sólo mi vecino Fuster sigue siendo Fuster, pero está muy asustado porque todos sus amigos van teniendo infartos de miocardio. Es imposible emborracharse con él. Ni siquiera mi ciudad es mi ciudad. Los Juegos Olímpicos la han convertido en una desconocida para mí. Es como si sobre ella hubieran pasado aviones fumigadores que han matado todas las bacterias que me permitían sobrevivir.

—¿Y por qué no te quedas tú en Madrid?

—Madrid fue la capital de un imperio por casualidad. Ahora es la capital de un inmenso cansancio. En Barcelona en el fondo nunca nos pasa nada. Todo lo que nos pasa es por culpa de Madrid. Esta ciudad vuestra siempre está llena de un millón de personas raras. En 1945 de un millón de cadáveres. En 1980 de un millón de chalecos. Ahora de un millón de nuevos ricos.

—Pues qué quieres que te diga, a mí Barcelona me parece una ciudad sosa y en Madrid se ven mucho más claras las contradicciones del capitalismo salvaje. Además mañana tengo mucho que hacer. Trabajo en la sección de refugiados de la ONU por las mañanas. Por la tarde tengo reunión en SOS Racismo y luego debo coordinar un grupo sobre la ayuda a Chiapas. Yo, como ayer. Mientras haya hijodeputas en el mundo, yo, como ayer.

—El avión es casi tan bonito como este coche y lo viviremos para ti y para mí solos.

—Qué quieres que te diga, este coche me da corte. ¿De qué raza es?

—Un Jaguar.

—Pues será un Jaguar o lo que tú quieras, pero a mí me da corte.

Apoyada sobre el respaldo del asiento, Carmela estudiaba a aquel antiguo desconocido y Carvalho leyó en sus ojos un sorprendido diagnóstico comparativo con el que sin duda ella había establecido quince años antes.

—Estás cansado.

—La noche ha sido larga.

—No me refiero a la noche. Estás cansado. Sea de noche o sea de día. Mañana por la mañana seguirás estando cansado.

—Es probable.

—Quédate.

—También estoy cansado para quedarme. Siento haberte presionado. Si quieres el chófer te lleva a casa antes de acercarme al aeropuerto.

—Me gusta despedirte en los aeropuertos.

Carmela tenía cuarenta años y de pronto a Carvalho le pareció casi una muchacha, una muchacha que le regalaba su compañía hasta el momento de una despedida que la liberaría de una querencia enquistada. Ella seguía estudiándole y él no fue capaz de devolverle la investigación, recorriendo uno por uno los detalles de su anatomía sazonada. Había conseguido reunir los quilos de más que Carvalho le había exigido, pero cada despedida tiene su melodía secreta y así como había sonado para él quince años antes, esta vez la despedida sólo convocaba el silencio de los deseos y finalmente el de la memoria. Hace quince años ella habría secundado la locura de subirse a un avión para dos, de madrugada, casi de amanecida, porque las claridades se colaban por los cielos altos de Madrid.

—¿De quién es el coche? ¿Y el avión?

—De Lázaro Conesal.

—¿Del muerto? ¡Qué grima! ¿Trabajabas para él?

—Hoy. Sólo hoy.

—Pues vaya día para empezar a trabajar para Lázaro Conesal. A esto se llama trabajo precario.

—Estoy cansado, tienes razón. De mí mismo en parte. Además este país cansa. Esta gente cansa. No sé por qué, pero supongo que ser suizo u holandés o francés debe de ser mucho más relajado. Tengo ganas de irme una temporada y he aceptado un encargo en Buenos Aires. Te gustaría la historia. Encontrar a un desaparecido.

—¿Todavía quedan desaparecidos?

—Un desaparecido residual, voluntario. Alguien que ha querido desaparecer, pero cuya historia se relaciona con la de los desaparecidos bajo la Junta Militar.

Carmela le observaba atentamente.

—Es curioso. Me estás hablando como si nunca se hubiera interrumpido nuestra conversación y a mí me parece lo más natural de este mundo.

—¿No te gustaría ir a Buenos Aires conmigo?

—Pero bueno, ¡tú eres una agencia de viajes!

El chófer enseñó sus credenciales y los guardianes del aeropuerto le permitieron seguir hasta el pie del *Père Lachaise*. Para Carvalho era un pájaro familiar que le esperaba para el último viaje. El chófer le entregó una carpeta y un sobre en el momento de despedirse.

—Me lo ha dado el señorito Álvaro para usted.

Se cuadró el chófer barman hispanista falsamente negro.

—Aquí tiene a su disposición a Simplemente José.

Carmela le siguió maquinalmente hasta la escalerilla, pero tanto Carvalho como ella tenían ganas de concluir la escena. Se besaron las dos mejillas y en el viaje de las caras los labios se rozaron, pero ni el hombre ni la mujer hicieron ningún esfuerzo para ultimar el encuentro de las bocas.

—Que no pasen quince años.

—No. No pasarán quince años.

A punto de meterse en el avión se volvió para despedirse de ella, pero Carmela le daba la espalda avanzando hacia el Jaguar que la devolvería a casa, a *Dios nos pille confesados*, a sus militancias altruistas, a todas las militancias altruistas necesarias en el final del segundo milenio y Carvalho no esperó a que se volviera antes de subir al coche, se metió en el avión y recibió un saludo relajado del mismo piloto de la madrugada anterior. Las azafatas avanzaban majestuosas por el pasillo central, irreales, como si fueran hologramas de sí mismas, pero no le tentaron esta vez los canapés ni la carta de vinos excelentes, ni siquiera el whisky. Se sentía saturado de alcohol, palabras y sensaciones y cuando el avión empezó a remontarse abrió el sobre que le había hecho llegar Álvaro a través de Simplemente José, el hombre para todo. Era un cheque. El resto del dinero acordado. Una azafata le dejó a mano la edición de un diario recién cocido.

Lázaro Conesal asesinado antes de poder fallar
el premio VENICE.
La policía ha detenido al escritor Oriol Sagalés
como sospechoso del crimen.
Fallece de la impresión uno de los invitados:
el naviero Justo Jorge Sagazarraz.

El tercer titular le llenó el alma de compasión hacia sí mismo y pidió a una de las azafatas que le sirviera un whisky doble.

—*In memoriam* —añadió enigmáticamente. Pero le atraía sobre todo abrir la carpeta adjunta y al hacerlo se encontró con el original de una novela. Empezó a leerla. Apenas tres páginas. Hasta que se dio cuenta de que ya la había vivido:

Ouroboros. Novela. Baron d'Orcy.

Ouroboros, según Evola, es la disolución de los cuerpos: la serpiente universal que según los gnósticos, camina a través de todas las cosas. Veneno, víbora, disolvente universal, son símbolos de lo indiferenciado, del «principio invariante» o común que pasa entre todas las cosas y las liga.

(*Diccionario de símbolos*,
JUAN EDUARDO CIRLOT)

Letraheridos. Catalanismo derivado de *lletraferits*: dícese de las personas obsesionadas por la literatura hasta el punto de sufrirla morbosamente como una herida de la que no desean sanar.

ERA INEVITABLE, e inevitado por buena parte de los asistentes, pasar el filtro de periodistas más o menos especializados en premios literarios, merodeantes en torno a críticos y subcríticos establecidos que habían acudido al reclamo para gozar la sensación de que no eran como los demás y podían asistir a la concesión del Premio Venice-Fundación Lázaro Conesal, cien millones de pesetas, el más rico de la literatura europea, a pesar del desdén que siempre les había merecido la relación entre el mucho dinero y la literatura, obviando a un sesenta por ciento de los mejores escritores de la Historia, pertenecientes a familias potentadas, cuando no oligárquicas. Las cámaras de todas las televisiones habían seguido la entrada de los personajes más conocidos, bien porque las caras les fueran familiares, bien bajo las órdenes del jefe de expedición experto en el quién era quién. Pero luego se habían aplicado a describir el marco, ávidas de reflejar la exhibición de «... un diseño lúdico que expresa la imposible relación metafísica entre el objeto y su función», según explicaban los folletos propagandísticos del hotel. El comedor de gala del hotel Venice reunía todo el muestrario del diseño de vanguardia que había conseguido dar a las mesas un aspecto de huevo frito con poco aceite y a los asientos el de sillas eléctricas accionadas por energía solar como una concesión a la irreversible sensibilidad ecologista. La luminosidad emergía de la yema del supuesto huevo frito, acompañado de la guarnición de alcachofas, zanahorias, puerros, cebollas, vegetales silueteados que colgaban de techos y paredes según el diseño de un niño poco amante de las hortalizas. Lázaro Conesal, propietario del hotel y de buena parte de los allí congregados, había encargado el diseño del Venice al ala dura de los discípulos de Mariscal, capaces de superponer la poética de los sueños peterpanescos de Mariscal el desafío sistemático a la grosería funcional del objeto. Bastante libertad de iniciativa se había dado a la naturaleza antes de que naciera el diseño, y así eran como eran las manzanas y los escarabajos, subdiseños creados por una nefasta evolución de las especies en la que no había podido intervenir ningún diseñador. A Lázaro Conesal le habían hecho mucha gracia estas teorías, desde la creencia firme de que la teoría no suele hacer daño a casi nadie, otra cosa son los teóricos, pero los teóricos de los objetos no suelen ser peligrosos.

—Me apunto a la subversión de los imaginarios —le había declarado a Marga Segurola cuando le hizo una entrevista para *El Europeo*.

—¿Y a las otras subversiones?

—Ah. Pero ¿hay otras?

Este libro se imprimió en los talleres
de Printer Industria Gráfica, S. A.
Sant Vicenç dels Horts
Barcelona